Diogenes Taschenbuch 24303

de
te
be

Petros Markaris

Abrechnung

Ein Fall für Kostas Charitos

Roman

Aus dem Neugriechischen von Michaela Prinzinger

Diogenes

Titel der 2012 bei
Samuel Gavrielides Editions, Athen,
erschienenen Originalausgabe:
›Ψωμί, παιδεία, ελευθερία‹

Der Text wurde für die 2013 im Diogenes Verlag
erschienene deutsche Erstausgabe
in Zusammenarbeit mit dem Autor
nochmals durchgesehen
Umschlagfoto (Ausschnitt):

In Memoriam
Theodoros Angelopoulos

Veröffentlicht als Diogenes Taschenbuch, 2015

www.diogenes.ch
60/15/44/2
ISBN 978 3 257 24303 1

»Sie verteilten meine Kleider unter sich und warfen das Los um mein Gewand.«

Johannes 19, 24

I

Adriani hält ihn in der linken Hand und streicht ihn mit der anderen glatt. Ihre Hand zittert bei der Berührung.

»Ob ihr es glaubt oder nicht, er hat mir gefehlt«, flüstert sie.

In der Hand hält sie einen zerknitterten alten Tausend-Drachmen-Schein mit der Abbildung von Myrons Diskuswerfer.

»Mama, mit dem Tausender kannst du morgen nicht mal mehr einen Kaffee bezahlen«, sagt Katerina.

Mit »morgen« meint sie den 1. Januar 2014. Heute, am Silvesterabend des Jahres 2013, schneiden wir mit Katerina, Fanis und dessen Eltern Sevasti und Prodromos den Neujahrskuchen an.

»Der Wirt ist bestimmt froh, für einen Kaffee statt nur drei Euro tausend Drachmen zu bekommen«, entgegnet Adriani.

»Ja, aber tausend Drachmen sind nicht mehr als zwei Euro wert.«

»Mach ihr das Herz doch nicht so schwer«, wispert ihr Fanis zu.

»Ab morgen wird auch sie der Tatsache ins Auge sehen müssen.«

»Dann eben morgen«, erwidert Fanis entschieden.

»Katerina, wir haben das alles schon einmal erlebt. Wir

sind abgehärtet«, mischt sich Sevasti ein. »Weißt du, wie viele Drachmen meine Mutter für ein Kilo Reis nach dem Bürgerkrieg bezahlen musste? Prodromos, erinnerst du dich, wie viel ein Kilo Reis nach der Abwertung unter Markesinis gekostet hat?«

»Gleich fragst du mich, wie viele Kanonen der Panzerkreuzer Averoff hatte«, antwortet Prodromos.

Damit ist das Gespräch beendet, da Adriani in die Küche geht, um den Neujahrskuchen und die Trockenfrüchte zu holen. Und Katerina eilt ihr hinterher, um ihr zur Hand zu gehen.

Ich beteilige mich lieber nicht an der Diskussion, da mir selbst noch nicht klar ist, wozu ich tendiere. Ich kann Katerinas Angst vor der Rückkehr zur guten alten Drachme verstehen. Doch auch Adrianis und Sevastis abgeklärte Haltung kann ich nachvollziehen: Mit der Drachme haben wir schlimme Zeiten durchgemacht und überstanden, argumentieren sie. Ja schon, nur jetzt steht uns der Umzug von einem Einfamilienhaus in eine Einzimmerwohnung bevor, und so ein Schritt fällt schwer.

Adriani und Katerina bringen – ganz wie die Bedienung in einem feinen Restaurant – zu zweit die Speisen herein.

Als sie die Servierplatten abstellen, klingelt es, und Sissis steht vor der Tür. Wir hatten alle gemeinsam beschlossen, ihn am Silvesterabend nicht mit der düsteren Aussicht allein zu lassen, dass sein so schon dürftiges Einkommen ab morgen noch weniger wert sein würde. Was ihn nicht daran gehindert hat, uns eine gläserne Obstschale mitzubringen.

Das veranlasst uns dazu, zum allgemeinen Austausch der Neujahrsgaben überzugehen.

»Diesmal haben sie besonderen Symbolcharakter«, bemerkt Adriani. »Es sind die letzten Geschenke, die wir in Euro bezahlt haben.«

»Deshalb habe ich etwas für dich, das du gut gebrauchen kannst«, sagt Katerina, während sie ihrer Mutter ein Päckchen überreicht.

Als Adriani das Papier aufreißt, kommt ein dickes Portemonnaie zum Vorschein.

»Das ist eins mit vielen Fächern, damit du die guten alten Drachmenscheine fein säuberlich einsortieren kannst«, sagt Katerina amüsiert.

»Soso, jetzt kommen die leeren Brieftaschen mit den vielen Fächern wieder in Mode«, kommentiert Adriani.

»Warum sagst du nichts?«, frage ich Sissis.

»Was soll ich sagen?«

»Dass man auch mit wenig auskommt. Du beherrschst doch diese Kunst.«

»Um das Gesicht zu wahren, tut man so, als ob es einem nichts ausmache. Man kommt zurecht, aber leicht fällt es einem nicht.«

Zum ersten Mal, seit wir uns kennen, deutet Lambros an, wie schwer er es hat.

Die übrigen Geschenke sind die klassischen Neujahrsgaben: Pullover, Hemden, T-Shirts und Krawatten. Doch dann kommt Katerina mit einer großen Plastiktüte und stellt sie vor mich hin.

»Das ist für dich, von Fanis und mir.«

Ich mustere die Plastiktüte und versuche zu erraten, was sich darin verbergen könnte. Dabei fällt mir auf, wie sich Fanis und Katerina heimlich zulächeln. Als ich sie öffne, kommt ein Laptop zum Vorschein. Nachdem das Geheimnis gelüftet ist, rufen alle im Chor »Alles Gute zum neuen Jahr!«. Doch ich starre nur den Computer an.

»Was soll ich denn damit?«, wundere ich mich.

»Es wird Zeit, dass du bei deinen Recherchen von Koula unabhängig wirst.«

»Und dafür habt ihr eure letzten Euros ausgegeben? Damit ich mich von Koula emanzipiere? Ich habe doch keine Ahnung von Computern. Ich kann ja nicht mal eine Schreibmaschine bedienen. Ich war immer mehr der Handwerker als der Kopfarbeiter.«

»Es ist nicht schwer, Koula bringt dir alles bei«, meint Katerina.

Der Computer lässt mich daran denken, dass ich als Kriminalrat einen Dienst-PC bekommen hätte. Doch weder ich noch Gikas sind befördert worden, denn ein Regierungswechsel kam dazwischen, und da wurden die Posten gleich an die eigenen Leute verteilt.

»Jetzt stehen wir dumm da, Kostas. Mit allem hatte ich gerechnet, nur nicht mit Neuwahlen. Ich verheimliche nicht, dass ich so meine Beziehungen habe. Aber hier bei uns muss man bei allen Parteien den Fuß in der Tür haben. Und das ist praktisch unmöglich«, sagte Gikas deprimiert, während ich mich fragte, wen er mehr bedauerte: mich oder sich selbst. Jedenfalls hat sich wieder einmal der alte Spruch meines Vaters bewahrheitet: »Je hochfliegender die Hoffnung, desto übler die Bruchlandung.« Nicht, dass ich mir wegen der fehlgeschlagenen Beförderung graue Haare wachsen lasse, aber ein Bündel Drachmenscheine mehr im Monat hätte mich auch nicht gestört.

Dann schiebe ich die unangenehmen Gedanken beiseite und trete an den Tisch, wo schon alle versammelt sind, um den Neujahrskuchen anzuschneiden. Während die traditionellen Neujahrslieder aus dem Fernseher ertönen, schlage ich das Kreuzzeichen und verteile die Süßigkeit. Vorsichtig befingert ein jeder sein Stück, um die im Kuchen versteckte Münze zu finden.

»Hier, ich hab sie.«

»Glückwunsch, Onkel Lambros! Das wird ein gutes Jahr für dich!«, sagt Katerina unter den Hochrufen der anderen.

»Das Glück kommt spät, aber es kommt«, erwidert Sissis heiter und nimmt die guten Wünsche aller mit einem schüchternen Lächeln entgegen.

»Mein Gott, was ist denn da los?«, ruft Adriani plötzlich aus.

Auf dem Fernsehbildschirm ist vor lauter umherschwirrendem Konfetti fast nichts mehr von der Silvesterparty auf dem Syntagma-Platz zu sehen.

»Das sind ja Drachmen!«, ruft Sevasti aus.

Tatsächlich, die Papierfetzen sind Spielgeldscheine: Hunderter, Tausender und Fünftausender.

»Es regnet Drachmen vom Himmel«, verkündet der Moderator überschwenglich, während das Publikum auf dem Syntagma-Platz jubelt und klatscht.

»Die sind verrückt! Die feiern unseren Untergang«, bemerkt Prodromos.

»Wollen wir uns das nicht aus der Nähe anschauen?«, schlägt Sevasti vor.

»Ja, unbedingt«, stimmt Adriani begeistert zu.

»Wir haben ja genug Platz in unseren beiden Autos«,

sagt Fanis zu mir, und an seiner Miene kann ich ablesen, dass auch er Lust hat, das Spektakel aus der Nähe zu verfolgen. Die Frage ist weniger, ob wir genug Sitzplätze haben, sondern ob wir überhaupt zum Syntagma-Platz durchkommen.

Doch entgegen meinen Befürchtungen rollt der Verkehr flüssig. Als wir nach links in den Vassileos-Konstantinou-Boulevard einbiegen, um über die Rigillis-Straße möglichst nahe ans Geschehen zu kommen, hält uns ein Verkehrspolizist beim Offiziersklub an.

»Fahren Sie lieber nicht weiter, Herr Kommissar. Der Vassilissis-Sofias-Boulevard ist ab der Koumbari-Straße gesperrt.«

»Können wir die beiden Wagen hierlassen, meinen und den von meinem Schwiegersohn?«

»Natürlich, ich habe ein Auge darauf. Eine kleine Gefälligkeit unter Kollegen«, fügt er augenzwinkernd hinzu, um mich daran zu erinnern, dass Bestechungsgeld unsere nationale Währung bleiben wird, unabhängig davon, ob es in Drachmen bezahlt wird oder nicht.

Wir marschieren los. Als wir uns der Kurve zur Solonos-Straße und dem Hotel Grande Bretagne nähern, ist jedoch kein Durchkommen mehr. Wir schaffen es bis zum Hoteleingang und sehen, wie erneut ein Bündel Spielgeld wie ein Taubenschwarm am Himmel flattert.

»Das sind Peseten«, erläutert der Moderator von der Bühne. »Als kleine Hommage an unsere spanischen Freunde, die heute zusammen mit uns feiern.«

Die Kapelle spielt ein spanisches Stück, zu dessen Rhythmus ein paar junge Frauen auf dem Bürgersteig ausgelassen tanzen, während sie zu den oberen Etagen des Hotels hinaufblicken.

»Na, ihr amüsiert euch ja prächtig, Mädels«, meint Adriani zu ihnen.

»Da oben, auf der Hotelterrasse, steht ein deutsches Kamerateam und filmt uns«, erklärt ihr eine Blonde Anfang zwanzig. »Die mit ihrem Euro können uns den Buckel runterrutschen. Die haben ja keine Ahnung, wie man sich auch ohne Geld vergnügt.«

»Nicht zu fassen! Sogar in dieser Misere finden wir noch einen Grund zum Feiern«, murmelt Katerina.

Sissis fasst sie am Arm.

»Als unsere Leute damals nach dem Bürgerkrieg zusammen mit den traurigen Überresten der Demokratischen Armee emigriert sind, haben sie schon vor ihrer Ankunft ihre baldige Rückkehr gefeiert«, flüstert er ihr zu, damit ihn die anderen nicht hören. »Erst als sie in Taschkent ankamen, wurde ihnen klar, dass ihnen noch harte Zeiten bevorstehen.«

»Das hier ist keine Feierlaune, sondern Hass, Onkel Lambros«, meint Fanis. »Hundert Jahre nach dem Ersten Weltkrieg macht sich in Europa wieder blanker Hass breit.«

Noch eine Fontäne aus Banknoten steigt hoch in den Nachthimmel. »Das sind Lire für unsere italienischen Freunde. Um ihnen zu zeigen, dass wir ihnen beistehen und an sie denken.«

Nun spielt die Kapelle eine italienische Melodie.

»Darf ich was fragen, Mister?«, meint ein Schwarzer, der zusammen mit seiner Frau neben mir das Schauspiel verfolgt.

»Nur zu.«

»Ich und mein Frau zahlen fünftausend Dollar, um in Land mit Euro zu kommen. Und jetzt wir haben Drachme. Fünftausend Dollar nur für Drachme?«

»C'est la vie«, bemerkt die Frau an seinem Arm.

Ich frage Katerina, die am Französischen Kulturinstitut Unterricht genommen hat, was *»C'est la vie«* bedeutet.

»So ist das Leben«, übersetzt sie.

Genau. So ist das Leben, heute. Aber morgen, wie sieht es da aus?

2

Um Sissis' Vergleich weiterzuspinnen: Das Exil in Taschkent hat für uns alle genau am ersten Januar begonnen. Nicht einmal eine Gnadenfrist wurde uns gewährt, damit wir uns in unserem neuen Zuhause einrichten können, das nicht mehr ist als ein Auffanglager. Nur gibt hier nicht, wie zu Sissis' Zeiten, die Parteileitung den Ton an, sondern die modernen Einpeitscher: die Massenmedien mit den Fernsehsendern an vorderster Front.

Adriani hatte sich seit dem frühen Morgen in der Küche verbarrikadiert, um das Neujahrsessen vorzubereiten, zu dem die ganze Familie eingeladen war. Prodromos und Sevasti hatten wie immer, wenn sie in Athen waren, in Katerinas altem Zimmer übernachtet.

Wenn Adriani am Kochen ist, gehe ich ihr lieber aus dem Weg, da sie sich dann leicht aufregt und das an mir auslässt. Also machte ich es mir im Wohnzimmer vor dem Fernseher gemütlich. Ich stand immer noch unter dem Eindruck der Silvesterereignisse mit den durch die Luft tanzenden Banknoten, dem Jubelgeschrei, den Freudentänzen und dem frenetischen Applaus.

Vielleicht hoffte ich, dass die Party auf dem Bildschirm weitergehen würde. Als ich auf den Einschaltknopf drückte, erschienen anstelle der Drachmenscheine zwei vierzigjährige Journalisten vor mir, die den Vizefinanzminister in die Mangel nahmen. Und was sie nicht alles wissen wollten – wie lange die Banken geschlossen bleiben würden, ob die Spareinlagen der Griechen sicher seien und ob der Staat Löhne und Renten zahlen könne. Obwohl die Fragen nicht auf mich, sondern auf den Vizeminister niederprasselten, hatte ich das Gefühl, man dresche auf mich ein, bis mir schwarz vor Augen wurde.

Prodromos hatte neben mir Platz genommen und schweigend mitgeguckt. Doch anscheinend war seine Geduld schneller erschöpft als meine, denn er packte die Fernbedienung und wechselte den Sender. Da musste man mit ansehen, wie ein Paar Anfang siebzig mit zwei Holzstöcken im Müll wühlte. Als sie die Kamera bemerkten, verbargen sie ihre Gesichter und wandten sich ab.

»Das sind nun die ersten Bilder des Jahres 2014«, bemerkte der Reporter.

Zum Glück trafen kurz darauf die Kinder ein, und die Stimmung hellte sich wieder auf. Adriani hatte im Ofen geschmorten Lammbraten mit Backkartoffeln zubereitet, Sevasti ihre Spezialität Krautrouladen beigesteuert und Katerina den am wenigsten aufwendigen Teil, den Salat.

»Schau mal, Fanis, auch wenn unsere Taschen leer sind, gefülltes Gemüse gibt's im Überfluss«, lachte Katerina. »Die Tomaten und Paprika von meiner und die Krautrouladen von deiner Mutter. Da muss ich mir ein Beispiel nehmen, sonst krieg ich noch Komplexe.«

»Du solltest besser lernen, wie man Wildkräuterpitta oder Risotto zubereitet«, meinte Sevasti. »Zu mehr reicht's jetzt nicht mehr.«

»Hör bloß auf, Sevasti. Die Fernsehbilder deprimieren

uns schon genug«, erwiderte Prodromos, worauf Sevasti verstummte.

Nun, um zehn Uhr morgens am ersten Arbeitstag des neuen Jahres, sitze ich allein in meinem Büro. Koula unterzieht meinen Laptop einer Generalinspektion, und inzwischen überbringt mir Vlassopoulos, der heute spät dran ist, seine Neujahrswünsche.

»Alles Gute! Viel Vergnügen mit dem neuen Laptop, Herr Kommissar!« Er macht eine Pause und fügt dann belustigt hinzu: »Jetzt kenne ich Sie schon so lange, aber Sie sind immer für eine Überraschung gut.«

»Was ist denn daran so originell, wenn meine Tochter und mein Schwiegersohn mir einen Computer schenken, von dem ich nicht mal weiß, wie man ihn aufklappt?«

»Kommen Sie schon. Während wir jetzt alle zum guten alten Kopierstift zurückkehren, den man mit der Zunge anfeuchten muss, wie damals mein Großvater am Polizeirevier Arachova, sind Sie uns mit dem Laptop um Lichtjahre voraus.«

»Richtig, aber eigentlich müsste ich bei den Kindern noch ein Geschenk bestellen, nämlich einen Generator.«

»Wieso?«, fragt er baff.

»Ja, wie soll denn der Computer funktionieren, wenn uns der Strom abgedreht wird?«

»Mit dem Akku natürlich, Herr Kommissar«, erläutert er mit einem nachsichtigen Lächeln.

»Tja, wenn der Stromausfall dann über fünf Stunden dauert, nützt der schönste Akku nichts.« Damit habe ich ihn zum Schweigen gebracht. Gleichzeitig geht mir durch den Kopf, dass mich die gestrigen Fernsehbilder stärker beeindruckt haben als die Silvesterparty mit dem Spielgeld-Konfetti.

Unser Gespräch wird durch Koulas Eintreffen unterbrochen, die meinen Laptop mitbringt und an die Steckdose anschließt.

»Hier geht er an«, sagt sie und drückt auf einen Tastaturknopf. »Normalerweise müssen Sie ein Passwort eingeben, aber ich habe es gespeichert, so dass er jeweils automatisch startet.« Sie zieht einen Notizzettel aus ihrer Hosentasche und drückt ihn mir in die Hand. »Hier ist das Passwort. Heben Sie es gut auf, weil es vielleicht mal vom Betriebssystem angefordert wird.«

Ich stecke den Zettel in meine Jackentasche, und Koula beginnt mit dem Unterricht. Sie zeigt mir, wie die Maus funktioniert, und deutet auf ein Piktogramm auf dem Bildschirm.

»Das sagt mir nichts. Da müssen Sie Katerina fragen. Alles andere habe ich Ihnen notiert. Versuchen Sie einfach, das Gerät spielerisch kennenzulernen. Je mehr Zeit Sie damit verbringen, desto schneller können Sie damit umgehen. Und noch etwas: Ein Computer ist der klügste Idiot, den man sich vorstellen kann. Es hängt von Ihnen ab, ob er schlau wird oder dumm bleibt.«

Wenn das von mir abhängt, dann gute Nacht. Dann bleibt er auf demselben Niveau wie sein Kollege, der in Gikas' Büro steht und schöne Landschaften zeigt.

Als Koula geht, schnappe ich mir die Maus und versuche, das Pfeilchen auf dem Bildschirm festzuhalten, das mir jedoch jedes Mal entwischt. Zwischen uns entwickelt sich eine Art Katz-und-Maus-Spiel. Die Jagd wird erst unterbrochen, als das Telefon läutet. Gikas ist dran.

»Termin beim Minister.«

»Was will er gleich am ersten Arbeitstag des Jahres? Uns ein frohes neues Jahr wünschen?«, frage ich Gikas, als wir in seinem Wagen sitzen.

»Wenn ich an unsere einzige Begegnung bisher denke, kaum. Gehen Sie es vorsichtig mit ihm an, am Anfang wird er noch den starken Mann geben. Wenn er dann ein paarmal auf die Schnauze gefallen ist, wird ihm das schon vergehen.«

Aus Gikas' Antwort schließe ich, dass die Stimmung ähnlich frostig wie im Kalten Krieg sein wird. Und meine Ahnung bestätigt sich auch gleich.

Die Sekretärin des Ministers führt uns in den Konferenzraum, wo – wie ich feststelle – unsere Truppe vollzählig versammelt ist: Lambropoulos von der Abteilung für Computerkriminalität, Peressiadis von der Drogenfahndung, Esperoglou von der MAT-Sondereinheit und Gonatas, der neue Leiter der Antiterrorabteilung und Nachfolger von Stathakos, der glücklicherweise in Rente gegangen ist.

Wir schütteln Hände, tauschen gute Wünsche aus, an deren Erfüllung kein Mensch glaubt, setzen uns und warten. Kurz darauf taucht der Polizeipräsident mit seinem Stellvertreter auf, ruft »Gutes neues Jahr!«, und die Warterei beginnt von neuem.

»Das macht er absichtlich, um uns den Schneid abzukaufen und zu zeigen, wer der Herr im Haus ist«, bemerkt Lambropoulos. »Hoffentlich täusche ich mich, aber ich fürchte, das dicke Ende kommt noch.«

Als der Polizeipräsident und sein Stellvertreter keinen Kommentar dazu abgeben, sagen wir anderen auch nichts mehr.

Unsere Geduld wird auf eine harte Probe gestellt. Ab und zu lässt jemand eine Bemerkung fallen, dann herrscht wieder Schweigen. Endlich erscheint der Minister in der Tür. In geschäftsmäßigem Ton erklärt er: »Ich wünsche Ihnen allen ein glückliches neues Jahr!« Dann nimmt er seinen Platz ein und inspiziert die Runde.

»Ich komme gerade vom Ministerrat, deshalb habe ich mich verspätet«, rechtfertigt er sich und verfällt gleich wieder in den offiziellen Tonfall. »Meine Herren, der Ministerrat hat eine dreimonatige Gehaltssperre beschlossen.«

Er verstummt und blickt uns an, um unsere Reaktion zu sehen. Doch welche Reaktion kann man von Leuten erwarten, die gerade vom Schlag getroffen wurden und keinen Finger rühren können? Die bisherigen Gehalts- und Rentenkürzungen waren halbwegs zu verkraften gewesen, doch der Gehaltsstopp trifft uns hart. Zum Glück muss ich keinen Baukredit abstottern, sage ich mir. Zwar bin ich die beiden letzten Raten für mein Auto noch schuldig, aber welcher Händler nimmt einem schon den Wagen wegen zweier fehlender Ratenzahlungen weg? Mit dem Geld, das ich noch auf der Bank habe, kommen wir drei Monate durch. Zur Not könnte ich auch mit der Miete im Rückstand bleiben. Wer aber garantiert mir, dass der Zahlungsstopp nur drei Monate dauert? Die Vorhersagen des griechischen Staates sind so viel wert wie die Prophezeiungen einer Wahrsagerin. Die Frist von drei Monaten kann leicht bis zum Sankt-Nimmerleins-Tag verlängert werden.

Katerina und Fanis werden Probleme haben, ohne unseren Zuschuss über die Runden zu kommen. Ausschließlich Fanis' Gehalt wandert in die Haushaltskasse, und ich weiß nicht, wie sie nach all den Kürzungen drei Monate durchhalten. Katerina verdient kaum etwas, und das wenige teilt sie noch mit Mania. Das von ihnen gegründete gemeinsame Büro für die psychologische und juristische Unterstützung von Drogenabhängigen steckt noch in den Kinderschuhen. Aber das alles bespreche ich besser mit Adriani, denn sie findet für solche Probleme immer eine Lösung.

Ich schaue in die Gesichter der anderen. Die Mienen haben sich verfinstert. Alle denken das Gleiche. Im Grunde glaubt keiner, dass der Gehaltsstopp nur drei Monate dauert oder dass wir danach viel mehr erwarten können als eine Teilzahlung.

»Darüber hinaus muss ich Ihnen mitteilen, dass die Banken geschlossen bleiben, bis der Übergang vom Euro zur Drachme vollzogen ist. An den Bankautomaten können maximal fünfzigtausend Drachmen abgehoben werden, also hundert Euro. Ich weiß, das ist hart, aber wir müssen diese schwierige Zeit jetzt durchstehen«, sagt der Minister.

Keiner von uns regt sich. Wir lassen das leere Gerede über uns ergehen, in unser Schicksal ergeben wie alle Beamten, und schweigen.

»Alle Einsatzkräfte der Polizei werden in Bereitschaft versetzt, um soziale Unruhen zu vermeiden. Von heute an unterstehen Sie alle dem Polizeipräsidenten, der über Ihren Einsatzort entscheidet.« Er hält inne, um zu sehen, ob wir den bitteren Kelch auch bis zur Neige auskosten. Als sich kein Widerspruch regt, fährt er fort: »Es gab eine Telekonferenz mit den Kollegen in Italien und Spanien. Wir haben uns auf eine gemeinsame Strategie für alle drei Länder geeinigt.«

»Gibt es dort auch einen Gehaltsstopp?«, fragt Lambropoulos.

»In Spanien ja, in Italien nicht. Aber in allen drei Ländern bleiben die Banken vorerst geschlossen. Das ist alles. Ich wiederhole, ab heute stehen sie alle dem Polizeipräsidenten zur Verfügung. Ich möchte nicht, dass Athen im Chaos versinkt, wenn demnächst die Führungskräfte von Europol anreisen. Sie wissen, was uns sonst blüht.«

Zum ersten Mal erlebe ich einen Minister, der niemanden – nicht einmal den Polizeipräsidenten – um seine Meinung fragt, sondern alles im Alleingang bestimmt. Hinzu kommt, dass die Menschen von großen Sorgen geplagt werden und sich ihre Wut gegen die Polizei jeden Augenblick explosionsartig Luft machen kann. Mit diesem blasierten Minister ist es nur eine Frage der Zeit, wann die Polizei auf der nächstbesten Bananenschale ausrutscht und griechenlandweit von den Medien vorgeführt wird.

»Jetzt wissen Sie, woran Sie sind«, sagt Gikas, als wir wieder in seinen Wagen steigen. »Ich rate Ihnen, keinen Formfehler zu begehen. Bei dem gibt's keine Extrawürste, und ich bin nicht in der Lage, Sie zu schützen. Das sage ich, damit Sie wissen, was auf Sie zukommt.«

»Wer sind die Führungskräfte, die erwartet werden?«

»Weiß ich nicht genau, aber es sind hohe Tiere. Da wir nicht dazugehören, kann es uns auch egal sein.«

Das klingt bitter, nachdem man ihm die Möglichkeit genommen hat, auch ein hohes Tier zu werden.

3

Mein Scheitern am Computer scheint vorprogrammiert. Kaum habe ich ihn angemacht und Koulas schriftliche Anweisungen vor mir ausgebreitet, läutet das Telefon. Esperoglou ist dran, der Leiter der MAT-Sondereinsatztruppe.

»Alle sind zum Syntagma-Platz beordert. Anweisung des Polizeipräsidenten.«

»Was ist los? Eine Kundgebung?«

»Ja, und international noch dazu. Zwei Blöcke aus Italien und Spanien unterstützen die einheimischen Demonstranten. Ich fürchte, das wird so eine Art Generalprobe.«

»Generalprobe? Wofür?«

»Für den Krieg zwischen den Nord- und den Südstaaten. Mit hundertfünfzigjähriger Verspätung haben wir amerikanische Verhältnisse.«

»Oder es handelt sich um eine Neuauflage des Ersten Weltkriegs.«

»Beides ist möglich«, seufzt er ergeben. »Sie finden mich vor dem Parlament. Wenn Sie herkommen, zeige ich Ihnen Ihre Position.«

»Wie viele Leute soll ich mitnehmen?«

»Alle bis auf einen. Der soll die Stellung im Präsidium halten.«

Ich hole die eine meiner beiden Uniformen aus dem Spind, die andere habe ich zu Hause in Reserve.

Koula ist es, die schließlich die Stellung hält. Zum Einsatz nehme ich meine beiden Assistenten Vlassopoulos und Dermitsakis mit sowie Papadakis, den man mir vor drei Monaten zugewiesen hat. Zwei Jahre hat es gedauert, bis man mir den beantragten Assistenten endlich bewilligte. Er ist ein alter Hase, doch da er keine Beziehungen hat, landete er bei mir. Mit Vitamin B hätte er sich ins gemachte Bett legen können. Doch Papadakis wurde vor die Wahl gestellt: entweder Einsatz im Migrantenviertel Ajios Panteleimonas oder Mordkommission. Er zog Letzteres vor, mutmaßlich das kleinere Übel. Obwohl ich mir nicht sicher bin, ob unsere Abteilung – angesichts der allgemeinen Lage – tatsächlich das kleinere Übel ist.

Die Strecke vom Vassilissis-Sofias-Boulevard hinunter zum Syntagma-Platz ist für den Verkehr gesperrt, und mit heulender Sirene erreichen wir in kürzester Zeit das Parlament.

»Wo ist unser Einsatzort?«, frage ich Esperoglou, der unsere Truppe inspiziert.

»Sie sind ja nicht gerade zahlreich. Ich würde sagen, Sie verteilen sich auf der Stadiou- und Ermou-Straße. Wenn Krawallbrüder auf Sie zukommen, verständigen Sie uns sofort. Dann ziehen Sie sich in die Nebenstraßen zurück, und wir übernehmen das. Vorsicht, lassen Sie sich nur nicht provozieren! Die sind auf Randale aus. Die Demo beginnt am Polytechnikum und führt über die Stadiou-Straße zum Syntagma-Platz. Die normalen Teilnehmer lassen wir passieren.«

Ich schicke Vlassopoulos und Dermitsakis in die Ermou-Straße und nehme Papadakis mit zur Stadiou-Straße.

Dann postiere ich ihn an der Ecke zur Voukourestiou-Straße, wo er kontrollieren soll, ob eventuell ein Trupp Raufbolde von der Panepistimiou-Straße her einfällt, und ich selbst nehme meine Position vor dem Kolokotronis-Denkmal ein.

Am 2. Januar sind die Geschäfte wie immer geschlossen, und nur wenige Passanten sind unterwegs. Darüber hinaus wurde das Zentrum wegen der Demo abgeriegelt. Zwei Männer in den Siebzigern kommen vom Alten Parlament auf mich zu und bleiben vor mir stehen.

»Das ganze Polizeiaufgebot ist für die Katz«, erklärt mir der eine. »Da kommen nur ein paar Versprengte, ihr werdet schon sehen. Armut und Verzweiflung machen nicht gerade Appetit auf Demos, stimmt's?«

»Ihr habt Glück, dass heute die Supermärkte zu sind«, meint der andere. »Ab morgen geht die Post ab! Die Leute werden zusammenraffen, was sie können, und ihr müsst alle Filialen bewachen.«

Ich tue so, als hätte ich nichts gehört. Sie sind sichtlich enttäuscht, da sie Lust auf einen kleinen Plausch gehabt hätten. Schließlich setzen sie ihren Spaziergang fort, während die Parolen der Demonstranten, die sich allmählich nähern, hörbar werden.

Der Alte hat recht, stelle ich fest. Es dürften nicht mehr als tausend Teilnehmer sein, lauter junge Leute um die dreißig. Vorneweg marschieren Griechen mit zwei Spruchbändern: »Nie wieder Euro-Sklaven!« und »Schluss mit all den Qualen, lieber mit der Drachme zahlen!« In der zweiten Reihe halten zwei junge Burschen und eine Frau drei Pappfiguren in die Höhe, die Mitglieder der Troika darstellen.

Darunter hängt ein Transparent mit dem Spruch: »Die sind wir los!«

Hinter ihnen folgen die ausländischen Teilnehmer mit ihren Spruchbändern. Doch der Protest scheint für sie eher eine Pflichtübung als eine Herzensangelegenheit zu sein.

Vereinzelt stehen Zuschauer am Straßenrand, rufen bravo und applaudieren. Eine Reporterin baut sich mit ihrem Kamerateam genau vor meiner Nase auf, als der Demonstrationszug anhält, um Parolen zu skandieren. Sie streckt den Vorbeiziehenden das Mikro entgegen und fragt:

»Was bringen zwei Demos hintereinander zur Wiedereinführung der Drachme? Einmal zu Jahresende und einmal zu Jahresbeginn?«

»Wir möchten den Völkern Südeuropas eine Botschaft vermitteln: Ende 2013 eröffnet sich zum ersten Mal nach Jahren endlich wieder eine Perspektive. Das neue Jahr beginnt mit der Hoffnung auf eine bessere Zukunft. Wir sind alle zusammen hier, um gemeinsam dafür zu kämpfen: Griechen, Italiener, Spanier, aber auch Portugiesen und Zyprioten, die heute nicht dabei sein können.«

Die Reporterin geht weiter zu einem jungen Mann aus dem italienischen Block.

»Why did you come to Greece to celebrate?«, fragt sie.

»Italy is not like Greece«, erwidert der Italiener. *»Italy is the third economic power in Europe. But now Italy is like Greece. So we come to Greece. To celebrate the lira, to celebrate the drachma, to celebrate the peseta. Fuck the euro!«*

»›Italien ist nicht wie Griechenland‹«, erklärt uns der junge Mann«, sagt die Reporterin in die Kamera. »›Italien ist die drittgrößte Wirtschaftsmacht in Europa, jetzt aber nicht besser dran als Griechenland. Deshalb sind wir hierhergekommen. Um die Lira, die Drachme und die Peseta zu feiern.‹ Den letzten Satz muss ich, glaube ich, nicht übersetzen.«

Die Reporterin geht auf ein junges Mädchen im spanischen Block zu, die eine Freundin als Dolmetscherin zu Hilfe ruft.

»Meine Mutter und meine Großmutter haben mir von ihrem Leben mit der Peseta erzählt. Das war für sie ganz normal, mit allen Vor- und Nachteilen. Unsere Generation ist mit einem Traum aufgewachsen, dem sie alles andere untergeordnet hat und aus dem sie schließlich erwachen musste. Wir wollen weder den Traum noch das böse Erwachen danach. Wir wollen Normalität.«

Ich beschließe, ihnen zu folgen, da keine Randale zu befürchten ist. Die Demo bewegt sich von der Stadiou-Straße über den Syntagma-Platz vor das Parlament. Parolen werden skandiert, und die MAT-Sondereinheiten verfolgen das Geschehen aus der Distanz. Ich gehe an ihnen vorbei zu Esperoglou.

»Was machen wir jetzt?«, frage ich ihn in der Hoffnung, dass unser Einsatz beendet ist.

»Wir bleiben, bis die Demonstranten weg sind«, gibt er mir zurück. »Aber die halten nicht mehr lange durch. Die rufen noch ein paar Sprüche, machen noch ein bisschen Krach, um das Gesicht zu wahren, und ziehen dann ab.«

»Was ist mit dem Gehaltsstopp? Ist der hier gar kein Thema?«

Er schaut mich an, als käme ich vom Mars.

»Die meisten sind arbeitslos, und wer noch Arbeit hat,

hat seit Monaten kein Geld gesehen. Der Gehaltsstopp ist für diese Leute Alltag.«

Während wir darauf warten, dass sich die Demo langsam auflöst, kommt es zu einer überraschenden Wendung. Vom Amalias-Boulevard her ist plötzlich Krach und Geschrei zu hören.

»Wer ist das denn? Ich brauche dringend Informationen!«, ruft Esperoglou in sein Funkgerät.

Der Krawall kommt näher, bis an der Einmündung des Amalias-Boulevards in den Syntagma-Platz eine Gruppe alter Leute auftaucht – ohne Transparente, nur mit Parolen.

»Rentner?«, wundert sich Esperoglou. »Wollen die denn auch die Drachme hochleben lassen?«

Der erste Slogan straft ihn prompt Lügen.

»Wir wollen den Euro zurück!«, ruft einer der Rentner.

»In Euro waren unsere Renten schon nicht viel wert, aber in Drachmen gar nichts mehr. Wir wollen zumindest das wenige zurückhaben! Gebt uns den Euro wieder!«

»Die Troika soll weg, der Euro soll bleiben!«, ruft ein Dritter und deutet auf die Pappfiguren.

»Bildet einen Schutzwall zwischen den beiden Gruppen!«, ruft Esperoglou in sein Funkgerät. Ich beziehe in angemessenem Sicherheitsabstand hinter ihm Posten, da ich hier nur der Hilfskellner bin und besser nicht in die Schusslinie gerate.

»Ihr Rotzlöffel! Ihr und eure Eltern habt uns das Ganze eingebrockt, und jetzt jubelt ihr über die Drachme!«, schreit eine alte Frau.

»Ich war zehn Jahre Gastarbeiter in Deutschland«, meint ein Siebzigjähriger zur Reporterin, die ihm das Mikrophon hinhält. »Es war die Drachme, die mich zur D-Mark getrieben hat, nicht der Euro. Meine Tochter und mein Schwiegersohn sind in Watte gepackt aufgewachsen, genau wie die jungen Leute da. Die begreifen jetzt erst, was Armut ist, und wollen die Drachme zurück, weil sie sich vor Angst in die Hosen machen. Mit dem Euro waren wir wer, mit der Drachme gab's nur Hunger und Elend.«

»Was ist das, Opa?«, ruft ein junger Mann und wirft eine Handvoll Silvesterkonfetti in die Luft.

»Spielgeld!«, entgegnet ihm ein Alter. »Ab heute gibt's nur noch das!«

»Kassierst du Blindenrente, Opa?«, ruft eine junge Frau.

»Und dein Freund neben dir eine Rente für chronisch Kranke?«, fragt ein anderer spöttisch.

Die ausländischen Teilnehmer haben ihre Parolen unterbrochen und verfolgen tuschelnd die Auseinandersetzung.

»Demonstration nicht auflösen, im Notfall abdrängen«, ordnet Esperoglou am Funkgerät an. »Ich will nicht, dass die Sender später behaupten, wir hätten Rentner und arbeitslose Jugendliche verprügelt.«

»Wer von euch eine Blinden- oder Taubstummenrente bekommt, hebe die Hand«, ruft eine junge Frau.

»Ich rede mit den Alten, vielleicht kann ich sie überzeugen, nach Hause zu gehen«, sagt Esperoglou und tritt auf die Demonstranten vom Amalias-Boulevard zu.

»Wie sollen eure Väter euch jetzt noch ein Auto zur bestandenen Zulassungsprüfung an die Uni schenken, wie es mein Junge mit seinem Sohnemann noch gemacht hat?«, ruft eine Weißhaarige.

»Wir haben unser Leben lang gearbeitet und kriegen für

all die Mühe eine mickrige Rente!«, ruft ein anderer den jungen Leuten zu.

»Nicht wenige von euch sind aber schon mit vierzig in Rente gegangen!«, erwidert ein junger Bärtiger.

Spaß mit Spielgeld ist das eine, Ernst mit echten Drachmen das andere. Bald liegen sich die Opas und Omas mit der Enkelgeneration in den Haaren. Ich frage mich, ob die beiden alten Männer, die mich am Kolokotronis-Denkmal angesprochen haben, auch unter den Demonstranten sind oder ob sie einfach nur spazieren waren.

Von weitem sehe ich, wie Esperoglou mit den Rentnern verhandelt, die sich erst mal untereinander absprechen müssen. Wie es scheint, hat er sie überzeugt, denn sie ziehen ab.

Die jungen Leute kehren zu ihren Parolen zurück, doch die Luft ist raus. Sie machen nur noch weiter, um nicht vorzeitig das Handtuch zu werfen.

Esperoglou ist erleichtert. »Zum Glück sind wir ohne Scherereien davongekommen.«

Gegen sechs Uhr abends beginnen die Demonstranten damit, ihre Transparente einzurollen, ganz wie Badegäste, die am Strand ihre Handtücher zusammenrollen und ihre Sonnenschirme zusammenklappen, bevor sie sich auf den Heimweg machen.

4

Gegen sieben wird der Syntagma-Platz wieder für den Verkehr freigegeben. Da ich nicht glaube, dass mich am ersten Arbeitstag des Jahres etwas Dringendes an der Dienststelle erwartet, fahre ich nach Hause. Vorrang hat zunächst, zusammen mit Adriani eine Strategie auszuarbeiten, wie wir angesichts des Gehaltsstopps über die Runden kommen.

Kaum habe ich den Mund aufgemacht, fällt sie mir ins Wort: »Keine Sorge, ich bin im Bilde! Seit heute Morgen ist im Radio und Fernsehen von nichts anderem die Rede.«

»Wir müssen sehen, wie wir mit dieser Herausforderung fertig werden.«

»Nur keine Panik«, beruhigt sie mich. »Es ist doch nicht das erste Mal.«

»Es betrifft ja nicht nur uns, sondern auch die Kinder. Sie haben nur Fanis' Gehalt, Katerina und Mania sind noch weit von der Gewinnzone entfernt.«

»Da gibt's nur eins, Kostas: In der Stunde der Not streicht man alle überflüssigen Ausgaben und stellt einen Kochtopf für die ganze Familie auf den Herd. Ab jetzt wird bei uns gemeinsam gekocht und zu Abend gegessen.«

Je schwieriger die Lage, desto energischer tritt Adriani auf den Plan. Sie springt auf und geht zum Telefon.

»Katerina, kannst du mit Fanis zu uns kommen? Wir möchten etwas mit euch besprechen.«

Offenbar fragt Katerina nach, ob es gleich heute Abend sein muss, da Adriani antwortet: »Ja, es ist dringend.«

»Hier ist eine klare Ansage angebracht«, erläutert sie mir, als sie den Hörer auflegt.

Vermutlich hatte sie sich doch nicht so klar ausgedrückt, da eine Viertelstunde später Katerina und Fanis aufgeregt zur Tür hereinstürzen.

»Was ist denn los?«, fragt Fanis besorgt, während Katerina mich ins Visier nimmt.

»Geht's dir gut, Papa?«

»Ja, warum sollte es ihm nicht gutgehen?«, wundert sich Adriani.

»Wenn du sagst, wir müssen etwas besprechen, das so dringend ist, dass man es nicht aufschieben kann, denken wir sofort an etwas Schlimmes«, sagt Katerina aufgeregt.

»Es ist ja auch was Schlimmes. Etwas Dringendes ist in Griechenland immer schlimm«, hält ihr Adriani mit Unschuldsmiene entgegen. »Wir müssen besprechen, wie wir mit dem Gehaltsstopp umgehen, der sowohl deinen Vater als auch Fanis betrifft.«

Katerina ist völlig baff, während Fanis auflacht.

»Adriani, du bist unschlagbar«, meint er.

»Findest du das komisch?«

»Überhaupt nicht. Mania hat das einzig Richtige gemacht, sie hat rechtzeitig den Absprung aus dem Staatsdienst geschafft. Vielleicht sollte ich dasselbe tun.«

»Einen Posten im öffentlichen Dienst gibt man nicht so einfach auf«, erwidert Adriani entschieden. »Selbst wenn die Geldquellen vorläufig versiegt sind: Sie werden wieder sprudeln.«

»Aber wann, Mama?«, fragt Katerina. »Erinnerst du dich noch, als ich für das UN-Flüchtlingskommissariat in Afrika arbeiten wollte? Da hast du mir gesagt: Mit Geduld und Spucke wird's schon wieder. Und meine große Frage war: wann? Und dieselbe Frage stellt sich nun schon wieder.«

»Ich weiß es nicht«, entgegnet Adriani aufrichtig. »Das kann ich heute genauso wenig beantworten wie damals. Deshalb müssen wir sehen, wie wir damit zurechtkommen. Von heute an stellen wir einen Kochtopf auf den Herd für die ganze Familie.«

»Wie meinst du das?«, fragt Katerina.

»Dass ihr jeden Abend zum Essen herkommt. Einmal für vier Personen zu kochen ist billiger als zweimal für zwei. Den Luxus können wir uns nicht mehr leisten.«

»Mama, meinst du das im Ernst? Wir sollen jeden Abend hier zur Essensausgabe antreten?«

»Wieso, hast du was dagegen? Fanis isst ohnehin im Krankenhaus zu Mittag und dein Vater im Büro. Du kommst mit einem Sandwich durch den Tag und ich mit Tee und Käsebrot. Solange dieser Ausnahmezustand anhält, essen wir abends zusammen etwas Warmes.«

»Deine Mutter hat recht«, meint Fanis zu Katerina. »Einverstanden, aber unter einer Bedingung.«

»Und das wäre?«, frage ich.

»Wir zahlen abwechselnd«, erläutert Fanis. »Eine Woche ihr, eine Woche wir.«

»In nächster Zeit muss gar niemand zahlen«, sagt Adriani. »Und danach sehen wir weiter.«

»Hast du mit dem Leiter des Supermarkts eine Vereinbarung ausgehandelt?«, ziehe ich sie auf.

»Nein, ich habe zweihundert Euro beiseitegelegt.«

»Wo hast du die denn aufgetrieben?«, frage ich überrascht.

»Nirgends, ich hab sie gespart. Seit Monaten habe ich mir gesagt, irgendwann wird der Staat nichts mehr zahlen. So habe ich jedes Mal beim Einkaufen etwas Geld abgezweigt, einmal drei, ein andermal fünf Euro. So sind nach und nach zweihundert zusammengekommen.«

»Auf was für tolle Ideen du immer kommst!«, sage ich mit aufrichtiger Bewunderung. »Obwohl ich selber auch Angst vor einem Gehaltsstopp hatte, bin ich nicht auf den Gedanken gekommen, etwas zurückzulegen.«

»Frauen sind eben kreativ und erfinderisch«, lautet ihr Kommentar diesmal. »Darüber hinaus kehren wir zu den Gewohnheiten zurück, die wir aus dem Dorf und aus unserer Kindheit kennen. Fleisch kommt nur einmal die Woche auf den Tisch, ansonsten ernähren wir uns von Gemüse und Hülsenfrüchten. Seit Jahren gehen uns Spezialisten im Fernsehen mit ihrer Litanei von der gesunden Ernährung auf den Geist. Tja, jetzt ernähren wir uns notgedrungen gesund! Meine selige Mutter hat immer gesagt: ›Wer das Böhnchen nicht ehrt, ist der Suppe nicht wert.‹ Euch werden die Bohnensuppen, die ich euch servieren werde, bald zum Hals heraushängen.«

Von heute an übernimmt also Adriani das Kommando über beide Zweige der Familie. Angesichts der Tatsache, dass die letzten vier Jahre die Troika, bestehend aus Europäischer Kommission, EZB und IWF, das Sagen hatte, ist mir Adrianis Kommando lieber.

Bei dieser Gelegenheit fällt mir ein, Katerina nach dem

Symbol auf dem Computerbildschirm zu fragen, mit dem Koula nichts anfangen konnte.

»Ach, das verschieben wir auf ein andermal«, antwortet Katerina. »Sieh lieber zu, dass du die Grundlagen erlernst. Das Symbol erkläre ich dir später.« Sie hält inne und blickt mich an. Schließlich sagt sie: »Ich möchte dich um einen Gefallen bitten.«

Es klingt etwas gepresst, da es ihr noch nie leichtgefallen ist, um etwas zu bitten. Von klein auf wollte sie immer alles alleine schaffen.

»Aber gern, wenn es in meiner Macht steht.«

»Gestern wurde ein gewisser Kyriakos Demertsis festgenommen.«

»Von welchem Dezernat?«

»Von der Drogenfahndung. Er wird beschuldigt, in der Ajiou-Konstantinou-Straße Drogen verkauft zu haben.«

»Und was sagt Demertsis dazu?«

»Er hat gestanden und mich als seine Strafverteidigerin engagiert.«

»Wenn er gestanden hat, kannst du höchstens versuchen, entlastende Beweise zu finden. Aber das weißt du sicher besser als ich.«

»Papa, Demertsis ist kein gewöhnlicher Drogendealer. Er ist Mitte zwanzig, hat Physik studiert und macht gerade seinen Masterabschluss. Sein Vater ist Unternehmer, der mit öffentlichen Bauaufträgen sein Geld verdient. Folglich hat er keine finanziellen Probleme. Wieso sollte er dann Drogen verkaufen? Das will mir nicht in den Kopf.«

»Glaubst du, dass er jemanden deckt?«, frage ich.

»Ich weiß es nicht. Mania jedenfalls glaubt das.«

»Hat Mania mit ihm gesprochen?«, fragt Fanis.

»Sie war dort, aber er wollte nicht mit ihr sprechen. Er sagte, er hätte keine psychischen Probleme.«

»Und was hat er zu dir gesagt?«, fragt Adriani.

»Dass er gestanden hat und dass ich versuchen soll, ein möglichst geringes Strafmaß herauszuholen.«

»Hast du ihn nicht gefragt, warum er das getan hat?«

»Doch, er behauptet, er hätte das Geld gebraucht.«

»Hast du mit Peressiadis von der Drogenfahndung gesprochen?«, frage ich.

»Nein, er war nicht da. Ich habe mit seinem Stellvertreter, einem gewissen Aslanoglou, geredet. Er hat mir erzählt, sie hätten ihn bei der Geldübergabe erwischt.«

»Gut, ich rede morgen erst mal mit Peressiadis und höre mir seine Meinung an.«

»Das wäre lieb von dir, Papa, du weißt, es ist nicht gut, wenn der Verteidiger das Gefühl hat, der Mandant sagt ihm nicht die Wahrheit.«

Ja, und für den Ermittlungsrichter ist es ein Geschenk des Himmels, wenn es Unstimmigkeiten zwischen Angeschuldigtem und Verteidiger gibt. Und das ist der Grund, warum sie so beunruhigt ist.

»Ich spreche mit Peressiadis und gebe dir am besten morgen Abend persönlich und nicht vorher telefonisch Bescheid.«

Katerina und Fanis machen sich auf den Weg nach Hause und wir uns auf den Weg ins Bett.

5

Gehalt, der: (wertvoller) Inhalt; stoffl. u. geistiger Inhalt (eines Kunstwerks); innerer Wert: moralischer, religiöser, sittlicher G. einer Dichtung, Lehre usw.; Anteil (eines Stoffes in einer Mischung; Alkoholgehalt, Feuchtigkeitsgehalt); der G. an Kohlehydraten, an Fett

Gehalt, das: Arbeitsvergütung für Beamte und Angestellte (Monatsgehalt), festes, geregeltes Einkommen; Gehälter auszahlen; Gehalt beziehen, jmds. G. erhöhen; ein dickes, festes, fixes, sicheres, anständiges G.; er kann von seinem G. nicht leben, sie kommt mit ihrem G. nicht aus; die Gehälter werden um 2,2 % angehoben, erhöht, gekürzt; sein G. ist zu niedrig, wie hoch ist Ihr G.? Er hat seit 3 Monaten kein G. bekommen…

Beim letzten Beispiel habe ich gefunden, was ich suche, und erspare mir das Weiterlesen des ausführlichen Lexikoneintrags. Interessant ist, dass schon zu Dimitrakos' Zeiten die Praxis des Gehaltsstopps und der Lohnkürzungen gang und gäbe war und Eingang in das Wörterbuch gefunden hat. Wobei es damals nur Hungerlöhne zu verdienen gab, die der Staat jedoch regelmäßig zahlte, während in jüngster Zeit die Gehälter Schlag auf Schlag erhöht wurden, um dann drei Jahre hintereinander wieder zusammengestrichen zu werden, bis schließlich gar nichts mehr übrigblieb. Wahrscheinlich war Dimitrakos vom Gehaltsstopp persönlich nur wenig betroffen und sah bloß ein gutes Beispiel für sein Lexikon darin.

Andererseits hat der Begriff »Gehalt« noch eine andere Bedeutung, nämlich als Inhalt, Anteil oder innerer Wert. In diesem Sinne wäre etwas, das keinen Gehalt hat, laut Dimitrakos wertlos, nichtssagend und trivial. Ein Mensch ohne Gehalt fühlt sich ganz genauso.

Während der ganzen Fahrt zur Dienststelle, ja sogar bis ich den Seat in der Garage des Präsidiums abgestellt habe, geht mir der Lexikoneintrag nicht aus dem Kopf. Danach lege ich einen kleinen Zwischenhalt in der Cafeteria ein, um meine morgendliche Tasse Kaffee und mein gewohntes Croissant zu mir zu nehmen. Durch einen glücklichen Zufall treffe ich dort Peressiadis an, der gerade seinen Tee trinkt. Das Kaffeetrinken hat er sich abgewöhnt, weil er davon Herzklopfen bekommt.

»Sagen Sie mal, Jiota, geben Sie uns Kredit, solange wir kein Gehalt bekommen?«, scherzt er mit der jungen Frau, die das Buffet betreibt.

»Aber sicher, Herr Angelos, beim ersten Getränk gerne. Die folgenden müssen Sie dann aber schön bezahlen.«

»Na, dann brauchen wir nur noch ein Heft fürs Anschreiben, so wie's früher beim Krämer üblich war«, meint er mit einem galligen Lächeln zu mir.

»Kann ich Sie kurz sprechen? Es ist etwas Privates.«

Er wirft mir einen überraschten Blick zu, hält sich jedoch vorerst zurück. »Dann setzen wir uns besser etwas abseits«, erwidert er schließlich.

Wir gehen zu einem Tisch ganz am Rand, obwohl die Cafeteria halb leer ist.

»Was könnten wir zwei denn Privates besprechen?«, fragt er mich belustigt.

»Ihr habt einen Drogendealer namens Kyriakos Demertsis erwischt.«

»Meinen Sie den, den wir an Silvester festgenommen haben? Wir waren alle wegen der großen Party zum Syntagma-Platz beordert, und er hat dummerweise gerade in dem Moment seine Drogen vertickt, als ein Streifenwagen auf dem Weg dorthin an ihm vorbeifuhr und ihn in flagranti dabei erwischt hat.«

»Hat er gestanden?«

»Es blieb ihm nichts anderes übrig, da er bei der Geldübergabe gefasst wurde.«

»Was ich Ihnen jetzt sage, bleibt unter uns. Meine Tochter hat seine Verteidigung übernommen.«

Er spart sich jeden Kommentar und blickt mich wortlos an. »Hat sie mit ihm gesprochen?«, fragt er dann.

»Ja, und er hat ihr gesagt, dass er alles zugegeben hat.«

»Entschuldigen Sie, Kostas, aber mir ist nicht klar, wie ich Ihnen da helfen kann.«

»Meine Tochter nimmt ihm die Geschichte nicht ab.«

»Wieso? Meint sie, wir hätten ihn auf dem Kieker gehabt?«, fragt er mit verhaltenem Ärger. »Hält sie wie alle Verteidiger ihren Mandanten für ein unschuldiges Opfer der bösen Bullen?«

»Demertsis' Vater ist ein Bauunternehmer, der vom öffentlichen Sektor lebt. Also stammt er aus einer wohlhabenden Familie. Er hat Physik studiert und macht gerade seinen Master. Meine Tochter kann sich nicht vorstellen, warum ein junger Mann aus gutem Hause und mit diesen Qualitäten mit Drogen dealen sollte. Sie befürchtet, dass etwas anderes dahintersteckt, das er ihr aber verschweigt.«

Peressiadis blickt mich nachdenklich an. »Jetzt, da Sie es sagen«, meint er, »die Besatzung des Streifenwagens hat in ihrem Bericht angemerkt, dass er genau zum Zeitpunkt der Geldübergabe gefasst wurde. Bei ihm selbst fand man keine Drogen, bei seinem Kunden schon. Daraus wurde geschlossen, dass er sie von Demertsis hatte.«

»Und was sagte der Kunde?«

»Der bestätigte das. Ein Drogenkunde gilt allerdings nicht gerade als glaubwürdiger Zeuge. Hätte Demertsis zum Beispiel gesagt, der andere habe ihm gerade Schulden zurückgezahlt und er habe nicht gewusst, dass er Drogen bei sich trug, lägen – mit seiner Familie und seiner Ausbildung im Hintergrund – seine Chancen auf einen Freispruch bei siebzig Prozent. Doch er hat sofort alles zugegeben.«

»Habt ihr seine Wohnung durchsucht?«

»Ja, er wohnt in Koukaki. Auch dort waren keine Drogen zu finden.«

Offenbar kannte Katerina dieses Detail nicht. Stillschweigend zolle ich meiner Tochter Respekt dafür, dass sie gleich geahnt hat, dass dieser Fall einige Ungereimtheiten in sich birgt.

»Ich werde Katerina nichts davon sagen«, meine ich zu Peressiadis. »Wie versprochen bleibt das Gespräch unter uns.«

»Die Information bringt ihr ohnehin nichts. Er hat sich ja nicht herauszureden versucht, sondern gestanden.« Er verstummt und blickt mich an. »Wir überstellen ihn heute dem Ermittlungsrichter«, meint er dann. »Wenn Sie wollen, können Sie mit ihm sprechen.«

»Sie wissen ja, dass es ein Formfehler war, Ihnen zu erzählen, dass Katerina seine Verteidigung übernommen hat.«

»Was denn für ein Formfehler, Kostas? Es gibt hundert gute Gründe, den informellen Weg zu wählen. Man muss nur dazu stehen.«

Ich weiß nicht, was mich mehr anstachelt: die Hoffnung, etwas herauszufinden, was Katerina weiterhilft, oder der angeborene Drang des Bullen zum Verhör.

»Ein Gespräch kann nicht schaden. Vor allem, weil ich jetzt wirklich neugierig bin.«

»Schön, dann fahren wir hoch, und ich rufe Sie dann rüber.«

Auf dem Korridor stoße ich auf Vlassopoulos, der mir schon aufgelauert hat.

»Es war die Hölle los«, sagt er.

»Wie bitte? Warum denn das?«

»Gestern haben sich eine ganze Reihe Einbrecher ihre Neujahrsgeschenke besorgt. Wegen gerade mal tausend Demonstranten wurden wir alle zum Syntagma-Platz abkommandiert, und Athen blieb unbewacht zurück. Resultat: fünfzehn Einbrüche. Seit dem Morgen posaunen es die Radio- und Fernsehsender lauthals aus. Von ›ineffizient‹ bis ›inkompetent‹ lauten die Komplimente.«

»Und der Minister rennt von Sender zu Sender wie die Feuerwehr, vermute ich mal.«

»Nur zur einen Hälfte, die andere hat der Polizeipräsident übernommen.«

Nachdem er sich über das Thema ausgelassen hat, kehrt er zufrieden in sein Büro zurück. Mit demselben Gefühl betrete auch ich mein Büro. Zwar sind uns fünfzehn Einbrecher durch die Lappen gegangen, doch dafür haben wir Kyriakos Demertsis.

Ich werfe den Laptop an, um meine tägliche Übungsstunde zu beginnen. Doch wie es scheint, haben sich dunkle Mächte verschworen, meine computertechnische Weiterbildung zu behindern. Denn sobald ich nach der Maus greife, läutet das Telefon.

»Er ist in meinem Büro«, höre ich Peressiadis' Stimme.

Ich lasse den Laptop stehen und fahre in die vierte Etage hoch. Peressiadis erwartet mich bereits auf dem Korridor.

»Er ist da drin. Sie können mit ihm sprechen, aber in einer Stunde muss ich ihn dem Ermittlungsrichter überstellen.«

Mein Gegenüber ist ein junger Mann Mitte zwanzig mit kurzem Vollbart, groß gewachsen und schmal. Auf seiner Nase sitzt eine Brille mit einem filigranen Metallgestell, er trägt Jeans und einen College-Pullover. Katerina hat recht, sage ich mir. So sieht kein Drogendealer aus, sondern das Paradebeispiel eines Nachwuchswissenschaftlers.

Er sitzt auf dem Stuhl vor Peressiadis' Schreibtisch. Um dem Gespräch einen informellen Touch zu geben, vermeide ich den Schreibtisch, sondern nehme direkt ihm gegenüber Platz. Eine Weile blicken wir uns an, bis Demertsis als Erster das Schweigen bricht.

»Ich weiß nicht, wer Sie sind. Aber wenn Sie gekommen sind, um mich zu verhören, müssen Sie wissen, dass ich zugegeben habe, gedealt zu haben, und mein Geständnis schon unterschrieben ist. Darüber hinaus kann ich Ihnen nichts sagen.«

Sein Tonfall ist ganz ruhig und ohne aggressive Untertöne, so als gebe er eine offizielle Erklärung ab.

»Ich bin Kommissar Charitos, der Vater Ihrer Strafverteidigerin Katerina Charitou«, erwidere ich im gleichen Stil. Demertsis reagiert vorerst nicht, sondern wartet die Fortsetzung ab. »Ich bin weder hier, um Sie zu vernehmen, noch, weil mich meine Tochter hergeschickt hat. Ich bin hier, weil mich Ihr Fall neugierig gemacht hat.«

»Ihre Tochter macht gute Arbeit«, sagt er. Darauf, was meine Neugier geweckt haben könnte, geht er gar nicht ein. »Ich weiß nicht, ob Sie ihre Mandanten kennen, aber zusammen mit ihrer Partnerin setzt sie sich mit großem Engagement für Drogenabhängige ein.«

Ich bin schon drauf und dran, ihn zu fragen, wie es kommt, dass ein Drogendealer sich über Manias und Katerinas Hilfe für die Drogenabhängigen freut. Das müsste doch seinen Interessen zuwiderlaufen. Doch ich verkneife mir die Bemerkung.

»Ich will Ihnen nicht verhehlen, dass ich Ihre Akte gelesen habe. Und ich wundere mich, dass sich ein junger Mann wie Sie, studiert und aus wohlhabendem Haus, als Drogendealer betätigt.«

»Ich habe das Geld gebraucht«, antwortet er schlicht.

»Alle brauchen wir Geld, besonders heutzutage. Ich verstehe ja, dass Sie sich nicht von Ihrer Familie aushalten lassen wollen. Aber Sie könnten Ihren Lebensunterhalt aufgrund Ihrer Ausbildung verdienen, mit Unterricht an einem Nachhilfeinstitut zum Beispiel. Auch meine Tochter hat das eine Weile lang gemacht. Ich behaupte nicht, dass sie sich davon eine Wohnung kaufen konnte, aber ein bisschen was hat sie schon verdient.«

»Ich unterrichte bereits an mehreren solchen Instituten, um über die Runden zu kommen, aber ich brauche wesentlich mehr Geld.« Er registriert meine Verwunderung und fährt fort: »Haben Sie einen Zettel, Herr Kommissar?«

Ich reiße ein Blatt von Peressiadis' Notizblock und überreiche ihm einen Kugelschreiber. Er schreibt etwas darauf nieder und gibt es mir zurück. Mein Blick fällt auf eine Handynummer und den Namen Pavlos.

»Sagen Sie Ihrer Tochter, sie soll Pavlos anrufen. Er wird ihr erklären, wofür das Geld gebraucht wird.«

Gerade als ich ihn Näheres zu diesem Pavlos fragen will, springt die Bürotür auf, und ein Mann um die sechzig stürmt herein, mit einem Fünfzigjährigen im Schlepptau, der ihn zu beschwichtigen versucht: »Immer mit der Ruhe, Herr Demertsis, immer mit der Ruhe!«

Demertsis senior wirkt jedoch durchaus beherrscht. Er bleibt einen Schritt vor dem Stuhl stehen, auf dem sein Sohn sitzt. Anscheinend hat Kyriakos den Besuch erwartet, denn er blickt ungerührt zu ihm hoch.

»Was hast du dir jetzt wieder Neues einfallen lassen?«, fragt er seinen Sohn in verhaltenem Ton. »Was hast du mit Drogenhandel zu schaffen? Du nimmst ja nicht einmal eine Zigarette in den Mund. Der einzige Grund, der mir einfällt, ist: Du willst mich in Verlegenheit und in Verruf bringen. Darauf legst du es an.«

»Das Auto, das du mir geschenkt hast, steht seit zwei Monaten beim Händler, ohne dass sich ein Käufer findet.

Was sollte ich machen? Ich habe dringend Geld gebraucht«, erwidert der Sohn störrisch.

»Habe ich jemals nein gesagt, wenn du mich um Geld gebeten hast? Ich habe dir sogar einen Job mit fürstlichem Gehalt in der Firma angeboten. Doch du hast abgelehnt.«

Ich wechsle einen Blick mit Peressiadis, der in der Tür steht und unmerklich den Kopf schüttelt. Demertsis' Begleiter fühlt sich zum Einschreiten genötigt.

»Herr Demertsis, hier ist nicht der passende Ort für eine solche Diskussion«, meint er.

»Glauben Sie mir, Herr Prokopiou, ich wäre nicht hier, wenn seine Mutter nicht in Tränen aufgelöst wäre. Ich persönlich hätte größte Lust, meinen Sohn seinem Schicksal zu überlassen. Egal, wie das enden wird«, entgegnet Demertsis seinem Begleiter. Dann wendet er sich wieder seinem Sohn zu. »Das hier ist Themis Prokopiou, der beste Strafverteidiger Griechenlands. Wenn er deine Verteidigung übernimmt, paukt er dich wieder heraus.«

»Ich habe schon einen Rechtsbeistand und brauche keinen zweiten«, sagt Demertsis junior trocken.

»Sieh mal, wenn deine Anwältin mit Herrn Prokopiou zusammenarbeiten will, habe ich nichts dagegen. Sie muss nur akzeptieren, dass Herr Prokopiou aufgrund seiner Fachkenntnisse das Sagen hat«, antwortet der Senior und wirft mir einen Seitenblick zu.

Peressiadis wird etwas unruhig, doch ich nehme mir an Kyriakos Demertsis' stoischer Miene ein Beispiel.

»Sagen Sie, Herr Kommissar«, wendet sich Demertsis junior an Peressiadis. »Ich bin doch volljährig. Habe ich dann nicht das Recht, meinen Verteidiger selbst auszuwählen?«

»Klar«, erwidert Peressiadis.

»Dann geht doch, du und dein Kofferträger«, sagt er zu seinem Vater.

»Wenn ich jetzt gehe, dann komme ich nicht wieder. Dann kannst du sehen, wie du allein fertig wirst.«

»Jedes Mal versprichst du mir das, doch nie hältst du dein Wort.«

Demertsis wirft seinem Sohn einen gereizten Blick zu, verliert jedoch seine Selbstbeherrschung nicht. »Gehen wir, Herr Prokopiou. Er hat sein Schicksal verdient«, meint er zu dem Anwalt. »Ich verstehe nicht, wieso du mich so hasst«, sagt er, an den Sohn gerichtet. »Ich bin doch ein Mann mit fortschrittlichen Ideen, und als Student habe ich gegen die Junta für die Freiheit gekämpft. Ich bin kein autoritärer Rechter. Warum hasst du mich so?«

Kyriakos Demertsis bleibt ihm die Antwort schuldig, und sein Vater scheint auch keine erwartet zu haben, denn er öffnet die Tür und tritt, gefolgt von Prokopiou, hinaus.

»Demertsis, Zeit für den Ermittlungsrichter«, sagt Peressiadis zu dem jungen Mann, der sich wortlos erhebt. Beim Hinausgehen bleibt er vor mir stehen.

»Ich habe einen Termin mit Ihrer Tochter«, sagt er mit einem unmerklichen Lächeln und verlässt, zusammen mit Peressiadis, das Büro.

Nachdem Peressiadis ihn den Wachleuten übergeben hat, kehrt er zurück.

»Aus solchen Familien stammen normalerweise die Drogenkonsumenten. Drogendealer sind die große Ausnahme«, erklärt er.

Immer noch halte ich Kyriakos Demertsis' Notizzettel

in der Hand und grüble darüber nach, was die Ursache für den abgrundtiefen Hass zwischen Vater und Sohn sein könnte.

6

Gestern Abend erwähnte Katerina beim Linsenessen, dass sie mit Pavlos telefoniert hatte. Die Nummer hatte sie nicht von mir, sondern beim Termin mit dem Ermittlungsrichter von Kyriakos Demertsis bekommen. Pavlos erzählte ihr von einem leerstehenden Hotel, das Kyriakos und er in ein Obdachlosenasyl umgewandelt hatten.

Während Katerina – unterbrochen von Fanis' und Adrianis Einwürfen – weitererzählte, dachte ich darüber nach, wieso mir Kyriakos Demertsis nicht aus dem Kopf ging. War es die Figur des Wissenschaftlers mit ihrer besonnenen und beherrschten Ausstrahlung, die mich zweifeln ließ, dass dieser Mensch ein Drogendealer war? Oder war es die Verachtung, die er seinem Vater gegenüber zum Ausdruck brachte? Da ich darauf keine Antwort finden konnte und meine Neugier geweckt war, ging ich auf Katerinas Vorschlag ein, mit ihr zusammen zum Obdachlosenasyl zu fahren. Außerdem schlug sie vor, Sissis mitzunehmen.

»Aus zwei Gründen«, erläuterte sie mir. »Erstens, weil er das Lagerleben aus seinen Jahren als politischer Gefangener auf den Verbannungsinseln kennt. Daher weiß er, was die Leute brauchen. Und zweitens, weil ihm diese Aufgabe guttun wird. Es ist besser für ihn, als immer nur seine Pflanzen zu gießen und darüber nachzugrübeln, ob er mit seiner Rente die Wasserrechnung noch bezahlen kann.«

»Was ist jetzt mit Demertsis?«

»Was soll sein? Er sitzt in Untersuchungshaft.«

Die von Pavlos, Kyriakos Demertsis' Freund, angegebene Adresse liegt im Stadtteil Kypseli. Da wir zunächst Sissis abholen, fahren wir über die Acharnon-Straße. Jedes zweite Geschäft hat die Rollläden heruntergelassen, die einen stehen zum Verkauf, die anderen suchen einen Mieter. Doch die Annoncen hängen völlig umsonst da. Niemand mietet oder kauft etwas in Zeiten wie diesen.

Das umgenutzte Hotel befindet sich in der Tenedou-Straße, an der Ecke zur Fußgängerzone der Ajias-Sonis-Straße, es ist ein beigefarbenes vierstöckiges Gebäude mit Balkonen, die auf beide Straßen blicken. Über dem Eingang wehen noch die traurigen Überreste der Fahnen, die an die Glanzzeiten des Hotels erinnern: eine griechische und eine US-amerikanische Flagge, eine EU-Fahne und eine weitere unbekannter Herkunft.

Pavlos erwartet uns am Eingang. Er ist das glatte Gegenteil von Kyriakos Demertsis. Pavlos ist gedrungen, und sein zerzaustes Barthaar wirkt keineswegs gepflegt, sondern eher so, als hätte er vergessen, sich zu rasieren.

»Ich bin Pavlos«, stellt er sich vor. Dann deutet er auf eine dunkelhaarige junge Frau in Jeans, T-Shirt und Sportjacke, die neben ihm steht. »Und das ist Loukia.«

Als er sieht, dass ich im Seat sitzen geblieben bin, weil ich keinen Parkplatz finde, meint er:

»Parken Sie doch auch in der Fußgängerzone.«

Ich lasse meinen Wagen schräg gegenüber vor einem Wohnhaus stehen und folge der Vorhut in das neugeschaffene Obdachlosenheim.

Hinter dem Tresen der Rezeption befindet sich die Schlüsselablage, deren Fächer genau denselben Leerstand aufweisen wie die Geschäfte in der Acharnon-Straße. Rechts muss der Frühstücksraum gewesen sein. Zwar stehen Tische und Stühle darin, doch das billige Resopal lässt vermuten, dass sie von den neuen Bewohnern stammen müssen.

»Wie sind Sie auf dieses Gebäude gekommen?«, wendet sich Katerina an Pavlos.

»Loukia war's«, erwidert Pavlos mit einem Lächeln. »Sie kam eines Tages zufällig hier vorbei und hat gesehen, dass das Hotel nicht mehr in Betrieb war. So haben wir es begutachtet und festgestellt, dass es tatsächlich leer stand.« Mit einem noch breiteren Lächeln wendet er sich mir zu. »Fragen Sie lieber nicht, wie wir hereingekommen sind, Herr Kommissar. Die Polizei muss ja schließlich nicht alles wissen.«

»Solange keine Anzeige vorliegt, hat die Polizei keinen Grund einzuschreiten.«

»Es wird auch keine geben«, antwortet er entschieden.

»Woher wollen Sie das wissen?«

»Zehn Tage nach unserem Einzug kam der Eigentümer, regte sich mächtig auf und drohte uns mit Rauswurf. Wir haben ihm erklärt, dass wir das Hotel für einen guten Zweck vorläufig besetzen. Schließlich haben wir uns darauf geeinigt, dass er es uns unter der Hand für fünfhundert Euro im Monat vermietet.« Er blickt Katerina an. »Verstehen Sie jetzt, warum wir versuchen, um jeden Preis Geld aufzutreiben? Es ist ja nicht bloß die Miete. Das Hotel war vollkommen leer, also mussten wir Feldbetten, Kissen und

Decken beschaffen. Ein paar Küchengeräte brauchten wir auch. Jetzt können wir den Leuten jeden Tag eine warme Mahlzeit anbieten. Dazu kommen noch Strom- und Wasserkosten. Um die Finanzierung kümmern wir uns ganz allein, wir wollen keine Hilfe von außen.«

»Aber Kyriakos ist euch im Gefängnis wohl kaum von großem Nutzen«, meint Katerina.

Loukia lacht auf. »Wenn er als Drogendealer weitermacht, dann verdient er eine ganze Menge«, sagt sie zu Katerina. Richtig wohl fühlt sie sich bei ihrer Antwort aber nicht, denn sie wird sofort wieder ernst. »Aber Spaß beiseite, Kyriakos wirkt ruhig und zurückhaltend, und keiner traut ihm die Hartnäckigkeit zu, mit der er seine Ziele verfolgt. Wir jobben alle ein bisschen und stecken unser Geld dann ins Asyl. Aber Kyriakos leistet mehr als alle anderen.«

»Kommen Sie, ich zeige Ihnen die Küche, bevor wir zu den Zimmern hochgehen«, meint Pavlos.

Es handelt sich um einen kleinen Raum, in dem früher das Frühstück für die Hotelgäste zubereitet wurde. Eine Sechzigjährige steht über zwei Kochtöpfe gebeugt, die auf dem Herd stehen.

»Frau Frosso wohnt auch hier bei uns. Wir bringen ihr die Esswaren, und sie übernimmt das Kochen«, erläutert Pavlos. »Frau Frosso, das hier sind Freunde, die sich das Asyl anschauen wollen.«

»Das sieht ja lecker aus, was Sie hier zubereiten«, meint Katerina zu ihr.

Frau Frosso lässt den Kochlöffel sinken und blickt sie an.

»Früher, mein Schatz, habe ich für die Familie gekocht,

jetzt tue ich es für die Obdachlosen. Sie sind jetzt meine Familie. So ist das heutzutage.«

»Kommen Sie mit zu den Zimmern«, fordert uns Loukia auf. »Dazu müssen wir die Treppe hoch. Den Fahrstuhl haben wir stillgelegt. Die Stromkosten können wir uns nicht leisten.«

Das Hotel hatte früher an die sechzig Betten. Pavlos und seine Freunde haben in jedem Zimmer mehrere Feldbetten aufgestellt, um eine größere Zahl von Obdachlosen unterzubringen.

Im ersten Stock sitzt in dem Raum, der dem Treppenabsatz gegenüberliegt, eine Sechzigjährige mit geschlossenen Augen auf ihrem Bett und wiegt sich vor und zurück, während sie das Kirchenlied »Stumm mögen die Lippen der Gottlosen sein« vor sich hin summt.

Die Obdachlosen sitzen in ihren Zimmern. Die einen unterhalten sich, die anderen liegen auf ihren Betten, den Blick an die Decke geheftet.

»Wie geht's, Herr Stavros?«, fragt Loukia einen Mann in den Siebzigern.

Der Mann löst den Blick von der Zimmerdecke und schaut sie an.

»Gut, mein Schatz, Gott sei Dank. Wenn man bedenkt, in wie vielen Parks und Hauseingängen ich schon übernachtet habe, fühle ich mich hier wie im Hotel Grande Bretagne.«

»Wie wählt ihr die Leute aus?«, fragt Katerina Pavlos.

»Zunächst einmal nehmen wir die Älteren auf. Wenn ein Bett frei wird, klappert einer von uns die Parks und Hauseingänge der Wohnblocks in den heruntergekommenen

Vierteln ab. Obdachlose über sechzig fragen wir dann, ob sie hier wohnen möchten. Die meisten sagen auf der Stelle zu. Früher haben viele noch eine kleine Rente bekommen, aber jetzt reicht die nirgends mehr hin. Wir bieten ihnen eine Unterkunft, so dass sie ihr Geld für persönliche Ausgaben wie Medikamente oder Essen ausgeben können. Zweimal im Monat kommen Mitarbeiter von ›Ärzte der Welt‹ vorbei, die sie untersuchen und Medikamente verteilen, die sie sich nicht leisten können.«

Alles ist wohl durchdacht und organisiert. Das Einzige, was mangelhaft erscheint, ist die Sauberkeit. Auf den Fluren und in den Zimmern herrscht ein heilloses Durcheinander.

»Macht hier denn niemand sauber?«, fragt Sissis.

Loukia zuckt mit den Schultern. »Wir halten sie jeden Tag dazu an. Alle Jubeljahre packt eine Frau der Ehrgeiz, und sie greift zum Besen. Normalerweise stoßen wir jedoch auf taube Ohren. Aber wir bestehen auch nicht darauf. Die Leute sind ausgelaugt, frustriert, zermürbt … Wie soll man sie motivieren? Sie haben keine Kraft mehr.«

»Hören Sie mal«, meint Sissis zu ihr. »Ich habe mein halbes Leben in den Kellergeschossen der Polizei und auf den Deportationsinseln Makronissos und Ai Stratis verbracht. Drei Dinge haben die altgedienten Insassen den Neuankömmlingen beigebracht: Erstens, halte deine Gefängniszelle sauber. Zweitens, achte darauf, dass dein Platz im Lager ordentlich ist. Drittens, mach jeden Morgen dein Bett. Nicht, weil sie Sauberkeitsfanatiker waren, sondern weil dieser Ort für Jahre unser Zuhause sein würde. Deshalb sollten wir uns darum kümmern wie um unsere eigene Wohnung. Damit wir den Lebensmut nicht verlieren.«

Loukia starrt ihn an und sucht nach Worten. Doch Sissis erwartet keine Antwort. Was er sagen wollte, hat er gesagt. Jetzt setzt er seinen Rundgang fort. Plötzlich stürmt ein Siebzigjähriger aus seinem Zimmer und schreit los:

»Die wollen uns hier rausschmeißen! Kommt alle her, die wollen uns hier fortjagen!«

»Beruhigen Sie sich, Herr Antonis«, sagt Pavlos. »Die Leute hier sind Freunde. Niemand will euch rausschmeißen.«

Der Alte beachtet ihn nicht weiter. Er packt mich am Arm und beginnt, mich zu schütteln, als ahne er, dass ich hier der Bulle bin.

»Von hier kriegt uns keiner weg. Erst hat man uns aus unseren Wohnungen vertrieben, dann aus den Parks, aber hier schmeißt uns keiner raus.«

Ich nehme seine kleine Attacke widerstandslos hin, doch Katerina ist vor Schreck erstarrt. Kurz darauf lässt Herr Antonis von mir ab und bleibt erschöpft und mit hängenden Armen stehen.

Durch eins der Zimmer trete ich auf den Balkon, um Luft zu holen. Die Ajias-Sonis-Straße ist ruhig, begrünt mit Bäumen, Büschen und Blumenrabatten. Ein Saxophonspieler gibt ein Ständchen, doch sein ganzer Einsatz ist vergeblich, denn die Passanten gehen achtlos an ihm vorbei. Ein Schwarzer schreit in einer unverständlichen Sprache in ein öffentliches Telefon, während eine dunkelhäutige Frau mit einem Kind im Buggy und einem weiteren Kind an der Hand die Tenedou-Straße entlanggeht. Eine andere Mutter, eine Griechin diesmal, sieht ihrer kleinen Tochter beim Spielen in der Fußgängerzone zu.

Ich werfe einen Blick auf die umliegenden Wohnhäuser. Immer noch gibt es Balkone mit Blumentöpfen und Blumenkästen, die wie Überbleibsel aus einer Zeit wirken, als Kypseli noch die begehrteste Wohngegend der Mittelklasse im Athener Zentrum war. Jeder wollte hier wohnen, bis ein Großteil der Bewohner hochnäsig wurde und meinte, in edlere Randbezirke ziehen zu müssen.

Als wir wieder im Erdgeschoss anlangen, tritt Sissis auf mich zu. »Ich habe mit Pavlos gesprochen und beschlossen, hierzubleiben und mitzuhelfen«, sagt er.

»Na, kommen Erinnerungen an Makronissos hoch?«, necke ich ihn.

»Ich muss schon sehr bitten, Kommissar«, meint er und setzt seine geschäftsmäßige Miene auf, wie immer, wenn er sich mit mir anlegt. »Ich war bei den Kommunisten, weil sie behaupteten, sie kämpften für eine menschenwürdige Gesellschaft. Siebzig Jahre lang waren sie auf der Suche danach, doch vor lauter Menschenwürde haben sie die nackten Zahlen vergessen. Das war ihr Untergang. Jetzt lebe ich in einer Gesellschaft, die sich nur nach den nackten Zahlen orientiert und die Menschenwürde aus den Augen verliert. Auch sie wird untergehen. Was tut man, wenn man mit einem großen Unternehmen pleitegeht? Man rettet, was zu retten ist, und fängt mit einem kleinen Laden wieder von vorn an. Genau das tue ich jetzt auch.«

Ich komme nicht mehr dazu, ihm zu antworten, da mein Handy klingelt.

»Hier die Notrufzentrale, Herr Kommissar. Ihre Dienststelle hat mich an Sie verwiesen.«

»Was gibt's?«

»Gerade eben haben wir einen seltsamen Anruf erhalten. Eine Stimme sagte, Jerassimos Demertsis warte im Olympischen Zentrum Faliro auf Sie.«

»Haben Sie die Daten des Anrufers?«

»Der Anruf war anonym. Nach der Mitteilung wurde sofort aufgelegt.«

»Mann oder Frau?«

Der Beamte zögert.

»Die Stimme klang verzerrt, Herr Kommissar. Sie hörte sich weit weg und dumpf an. Es war nicht zu erkennen, ob Mann oder Frau.«

»Konnten Sie den Anruf zurückverfolgen?«

»Ja, er kam von einer Telefonzelle in Paleo Faliro.«

»Das Polizeirevier Paleo Faliro soll einen Streifenwagen zum Olympischen Zentrum schicken und sich direkt mit mir in Verbindung setzen. Ich fahre jetzt zurück zur Dienststelle.«

Katerina bitte ich, mit dem Taxi in ihr Büro zurückzukehren, denn ich muss jetzt sofort los. Mir schwant, dass mich eine Menge Scherereien erwartet.

7

Mein Telefon läutet Sturm, als ich das Büro betrete.

»Hier die Notrufzentrale, Herr Kommissar. Der Streifenwagen hat uns benachrichtigt, dass im Olympischen Zentrum Faliro ein Toter liegt.«

Meine böse Vorahnung hat sich bestätigt. Als ich meine Mitarbeiter zusammentrommle, erscheinen Koula, Vlassopoulos und Dermitsakis. Der Neue, Papadakis, ist nicht dabei. Vielleicht, weil er sich im Team noch als Fremdkörper fühlt. Oder er geht auf Tauchstation, um schwierigen Fällen auszuweichen.

»Koula, rufen Sie Stavropoulos in der Gerichtsmedizin an. Er soll sofort zum Olympischen Zentrum Faliro kommen. Benachrichtigen Sie auch die Spurensicherung.«

»Worum geht's? Um Mord?«, fragt sie.

»Ja, der Streifenwagen vom Revier Paleo Faliro hat einen Toten gefunden.«

»Wer ist es?«

»Er ist noch nicht offiziell identifiziert. In der Notrufzentrale ist ein anonymer Anruf eingegangen, in dem vom Bauunternehmer Jerassimos Demertsis die Rede war. Vlassopoulos und Dermitsakis kommen mit mir, Sie und Papadakis halten hier die Stellung«, sage ich zu Koula.

»Das heißt wohl ich allein. Denn Papadakis hat sich noch nicht blicken lassen«, erwidert Koula.

»Wie spät ist es?«, frage ich verwundert.

»Elf.«

Die anderen werfen Koula strafende Blicke zu.

»Was schaut ihr mich so an?«, regt sich Koula auf. »Ab heute halte ich für keinen mehr den Kopf hin. Wir sind doch hier nicht die Idioten, die um acht auf der Matte stehen, und er gibt sich die Ehre, wann es ihm gerade passt. Er ist nicht die einzige unbezahlte Kraft.«

»Ist das schon öfter vorgekommen?«, frage ich Dermitsakis.

»Ein paarmal.«

»Und warum weiß ich nichts davon?«

»Jetzt wissen Sie es, und zwar von mir«, antwortet Koula, während die Blicke der anderen beiden immer noch die Solidarität unter Kollegen anmahnen.

»Gleich nach unserer Rückkehr will ich ihn in meinem Büro sprechen. Und Koula, suchen Sie bitte im Internet nach Informationen über Jerassimos Demertsis.«

Da wir auf regen Verkehr stoßen, schaltet Vlassopoulos die Sirene ein, worauf wir problemlos durchkommen. Als wir den Syntagma-Platz erreichen, befindet sich an genau derselben Stelle, wo vor drei Jahren das Transparent der »Empörten« mit dem Spruch »Die Junta von '73 geht weiter« hing, heute ein anderes: »Den amerikanischen Bürgerkrieg haben die Südstaaten verloren. Wir werden gewinnen.«

»Ja, steuern wir denn auf einen Krieg zu?«, fragt Dermitsakis belustigt.

»Wundere dich nicht, wenn du morgen das Militär auf den Straßen siehst«, hält ihm Vlassopoulos entgegen.

Dermitsakis treibt den Scherz weiter. »Was steht uns bevor? Dasselbe wie 1940?«

»Oder ein Militärputsch wie am 21. April 1967«, entgegnet Vlassopoulos ernst.

»1940 haben uns nicht die Deutschen attackiert, sondern die Italiener, die auch Südstaatler sind«, sage ich zu Dermitsakis. »Und was den Putsch betrifft: Vergiss es! Nie und nimmer werden Panzer auf den Straßen rollen.«

»Und wieso nicht?«, fragt mich Vlassopoulos.

»Weil sie entweder keine Ersatzteile haben oder keinen Treibstoff. Das ist der Grund dafür, dass wir ungeschoren davonkommen. Zum Glück für uns Polizisten, weil wir sonst die Wasserträger fürs Militär spielen müssten.«

Auf dem Syngrou-Boulevard ist der Verkehr so spärlich, dass wir in kürzester Zeit das Olympische Zentrum Faliro erreichen, dessen Zufahrt von einem Streifenwagen versperrt wird.

»Er liegt auf einem Müllberg neben der Sporthalle, Herr Kommissar. Kein schöner Anblick«, meint der Fahrer des Streifenwagens.

Wir müssen nicht lange suchen, da der Müllhaufen schon von weitem zu erkennen ist. Dort liegt tatsächlich ein Mann, das Gesicht im Abfall vergraben.

Ich lasse meine Assistenten einen Blick auf die Ruinen der ehemaligen olympischen Sportanlagen werfen, während ich selbst bei der Leiche zurückbleibe, um sie in aller Ruhe zu mustern.

Auf den ersten Blick erkenne ich, dass es Demertsis senior ist. Nicht am Gesicht, sondern an der Kleidung. Er trägt genau dasselbe wie bei seinem Besuch im Präsidium.

Na toll, so bewahrheitet sich der alte Gassenhauer: »Du liegst im Grab, und ich sitz im Gefängnis.« Nur, dass es hier umgekehrt ist. Zuerst wandert der Sohn ins Gefängnis, und dann kommt der Vater unter die Erde.

Ich werde wohl auf Stavropoulos warten müssen, um mir ein genaueres Bild machen zu können. Doch auch ohne seine Hilfe kann ich erkennen, dass der Tod aufgrund eines glatten Durchschusses eingetreten ist. Die Kugel ist von hinten in Demertsis' linkes Schulterblatt eingedrungen und hat ihm das Herz durchbohrt. Er muss auf der Stelle tot gewesen sein.

Als Erster trifft Dimitriou mit der kriminaltechnischen Mannschaft ein.

»Suchen wir etwas Bestimmtes?«, fragt er mich, während er einen flüchtigen Blick auf den Toten wirft.

»Das Projektil. Obwohl ich nicht glaube, dass ihr es finden werdet. Wahrscheinlich ist er woanders getötet und dann hierhergebracht worden.«

Ich lasse ihn seine Arbeit machen und begebe mich auf die Suche nach meinen Assistenten. Von den Bauten stehen nur noch die Fassaden, im Inneren herrscht gähnende Leere. Alles, was zu Geld gemacht werden konnte, wurde gestohlen. Einzig zerbrochene Sitze, geborstene Türen und ein paar zerfetzte Fußballtornetze wurden zurückgelassen. Diejenigen Scheinwerfer, die noch nicht entwendet wurden, sind zertrümmert und blicken mit blinden Augen auf das Spielfeld. Es sind die traurigen Überreste längst vergangener Großereignisse, die niemanden mehr beeindrucken. So wie ganz Griechenland ein trauriger Überrest längst verblichener Großtaten ist.

»Wie viel haben wir für all das bezahlt?«, fragt Dermitsakis.

»Wir zahlen immer noch«, erwidert Vlassopoulos.

»Jetzt nicht mehr. Wir haben zu unseren Gläubigern gesagt: ›Kommt her und holt es euch.‹«

»Und glaubst du etwa, sie kommen nicht?«

»Sollen sie nur. Seit der gute alte Nationalismus wieder in uns erwacht ist, fürchten wir nichts und niemanden. Wir fühlen uns wie Leonidas an den Thermopylen, der den Persern die Waffen nicht ausliefern wollte und sagte: ›Kommt her und holt sie euch.‹«

»Stimmt«, sage ich zu Dermitsakis.

Vlassopoulos starrt mich konsterniert an.

»Schön, dass Sie mir beipflichten, Herr Kommissar«, erklärt Dermitsakis befriedigt. Aber ich meine eigentlich etwas ganz anderes: Wir sind Leonidas' Kinder, doch es gibt nichts mehr zu holen.

Mein Blick fällt auf eine Reihe von Matratzen, auf denen alte, zerschlissene Kleider liegen.

»Anscheinend wohnt hier jemand.«

»Illegale«, schlussfolgert Vlassopoulos.

»Wenn wir Glück haben, hat einer von ihnen etwas beobachtet«, bemerkt Dermitsakis.

»Kommt auf die Tatzeit an. Tagsüber wird keiner hier gewesen sein. Die verschwinden bei Tagesanbruch und kommen erst nachts zum Schlafen wieder. Beim Anblick des toten Demertsis haben sie bestimmt die Flucht ergriffen. Die sehen wir nie wieder. Nur wenn der Mord nachts geschehen ist, gibt es eine kleine Hoffnung, aber sehr zuversichtlich bin ich nicht.«

Stavropoulos beugt sich gerade über den Toten.

»Sie sind Ihrer Zeit voraus, Charitos«, sagt er, ohne den Kopf zu heben.

»Warum?«

»Sie machen mit Ihrer Leiche schon mal den Anfang. Bald liegen wir alle auf dem Müll.«

Ich spare mir jeden Kommentar, da ich seine geschmacklosen Witze längst gewöhnt bin.

»Gibt es irgendeinen Anhaltspunkt für die Tatzeit?«

»Einen ziemlich genauen sogar. Der Mord muss heute Morgen zwischen acht und elf geschehen sein.«

»Wurde er hier oder woanders getötet?«

»Hier, das steht fest. Nachdem auf ihn geschossen wurde, ist er hier zusammengebrochen. Andernfalls würde man Schleifspuren sehen.«

Wurde er vor Ort umgebracht, dann müssten wir sein Auto in der Nähe auffinden können. Demertsis wird nicht mit öffentlichen Verkehrsmitteln nach Faliro gefahren sein. Und wenn er nicht mit dem eigenen Wagen gekommen ist, dann höchstwahrscheinlich zusammen mit seinem Mörder.

»Da gibt es noch etwas«, meint Stavropoulos.

»Ja?«

»Ich bin mir noch nicht ganz sicher, aber auf den ersten Blick sieht es nicht danach aus, als sei er aus nächster Nähe erschossen worden.«

»Er wurde also aus einiger Entfernung getroffen?«

»Kann sein, doch erst die Obduktion wird uns Gewissheit verschaffen. Das wär's meinerseits. Jetzt gehört er ganz Ihnen.«

Plötzlich ertönt aus heiterem Himmel eine Stimme, die

aus Demertsis' Kleidern zu dringen scheint. Erschrocken weicht Stavropoulos einen Schritt zurück.

»Hier Polytechnikum. Hier Polytechnikum. Sie hören den Sender der freien kämpfenden Studenten, der freien kämpfenden Griechen.« Darauf folgt eine ganz kurze Pause, und eine andere Stimme ergänzt: »Brot, Bildung, Freiheit. Nur Brot haben wir keins.«

Die Botschaft bricht genauso abrupt ab, wie sie eingesetzt hat. Uns hat es allen die Sprache verschlagen, während wir auf den toten Demertsis starren. Als Erster fängt sich Dimitriou. Er knöpft Demertsis' Kleider auf und durchsucht seine Taschen. Aus der Innentasche des Sakkos zieht er ein Handy und streckt es uns entgegen.

»Simpel, aber wirkungsvoll«, erläutert er den Umstehenden. »Die Botschaft wurde als Klingelton gespeichert. Sobald man anruft, wird sie abgespielt. Anstelle irgendeiner Melodie hört man die Parole aus der Zeit der Besetzung des Polytechnikums während der Junta. Technische Spielereien.«

Vlassopoulos stellt die Frage, die uns allen auf der Zunge liegt. »Und woher weiß der Anrufer, wann er die Nummer wählen muss?«

»Jemand muss uns beobachtet haben«, sagt Dermitsakis.

Wir drehen uns um und lassen unsere Blicke in die Umgebung schweifen. Ziemlich bescheuert – erwarten wir etwa, dass uns der Anrufer aus der Ferne zuwinkt?

»Wer auch immer das war: Er ist weg«, sage ich.

»Der Anruf stützt die Theorie, dass der Mord nicht aus unmittelbarer Nähe verübt wurde«, resümiert Stavropoulos.

»Jedenfalls ist er mit Sicherheit vor Ort getötet worden, denn wir haben in der Zwischenzeit das Projektil gefunden«, ergänzt Dimitriou. »Ich schicke es weiter zur ballistischen Untersuchung.«

»Einverstanden, aber Vorrang hat das Handy. Prüfen Sie nach, ob Sie Anrufe darauf finden, die uns irgendein Türchen öffnen. Doch zuerst einmal müssen wir Demertsis' Wagen finden. Er muss ihn hier irgendwo abgestellt haben.«

Stavropoulos gibt den Abtransport des Toten frei und verlässt den Tatort. Dimitriou fährt fort, seine Spurensammlung zu vervollständigen. Und wir machen uns auf die Suche nach Demertsis' Auto.

8

Die Sicherstellung von Jerassimos Demertsis' Wagen war eine leichte Übung. Er stand auf der Faethontos-Straße in der Nähe der Grundschule. Ein grauer Mercedes Cabrio, der weiter keine Geheimnisse offenbarte. Im Handschuhfach befanden sich die Fahrzeugpapiere, Demertsis' Führerschein und ein Paar Lederhandschuhe. Auf dem Rücksitz lagen ein paar verstreute Aktenordner. Ich wies Vlassopoulos an, den Mercedes zur Abteilung für Kriminaltechnik weiterzuleiten, um die Untersuchung zu vervollständigen. Obwohl, etwas Weltbewegendes versprach ich mir davon nicht, denn normalerweise findet man dabei nur eine Unzahl schwer identifizierbarer Fingerabdrücke.

Demertsis' Ermordung wirft viele Fragen auf. Zuallererst gibt es da die Botschaft, die auf dem Handy in der Sakkoinnentasche zu hören ist. Mit Sicherheit ist es vom Mörder dort platziert worden, da Demertsis' eigenes Mobiltelefon in der seitlichen Außentasche steckte.

Aber aus welchem Grund sollte der Mörder bei seinem Opfer ein Handy mit dem Motto des Radiosenders der aufständischen Studenten von 1973 deponieren? Demertsis hat seinem Sohn erklärt, er sei kein Konservativer, sondern habe sich politisch links engagiert. Mal angenommen, er war bei der Besetzung des Polytechnikums dabei: Dass der

Mord auf einen Konflikt oder eine Auseinandersetzung von damals zurückgehen soll, kann ich mir nicht vorstellen. Ganze vierzig Jahre sind seither verstrichen. Doch obwohl ein Zusammenhang an den Haaren herbeigezogen scheint, stellt sich die Frage: Wieso spielt der Mörder auf die Ereignisse im Polytechnikum an? Das ist kein Zufall. Die Botschaft ist an uns gerichtet und soll uns auf etwas hinweisen.

Die andere Frage betrifft den Mord selbst. Sollte Demertsis nicht aus nächster Nähe erschossen worden sein, kommt ein Profikiller in Frage, der gleich nach Erledigung des Auftrags flüchtete. Der Anrufer, der uns am Ort des Verbrechens beobachtete und genau dann anrief, als wir Demertsis' Leiche untersuchten, muss ein anderer gewesen sein. Ausgeschlossen, dass der Killer zuerst das Handy in Demertsis' Innentasche steckte und ihn danach aus einiger Entfernung erschoss. Das Risiko, sich nach dem Mord dem Opfer zu nähern und ihm das Telefon in die Sakkotasche zu stecken, wird er genauso wenig auf sich genommen haben.

Alles deutet auf einen Profi hin oder zumindest auf eine speziell geschulte Person, die in der Lage ist, einen Mord zu planen und zu organisieren. Wenn der Täter aber besonders ausgebildet ist, besteht die Möglichkeit einer terroristischen Handlung. Folglich muss ich diese Variante mit Gonatas von der Antiterrorabteilung besprechen. Es bleibt abzuwarten, ob in den nächsten Stunden ein Bekennerschreiben auftaucht.

All das rattert durch mein Hirn, während ich mit Vlassopoulos im Streifenwagen die Monemvassias-Straße in Polydrosso entlangfahre, wo die Büros von Jerassimos Demertsis' Baufirma Domotechniki liegen. Dermitsakis habe ich in Faliro zurückgelassen, damit er dort die Lage sondiert und herausfindet, ob es irgendwelche Zeugen gibt. Es sind eigentlich noch ganz andere Ermittlungen nötig, aber es könnte sich lohnen. Manchmal ergibt sich spontan ein Hinweis, wenn die Tat noch frisch ist.

Nachdem ich mit Vlassopoulos besprochen hatte, ob wir bei Demertsis' Frau mit den Befragungen beginnen sollten oder lieber in seiner Firma, kamen wir zu dem Schluss, es sei besser, die Ehefrau erst mal zu schonen, bis sie in der Lage wäre, unsere Fragen zu beantworten.

Die Räumlichkeiten der Firma Domotechniki befinden sich in der dritten und vierten Etage eines Bürokomplexes, der aus den Zeiten der Euro-Euphorie stammt. Als man im dritten Stock auf unser Läuten hin öffnet, treten wir in einen leeren Empfangsraum. Gleich um die Ecke haben sich vier Angestellte versammelt und unterhalten sich mit gedämpfter Stimme. Eine junge Frau Mitte zwanzig, deren Augen rot und geschwollen sind, kommt auf uns zu.

»Wir haben heute geschlossen«, sagt sie. »Ein tragischer Vorfall.«

Als wir ihr erläutern, wer wir sind, beschränkt sie sich auf ein verlegenes »Ach so, ja«.

»Mit wem könnten wir sprechen?«

Sie möchte die Verantwortung für die Auskunft nicht alleine übernehmen, vertröstet uns kurz und fragt einen Vierzigjährigen aus der Gruppe der Angestellten um Rat. Der Mann kommt auf uns zu.

»Sie können entweder mit dem Projektmanager Herrn Nikiforidis sprechen oder mit Herrn Petrakos, dem Finanzdirektor«, erklärt er. »Sie vertreten die Firma nach außen, wenn Herr Demertsis«, er stockt, »abwesend ist.« Danach meint er zu der jungen Frau:

»Angela, führen Sie die Herren zu Herrn Nikiforidis' Privatsekretärin.«

Ich lasse Vlassopoulos eine Runde durch die Büroräume drehen, damit er den unteren Chargen auf den Zahn fühlen kann, und folge der jungen Frau zum Fahrstuhl.

Angela reicht mich an eine im Merkel-Stil gekleidete Vierzigjährige weiter, die ebenfalls rotgeweinte Augen hat. Offenbar wurde mein Kommen schon angekündigt, denn sie führt mich wortlos zum Büro ihres Vorgesetzten.

Nikiforidis zählt zu den Typen, deren Alter man schwer schätzen kann. Er muss zwischen vierzig und fünfzig sein, trägt einen Anzug ohne Krawatte und erhebt sich bei unserem Eintreten mit betrübter Miene.

»Ich weiß, es wirkt vielleicht pietätlos, aber wir möchten sofort mit den Ermittlungen beginnen«, sage ich einleitend.

»Dafür habe ich vollstes Verständnis. Außerdem liegt es im Interesse unserer Firma, dass der Mörder von Herrn Demertsis so schnell wie möglich gefasst wird.«

»Fangen wir beim Banalsten an. Wissen Sie, ob Jerassimos Demertsis Feinde hatte?«

Nikiforidis zuckt die Achseln und sagt geradeheraus:

»Konkurrenten ja, auch Gegenspieler hatte er jede Menge. Aber Feinde, die ihm nach dem Leben trachteten, mit Sicherheit nicht. Kann sein, dass wir bis aufs Messer um einen Auftrag kämpfen, da öffentliche Ausschreibungen jetzt nur noch einmal im Jahr erfolgen, aber das ginge niemals so weit, dass man dem anderen den Tod wünschte.«

»Ich spreche nicht nur von seinen geschäftlichen Rivalen. Unseres Wissens hatte sich Jerassimos Demertsis als junger Mann als Regimegegner profiliert. Wir müssen eventuell davon ausgehen, dass seine Ermordung mit offenen Rechnungen aus der Vergangenheit zu tun hat.«

»Über Herrn Demertsis' politisches Engagement weiß ich in groben Zügen Bescheid. Vor allem aus seinen eigenen Erzählungen, denn er hat immer wieder von früher gesprochen. Er hat an der Fakultät für Bauingenieurwesen am Athener Polytechnikum studiert und sich dann an der Besetzung beteiligt. Nachdem die Studenten überwältigt worden waren, kam er in Haft und wurde bei der Militärpolizei ESA gefoltert. Das ist alles, was ich über seine Aktivitäten weiß.« Er hält inne und fügt dann hinzu: »Mir persönlich kommt es unwahrscheinlich vor, dass jemand mit vierzigjähriger Verspätung auf die Idee kommen sollte, mit Herrn Demertsis abzurechnen.«

Da ich seine Meinung teile, nehme ich einen neuen Anlauf. »Wissen Sie, ob es Auseinandersetzungen zwischen Demertsis und dem Personal gab?«

»Wir haben derzeit nur ein einziges Bauvorhaben. Wer wagt es da, Probleme zu machen? Jeder hat doch Angst, rausgeschmissen zu werden. Von den Büroangestellten haben wir ein Drittel entlassen müssen. Wenn auch nur zehn Prozent unserer anderthalb Millionen Arbeitslosen ihre ehemaligen Arbeitgeber umbringen würden, wäre in Griechenland kein einziger Unternehmer mehr am Leben.«

Seine Argumente sind einleuchtend. Daher bleibt mir nur noch eine letzte Frage.

»Kennen Sie Demertsis' Sohn?«

Nikiforidis zuckt erneut mit den Schultern. »Den habe ich nur ein einziges Mal gesehen, als ihn sein Vater dem Personal vorgestellt hat. Er wollte seinen Sohn überzeugen, in die Firma einzutreten. Doch der junge Mann hatte anscheinend andere Pläne.«

»Wir haben gehört, dass das Verhältnis zwischen den beiden nicht das beste war.«

»Hören Sie, Herr Kommissar. Ich bin Projektmanager der Domotechniki. Das heißt, mich interessiert nur die Bautätigkeit der Firma. Herrn Demertsis' persönliche oder familiäre Situation geht mich nichts an.«

Seine Worte sind klar und eindeutig. Somit bleibt dieses Hintertürchen für mich verschlossen, und ich muss durch die normale Tür wieder raus.

»Wie komme ich zu Herrn Petrakos?«

»Meine Sekretärin wird Sie begleiten.«

Die beschränkt sich jedoch darauf, mich auf den Flur zu bringen und zu Petrakos' Büro hinüberzudeuten.

»Dritte Tür rechts«, sagt sie kurz angebunden und kehrt in ihr Büro zurück.

Ich trete in einen großen Saal und mache ganz hinten einen Typen in einem gläsernen Büroraum aus. Von dort aus kann er seine Untergebenen jederzeit kontrollieren. Das ist vermutlich auch der Grund dafür, dass die Angestellten der Finanzabteilung im Gegensatz zur übrigen Belegschaft tatsächlich arbeiten.

In der Annahme, dass es sich um Petrakos handelt, betrete ich den Glaskasten. Auf den ersten Blick wirkt er älter als Demertsis, so um die siebzig, mit weißem Haar und ergrautem Schnurrbart. Als er sich zur Begrüßung erhebt, stelle ich fest, dass er groß gewachsen ist, sich sehr gerade hält und für sein Alter gut beisammen ist.

Ich fange erneut mit der Frage an, ob Demertsis Feinde hatte. Mit seiner Antwort liegt er auf derselben Linie wie Nikiforidis.

»Ein Unternehmer hat Gegenspieler, aber keine Feinde, Herr Kommissar. Jerassimos Demertsis war ein sehr erfolgreicher Unternehmer mit vielen öffentlichen Bauaufträgen, der bei Ausschreibungen mit Leichtigkeit den Zuschlag bekam. Damit hat er sich unter seinen Mitbewerbern nicht gerade beliebt gemacht. Einen geschäftlichen Rivalen übertrumpfen zu wollen ist Teil des Spiels. Aber seine physische Vernichtung ist etwas ganz anderes.«

»Könnte es sein, dass der Mord auf einen lange zurückliegenden Konflikt zurückgeht? Auf irgendwelche Differenzen in der Vergangenheit? Wir wissen, dass Demertsis gegen die Militärdiktatur gekämpft hat und bei der Militärpolizei ESA gefoltert wurde.«

Über sein Gesicht huscht die Andeutung eines Lächelns, nicht mehr, als es der tragische Anlass gestattet.

»Was glauben Sie? Dass ein alter ESA-Offizier noch ein Hühnchen mit ihm zu rupfen hat und ihn nach vierzig Jahren tötet? Ich weiß nicht, wie gut Sie die damalige Militärpolizei kannten, Herr Kommissar, aber dort hat man die Studenten nicht gefoltert, um an Informationen zu kommen. Die hatte man ohnehin. Man hat sie hart rangenommen, um die anderen in Angst und Schrecken zu versetzen.«

»Wie war Demertsis' Verhältnis zu seinem Sohn?«

Er stößt einen Seufzer aus. »Dass Kyriakos Drogenhandel vorgeworfen wurde und er in Untersuchungshaft landete, hat ihm das Herz gebrochen.«

Ich merke, dass ich schon wieder in einer Sackgasse lande, und beschließe, meine Karten aufzudecken.

»Ich will offen mit Ihnen reden, Herr Petrakos. Ich war zufällig dabei, als Vater und Sohn im Polizeipräsidium aufeinandergetroffen sind. Die feindselige Haltung des Sohnes war offensichtlich.«

Er antwortet nicht sofort, sondern überlegt kurz.

»Dann will ich auch offen sein. Das ist eine alte Geschichte. Obwohl sich Jerassimos sehr bemüht hat, den Graben zu überwinden. Aber da war nichts zu machen.« Eine weitere Pause tritt ein. »Was ich Ihnen jetzt sage, bleibt unter uns. Jerassimos hatte jahrelang eine Affäre. Eine Zeitlang war er sogar von zu Hause ausgezogen. Dann hat er sich mit seiner Frau wieder versöhnt und ist zur Familie zurückgekehrt. Kyriakos hat eine sehr enge Beziehung zu seiner Mutter. Er hat das ganze Drama an ihrer Seite miterlebt und konnte seinem Vater nicht verzeihen. Ich bin kein Psychologe, aber ich glaube, das ist der Grund für seine ablehnende Haltung.«

»Wie lange liegt das ungefähr zurück?«

Petrakos überschlägt den Zeitraum. »Kyriakos muss damals in der zweiten Klasse Lyzeum gewesen sein. Das heißt, es ist sieben oder acht Jahre her.«

»Wissen Sie zufällig noch den Namen der jungen Frau, die mit Demertsis liiert war?«

Nach kurzem Zögern meint er: »Das weiß ich wirklich nicht mehr.«

Jerassimos Demertsis' Liebschaft ist die einzige Neuigkeit, die ich zutage fördern konnte. Es ist schwer abzuschätzen, ob dieses Detail für die Ermittlungen relevant sein könnte. Es handelt sich ja definitiv nicht um ein Verbrechen aus Leidenschaft. Ich bin immer mehr davon überzeugt, dass der Fall in der Antiterrorabteilung besser aufgehoben ist als in der Mordkommission.

Ich beschließe, erst noch Demertsis' Witwe einen Besuch abzustatten und Kyriakos im Gefängnis zu vernehmen, bevor ich darüber entscheide, ob ich den Fall an die Antiterrorabteilung abgebe.

»Bist du auf einen grünen Zweig gekommen?«, frage ich Vlassopoulos, als wir uns am Eingang treffen.

Wir vergleichen die von uns zusammengetragenen Informationen und stellen fest, dass sie übereinstimmen. Als ich ihm von Demertsis' Affäre erzähle, blickt er mich nachdenklich an.

»Aha, daher weht der Wind«, murmelt er.

»Wovon sprichst du?«

»Eine junge Frau hat eine Athina erwähnt. Der Name war ihr offenbar so herausgerutscht. Als die anderen ihr daraufhin böse Blicke zuwarfen, hat sie versucht, den Fehler wiedergutzumachen.«

»Und was hat sie gesagt?«

»Dass sie eine ehemalige Mitarbeiterin ist, die seit Jahren nicht mehr in der Firma arbeitet.«

Na schön, jetzt wissen wir, dass Demertsis ein Verhältnis zu einer gewissen Athina hatte. Ausgegangen sind wir von Mord, gelandet sind wir beim Sex.

9

Der Erste, der sich bei mir meldet, ist – wie immer – Dimitriou. Er ist eben der Schnellste und Effizienteste.

»Wir haben das Kartenhandy untersucht, aber es ist sauber, Herr Kommissar. Das Motto des Polytechnikums wurde aus einem im Internet frei zugänglichen Archiv kopiert und mit dem Zusatz ›Nur Brot haben wir keins‹ versehen, bevor man es als Klingelton geladen hat. Ansonsten waren weder ein- noch ausgehende Anrufe verzeichnet.«

»Was ist mit Demertsis' Handy?«

»Da sind wir noch dran. Ich gebe Ihnen Bescheid, sobald wir so weit sind.«

Das alles überrascht mich wenig. Auch die Erkenntnisse über das Kartenhandy enttäuschen mich nicht, da ich nichts anderes erwartet habe. So rufe ich Gikas zwecks Berichterstattung an, doch von Stella erfahre ich, dass er in einer Besprechung ist. Sie verspricht, mich zu informieren, sobald er fertig ist. In der Zwischenzeit zitiere ich Papadakis zu mir. Anscheinend haben ihn die anderen vorgewarnt, denn er kommt herein wie ein begossener Pudel.

»Bevor du mir zugewiesen wurdest, hat man wohl vergessen, mir zu sagen, dass du Sonderarbeitszeiten hast. Du kommst und gehst offenbar, wann du willst«, sage ich zu ihm.

»Was soll ich denn machen, Herr Kommissar? Der Staat

zahlt nicht. Ich muss doch etwas tun, um an Geld zu kommen.« Die Antwort kommt prompt, wahrscheinlich hat er sie schon in seinem Büro geprobt.

»Glaubst du denn, dass alle, die hier pünktlich zur Arbeit erscheinen, anderweitig Einnahmen haben, um ihre Ausgaben zu decken?«

»Das habe ich nicht gesagt. Es ist nur so, dass ich einen Nebenjob gefunden habe.«

»Was für einen Nebenjob?«

»Als Wachmann bei einer Firma. Normalerweise gehe ich nach dem Dienst dorthin, aber ab und zu muss ich ausnahmsweise auch morgens für zwei, drei Stunden hin.« Er lässt einen tiefen Seufzer hören, um sich Luft zu verschaffen, und fährt fort: »Ich muss zwar keine Familie ernähren, Herr Kommissar, aber meine Eltern sind krank. Meine Mutter ist bettlägerig, und die Rente meines Vaters ist brutal zusammengestrichen worden. Bei uns haben sie zuerst die Zulagen gekürzt und dann die Sonderzahlungen abgeschafft. Und jetzt gibt's gar kein Geld mehr. Meine Eltern brauchen Medikamente. Mal geben die Apotheken sie raus und mal nicht. Je nachdem, ob sie von den Krankenkassen Geld bekommen. Was soll ich tun? Soll ich meine Eltern sterben lassen?«

»Warum hast du mir das alles nicht gesagt, Papadakis? Wir hätten schon eine Lösung gefunden.« Er blickt mich stumm an. »Wieso hast du den Mund nicht aufgemacht?«

Seine Antwort ist nur ein Flüstern. »Ich hab mich geschämt, Herr Kommissar.«

Er weicht meinem Blick aus und heftet die Augen auf seine Fußspitzen.

»Du hast keinen Grund, dich zu schämen. Besser ein Nebenjob, als Schmier- und Schutzgelder abzukassieren. Sag mir nur nächstes Mal Bescheid, damit wir gemeinsam eine Regelung finden.«

»In Ordnung, Herr Kommissar.«

Unser Gespräch wird durch Stellas telefonische Nachricht, dass Gikas jetzt zu sprechen sei, unterbrochen. Ich ersuche um einen fünfminütigen Aufschub und bitte Papadakis, mir Koula rüberzuschicken. Nachdem sie sich das Ergebnis meiner Unterredung mit Papadakis angehört hat, schlägt sie das Kreuzzeichen.

»Menschenskind, warum hat er denn nichts gesagt? Der gibt den ganzen Tag keinen Ton von sich. Wenn man ihm etwas aufträgt, erledigt er es wortlos. Der ist ein ganz Schweigsamer.«

»Vielleicht, weil er sich noch fremd in der Abteilung fühlt. Vielleicht, weil er sich nicht nur vor mir, sondern auch vor euch geschämt hat. Die Seele ist ein weites Land. Da tun sich immer wieder Abgründe auf.«

»Nur in der Seele? In unserem Leben tut sich doch jeden Tag ein neuer Abgrund auf. Lassen Sie mal, ich spreche mit den Jungs. Dann sehen wir zu, wie wir ihm entgegenkommen können.« Als sie aufbricht, bleibt sie an der Tür noch einmal kurz stehen. »Demertsis habe ich jetzt gar nicht erwähnt, weil ich über ihn nichts Großartiges herausgefunden habe. Anscheinend hat er mit Bauaufträgen für die Olympiade das große Geld gemacht. Und die Geschichte von seiner Teilnahme am Studentenaufstand kennen Sie ja schon, wie ich von Vlassopoulos gehört habe.«

Die Tatsache, dass er sein Geld durch Bauaufträge im

Vorfeld der Olympiade gemacht hat, erklärt möglicherweise den Tatort, das Olympische Zentrum Faliro.

Gikas empfängt mich im Stehen. »Der Mord an diesem Demertsis hat mächtig für Aufregung gesorgt. Die Angst geht um, dass es sich um einen Terrorakt handelt.«

»Das ist nicht von der Hand zu weisen«, erwidere ich und lege ihm alle Fakten dar. »Wenn er tatsächlich von weitem erschossen wurde, dann handelt es sich um eine kaltblütige Hinrichtung. Da zunächst einmal keine Verbindung zwischen Demertsis und dem organisierten Verbrechen zu erkennen ist, bleibt die These von einem Terroranschlag aktuell. Wir müssen auf jeden Fall Gonatas einschalten.«

»Den müssen Sie ohnehin informieren. In einer Stunde haben wir alle einen Termin beim Polizeipräsidenten. Anweisung des Ministers…« Er hält inne und wartet auf meine Reaktion. Da keine erfolgt, fährt er fort: »So läuft's jetzt nämlich. Wir werden nicht mehr ins Büro des Ministers vorgeladen, sondern der lässt den Polizeipräsidenten eine Besprechung einberufen. Der Minister erfährt dann die Ergebnisse vom Polizeipräsidenten, und unsere Meinung kümmert ihn einen feuchten Dreck.«

Was Gikas stört, ist mir nur recht, denn so ist die Teilnehmerzahl übersichtlich: der Polizeipräsident, Gikas, Gonatas und ich. Ohne Umschweife kommt der Polizeipräsident zur Sache und fordert mich auf, den Stand der Ermittlungen zu berichten.

Ich beginne beim Tatort, fahre mit Stavropoulos' erster Einschätzung fort, gehe dann zu den Befragungen in Demertsis' Baufirma über und schließe meinen Bericht mit dem speziellen Klingelton des Kartenhandys, das in Demertsis' Sakkotasche gefunden wurde.

»Für mich besteht kein Zweifel«, sagt der Polizeipräsident. »Es handelt sich um einen Terroranschlag. Das muss die Antiterrorabteilung übernehmen.«

Mit einem kurzen Blick signalisiere ich Gikas, dass wir wohl denselben Gedanken haben. Der Einzige, der Einwände zu erheben scheint, ist Gonatas.

»Möglich, vielleicht aber auch nicht«, sagt er zum Polizeipräsidenten.

»Was lässt Sie zweifeln?«, fragt der ihn.

»Welche Hinweise deuten auf einen terroristischen Akt hin? Die Tatsache, dass man ihn aus einiger Entfernung getötet hat? Das ist zwar noch nicht erwiesen, aber gehen wir einmal davon aus. Genauso würden wir argumentieren, wenn eine Bombe sein Auto in die Luft gejagt hätte. Beide Tötungsarten werden jedoch auch vom organisierten Verbrechen eingesetzt. Die Grenzen zwischen Terrorismus und organisiertem Verbrechen sind bekanntlich fließend.«

»Genau. Deshalb könnte es gut sein, dass die Täter mit Terroristen kooperiert haben«, fällt ihm der Polizeipräsident ins Wort.

»Das kann ich nicht ausschließen, aber mir geht gerade etwas anderes durch den Kopf«, entgegnet Gonatas.

»Nämlich?«

»Wer hat dem Opfer das Kartenhandy in die Tasche gesteckt? Vielleicht hat ein Mittäter des Mörders das Handy nach der Tat bei Demertsis deponiert?«

»Höchstwahrscheinlich«, stimmt der Polizeipräsident rasch zu.

»Da bin ich mir nicht sicher. Warum sollte Demertsis von sich aus zum Olympischen Zentrum Faliro fahren? Hatte ihn der Mörder dorthin bestellt? Viel wahrscheinlicher ist doch, dass er sich mit einer ihm bekannten Person dort verabredet hat und auf diese Weise in die Falle ging. Wenn das zutrifft, dann ist die These vom Terrorakt eher unwahrscheinlich, wenn sie auch noch nicht völlig vom Tisch ist.«

»Da wäre aber noch etwas«, mische ich mich ein.

»Und zwar?«, fragt der Polizeipräsident.

»Die Tatsache, dass Demertsis' Firma Domotechniki am Bau der olympischen Sportanlagen beteiligt war. Damit hat er ein Vermögen verdient. Es wäre also durchaus denkbar, dass sich Demertsis mit jemandem dort trifft.«

»Und was folgt daraus?«, fragt der Polizeipräsident, der um seine schöne These fürchtet.

»Zunächst einmal noch gar nichts, Herr Polizeipräsident.« Zum ersten Mal meldet sich Gikas zu Wort. »Wir warten die Ergebnisse der Obduktion und der ballistischen Untersuchung ab. In der Zwischenzeit suchen wir in der Umgebung des Tatorts nach möglichen Augenzeugen. Dadurch könnten sich erste Thesen erhärten.«

»Könnte es sein, dass einer der Täter mit Demertsis zusammen zum Tatort gefahren ist?«, fragt mich der Polizeipräsident.

»Wenn ja, dann müsste es im Wagen Spuren geben. Doch das halte ich für unwahrscheinlich. Der Täter wird die Gefahr nicht eingegangen sein, mit Demertsis zusammen im Wagen gesehen zu werden.«

»Uns fehlt auch noch ein Bekennerschreiben, das kann aber in den nächsten Tagen eingehen«, meint Gikas.

»Kommt darauf an. Auch der Klingelton-Spruch könnte als Bekennerschreiben durchgehen. Dann gäbe es kein weiteres«, bemerkt Gonatas.

»Soso, Terrorismus und organisiertes Verbrechen arbeiten also seit neuestem Hand in Hand«, meint Gonatas amüsiert, als wir die Besprechung hinter uns haben. Im Gegensatz zu seinem Vorgänger ist er ein vernünftiger Polizeibeamter mit einem sympathischen Auftreten.

»Ich schicke meine Leute zusammen mit den Kollegen aus Paleo Faliro von Tür zu Tür. Vielleicht geht uns ja fette Beute ins Netz. Wir halten Sie auf dem Laufenden.«

Auf meine Anweisung hin verständigt sich Vlassopoulos mit dem Revier Paleo Faliro und nimmt dann zusammen mit Dermitsakis und Papadakis die Recherchen vor Ort auf. Danach rufe ich Koula herein.

»Ich brauche Demertsis' Privatadresse. Und melden Sie mich für morgen bei der Witwe an.«

Fünf Minuten später kehrt Koula mit enttäuschter Miene zurück.

»Leider können Sie nicht mit ihr sprechen. Sie liegt im Krankenhaus.«

»In welchem?«

»Im Yjia-Krankenhaus in der Nähe ihrer Wohnung in Maroussi.«

Die zuständige Ärztin heißt, wie sich herausstellt, Fokidou.

»Ich fürchte, eine Vernehmung ist im Moment nicht möglich, Herr Kommissar. Wir haben sie sediert, und ich kann Ihnen momentan nicht sagen, wann wir sie aufwecken.«

Da ich also nicht an Demertsis' Witwe herankomme, beschließe ich, bei Katerina und Mania vorbeizuschauen, bevor ich mit Demertsis junior rede. Ich möchte mir ein Bild davon machen, welche Auswirkung die Affäre des Vaters auf den jungen Mann gehabt haben könnte. Möglicherweise gelingt es Mania, in ihrer Eigenschaft als blitzgescheite Psychologin, mir einen anderen Zugang zu verschaffen.

10

Das Büro von Katerina und Mania liegt in der Grigoriou-Theologou-Straße in Pangrati. Als ich in die dritte Etage hochfahre und läute, springt die Tür auf. Die Klingelanlage ist in Katerinas Zimmer untergebracht, da für eine Rechtsanwältin eine Unterbrechung weniger störend ist als für eine Psychologin.

Ich trete in einen kleinen Vorraum. Das Wartezimmer und Katerinas Büro sind durch eine Schiebetür voneinander getrennt, während Manias Behandlungsraum hinten neben der Küche liegt, da ist es ruhiger.

Im Wartezimmer sitzt ein junger Mann mit Vollbart und hält sein Handy umklammert, das er mit beiden Daumen bearbeitet. Offensichtlich hat er die Klingel nicht gehört, ja vermutlich nicht einmal bemerkt, dass jemand den Raum betreten hat. Man sieht ihm auf den ersten Blick an, dass er drogenabhängig ist, aber nicht, ob er psychologische Unterstützung braucht und auf Mania wartet oder ob er juristische Hilfe sucht und mit Katerina sprechen will.

Als Erste taucht Mania auf. Sie ist überrascht, mich zu sehen, da ich nicht oft zu meiner Tochter ins Büro komme.

»Was verschafft uns die Ehre, Herr Charitos?«

»Ich brauche Ihre Hilfe.«

Sie lacht auf. »Wieso das denn? Hat man jetzt im Zuge des Personalabbaus auch die Polizeipsychologen eingespart?«

»Nein, aber es handelt sich um einen Fall, den Sie schon kennen.«

»Verstehe«, sagt sie ohne Umschweife. »Geben Sie mir ein paar Minuten, bis ich mit Jannis gesprochen habe. Kommen Sie, Jannis«, sagt sie zu dem jungen Mann und geht voran.

Der junge Mann folgt ihr, wobei er den Blick nicht vom Handy hebt und seine Daumen weiter über die Tastatur tanzen lässt.

Ich bleibe allein zurück, doch nicht für lange. Kurz darauf geht Katerinas Tür auf, und sie tritt mit einer Mittfünfzigerin heraus.

»Ich werde mich um eine Haftentlassung für Ihren Sohn bemühen, Frau Loukopoulou«, meint Katerina an der Tür. »Der Zeitpunkt ist günstig, weil man die Häftlingszahlen senken möchte. Für ihn spricht, dass er nur Drogen konsumiert hat. Noch besser wäre es, wenn er sich zu einem Entzug entschließen könnte.«

»Können Sie ihn nicht überzeugen, Frau Charitou?«

»Hm, ich kann es versuchen. Frau Lagana wird auch mit ihm sprechen.«

»Wie ist er da bloß reingeraten?«, murmelt die Frau. »Er ist ein guter Junge. Wie konnte das nur passieren …«

»Viele gute Jungs konsumieren Drogen, böse dealen damit.«

»Demertsis ist also ein böser Junge?«, frage ich sie, nachdem die Tür ins Schloss gefallen ist.

»Aha, ist das der Grund für deinen Besuch? Komm rein, dann können wir reden.«

Ihr Raum ist unprätentiös ausgestattet – ganz so, wie es

Katerinas Charakter entspricht: ein Schreibtisch mit Computer und Drehstuhl, davor zwei einfache Stühle und ein Regal mit juristischer Fachliteratur.

»Hast du nach dem Mord an Demertsis' Vater mit deinem Mandanten gesprochen?«

»Ja, am Telefon. Er hat es ruhig aufgenommen und meinte nur, irgendwann musste es ja so weit kommen.«

»Wie hat er das gemeint?«

»Er wollte nicht weiter darüber sprechen und hat sich stattdessen nach dem Befinden seiner Mutter erkundigt.«

Als ich die Affäre von Demertsis senior erwähne, blickt sie mich nachdenklich an.

»Glaubst du, dass der Hass auf seinen Vater darauf zurückgeht?«

»Ich weiß es nicht. Ich bin kein Psychologe, sondern Polizeibeamter. Dazu wollte ich Manias Meinung einholen. Morgen muss ich ins Korydallos-Gefängnis zu Kyriakos' Vernehmung. Meinst du, es gibt ein Problem, wenn du als seine Strafverteidigerin auch dabei bist?«

»Solange du ihn als Zeugen befragst, nicht.«

Mania betritt, stürmisch wie immer, den Raum, umarmt mich und drückt mir einen Kuss auf beide Wangen.

»Da hatten wir ja auf dem Präsidium häufiger miteinander zu tun als jetzt. Nun, da Sie Ihre Tochter jeden Abend beim Essen sehen, bin ich wohl abgeschrieben.«

»Keineswegs. Die Einladung zu Silvester haben Sie ausgeschlagen.«

»Ich war in Deutschland«, lautet ihre vage Antwort, worauf sie sofort das Thema wechselt. »Es geht um den Mord an Demertsis, stimmt's?«

»Ja«, erwidert Katerina und fasst die Vorgeschichte zusammen.

»Gut, dann nehmen wir mal an, das könnte der Grund für Kyriakos' Abneigung gegen seinen Vater sein«, sagt Mania. »Die Sorge, mit der er nach dem Befinden seiner Mutter gefragt hat, deutet ebenfalls in diese Richtung. Aber inwiefern hilft Ihnen das weiter, Herr Kommissar? Aus Katerinas Worten schließe ich, dass es sich weder um einen Racheakt noch um ein Verbrechen aus Leidenschaft handelt. Die Parolen des Studentenaufstands am Polytechnikum verweisen auf etwas anderes.«

»Und worauf?«

»Das weiß ich nicht. Es ist noch zu früh, um das zu erkennen. Ich jedenfalls würde seiner Bemerkung, dass es mit seinem Vater irgendwann so weit kommen musste, mehr Gewicht beimessen. Dort würde ich ansetzen, obwohl sich Kyriakos mit seinen Gefühlen hinter einer Panzertür verschanzt hat. Es wird Sie einige Mühe kosten, die zu knacken.«

»Ich sehe, Sie haben Ihr Handwerk nicht verlernt, seit Sie die Polizei verlassen haben«, necke ich sie.

Belustigt erwidert sie: »Hier wird schon dafür gesorgt, dass ich es nicht verlerne. Die eine Hälfte unserer Klienten und Mandanten hat schon ein volles Strafregister, und die andere ist auf dem besten Weg dahin. Wir setzen alles daran, das Ruder noch mal herumzureißen.«

Schließlich brechen Katerina und ich zum Abendessen auf.

»Wollen Sie nicht mitkommen?«, frage ich Mania.

»Das geht leider nicht, Herr Charitos. Uli ist zu Besuch.«

Sie wirft Katerina einen Blick zu, und beide lächeln verschmitzt. Diskreterweise frage ich nicht nach, wer Uli ist, doch die Kombination aus deutschem Vornamen und Manias Silvesterreise nach Deutschland lässt doch ziemlich klare Schlüsse zu.

»Wer ist denn dieser Uli?«, frage ich Katerina, als wir den kurzen Weg nach Hause fahren.

»Ihr neuer Liebster. Sie hat ihn während ihres Urlaubs auf Astypalea kennengelernt. Genaueres weiß ich auch nicht. Ausgerechnet jetzt«, bemerkt sie vergnügt, »da ganz Europa – mit uns an vorderster Front – mit den Deutschen hadert, verliebt sich Mania in einen Deutschen. Ich bin noch nicht dahintergekommen, ob sie bewusst gegen den Strom schwimmt oder ohne es zu wollen. Wie auch immer, sie ist ein toller Mensch und eine großartige Psychologin.«

Zu Hause treffen wir Adriani und Fanis an, die nebeneinander auf dem Sofa vor dem Fernseher sitzen.

»Die Regierung ist zurückgetreten, es gibt Neuwahlen«, verkündet Adriani bei unserem Eintreffen.

»Dir ist auch klar, was das bedeutet«, sagt Fanis zu mir. »Die Rede war von einem dreimonatigen Aufschub der Gehaltszahlungen. Plus drei Wochen Wahlkampf plus eine Woche Wahlen. Bis die neue Regierung steht und ein Vertrauensvotum erhält und bis sich die neuen Minister eingearbeitet haben, ist aus den drei Monaten ein halbes Jahr geworden. Und das nur, wenn wir Glück haben. Wenn wir dann noch ein zweites Mal zu den Wahlurnen müssen, sind wir bei mindestens sieben Monaten. Jetzt können wir uns noch jeden Bissen vom Mund absparen, aber in einem halben Jahr haben wir gar nichts mehr im Mund, nicht mal mehr Spucke.«

»Als ich zu euch gesagt habe, wir essen alle aus einem Topf, hat mich meine Tochter für verrückt erklärt.« Damit hat Adriani ihren kleinen Giftpfeil auf Katerina abgeschossen.

»Ach, Mama. Ich bin eben ein rundum verzogenes Wohlstandsgör«, hält ihr Katerina entgegen.

»Von welchem Wohlstand sprichst du, Katerina? Es ging doch einfach nur darum, noch ein Stockwerk draufzusetzen«, sagt Fanis.

»Was meinst du damit?«

»Das ganze Geld, das wir jahrelang bekommen haben, die Subventionen, die Integrierten Mittelmeerprogramme, das Gemeinschaftliche Förderkonzept, alles ging für das zusätzliche Stockwerk drauf. Kein Neubau, keine Investitionen, kein Wachstum, nichts von alledem. Alles nur für den Wunsch, das vorhandene Haus um eine Etage zu erhöhen. Schon in den fünfziger Jahren war das der Traum jedes Griechen, doch im Unterschied zu damals verdanken wir heute die Zusatzetage einzig und allein dem Euro.«

»Aber unsere Väter und Großväter wussten noch, dass man nur ein Stockwerk draufsetzen darf«, ergänze ich. »Wir haben pro Familie drei Autos, Wochenendhäuser, Swimmingpools und Schlauchboote mit draufgepackt. Das haben die Grundmauern nicht ausgehalten, und das Haus ist unter all dem Gewicht eingestürzt. Wir hatten keinen soliden Wohlstand erreicht, sondern auf das alte Haus eine Etage zu viel gebaut.«

»Die Armut ist eben eine nahe Verwandte aller Griechen«, philosophiert Adriani. »Mit ihr haben wir seit je gelebt. Und nur weil sie uns ein paar Jahre lang nicht mehr besucht hat, glaubten wir, sie hätte uns vergessen. Jetzt hat sie sich wieder gemeldet.«

Katerina und ich nehmen auch vor dem Fernseher Platz. So trifft uns die kalte Dusche alle zusammen. Auf dem Bildschirm diskutieren die Moderatorin und der Kommentator mit einem Regierungsmitglied.

»Glauben Sie, dass dies der geeignete Moment für Neuwahlen ist?«, fragt die Moderatorin.

»Griechenland tritt in eine neue historische Phase, Frau Karalidou«, entgegnet der Minister. »Und damit diese neue Phase mit einer Regierung beginnen kann, die das Vertrauen der Bürger genießt, muss das griechische Volk zu den Urnen gerufen werden.«

»Glauben Sie wirklich, dass es noch Bürger gibt, die den griechischen Politikern vertrauen, Herr Minister?«, fragt ihn der Kommentator mit unüberhörbarer Ironie.

»Das will ich meinen«, antwortet der Minister blasiert.

Selbst Adriani, die in Wirklichkeit nur fernsieht, um ihre Kommentare abzugeben, und nicht, um die Nachrichten zu hören, hält sich diesmal zurück. Stattdessen drückt sie auf den Ausschaltknopf.

»Kommt essen«, sagt sie, doch vor der Küchentür bleibt sie stehen. »Erst haben wir das Fleisch von der Speisekarte gestrichen, dann das Dessert, und jetzt sparen wir uns auch noch das Fernsehen.«

»Du willst eine Fernsehdiät machen? Mal sehen, ob das große Wunder, wie sich meine Mutter immer ausdrückt, länger als drei Tage anhält«, neckt Fanis sie.

»Hör mal, Fanis. Das Gerede über die neue Phase, in die unser Land eintritt, ist blanker Unsinn: Wir kehren in die fünfziger Jahre zurück. Und damals hatten wir kein Fernsehen, sondern nur das Radio.« Darauf kann Fanis nichts erwidern.

Adriani hat Lauchrisotto gekocht und serviert ihn mit dem unerlässlichen Feta, dazu in Öl geschmorte rote Paprika. Sogar in der wirtschaftlichen Fastenzeit gelingt es ihr, zwei Gerichte auf den Tisch zu stellen.

Ich esse mit Appetit, der mir jedoch vergeht, als Gikas anruft.

»Haben Sie das gehört?«, fragt er mich.

»Ja. Das Gute daran ist, dass wir den Minister los sind.«

»Schon, aber in finsteren Zeiten braucht man eine Führung. Wie Sie wissen, beginnt der Fisch vom Kopf her zu stinken. Und ohne Kopf stinken wir alle. Der Gestank steigt mir schon in die Nase.«

»Was ist passiert?«, frage ich besorgt.

»Kommen Sie nach Monastiraki, dann werden Sie schon sehen. Aber nicht mit Ihrem Privatauto, ein Streifenwagen ist zu Ihnen unterwegs.«

Ich gebe Adriani und den Kindern Bescheid, dass am Monastiraki-Platz Randale ist und ich losmuss.

»Wer macht dort Randale?«, fragt Katerina.

Adriani packt die Fernbedienung und schaltet den Fernseher wieder an.

»Siehst du?«, sage ich zu Fanis. »Was heißt hier drei Tage? Nicht mal drei Stunden hat das Wunder angehalten.«

»Sondersendungen sind ausgenommen«, hält mir Adriani kühl entgegen.

Sie hat richtig geraten, denn in der oberen rechten Ecke des Bildschirms steht »Sondersendung«. Die Moderatorin unterhält sich mit einem Reporter, der live zugeschaltet ist. Hinter ihm sind junge Männer zu sehen, die mit Schlagstöcken in der Hand durchs Bild laufen.

»Wie sieht die Lage derzeit aus, Jorgos?«, fragt die Moderatorin.

Die Antwort warte ich nicht mehr ab, sondern laufe ins Schlafzimmer, um meine Uniform herauszusuchen. Kaum bin ich fertig angezogen, läutet es an der Eingangstür, und mit der Krawatte in der Hand eile ich zum Streifenwagen hinunter.

11

Der Fahrer ist ein junger Bursche Mitte zwanzig. »Ich soll Sie zur Ecke Ermou-Straße am Monastiraki-Platz bringen, Herr Kommissar. Nur, wie kommen wir bloß da hin? Vielleicht hilft ja ein Stoßgebet.«

»Was ist dort los?«

»Dort ist der Teufel los. Nur Geduld, irgendwie werden wir es schon schaffen. Dann erleben wir alles live.«

Er schaltet die Sirene an und braust los. Trotz der vorgerückten Stunde stockt der Verkehr, und die Autos suchen nach Ausweichmöglichkeiten, da das Zentrum gesperrt ist. Selbst mit Sirene brauchen wir gute zwanzig Minuten bis zum Monastiraki-Platz.

Aus einiger Entfernung erkenne ich, dass eine Formation der MAT-Sondereinheit vor der Athinas-Straße Aufstellung genommen hat. Weiter hinten sehe ich eine zweite MAT-Einheit vor der Ajion-Assomaton-Straße sowie einen Trupp normaler Polizeibeamter, der sich an der Ecke zur Leokoriou-Straße postiert hat.

Von überall her sind Geschrei und das Krachen zersplitternder Gegenstände zu hören. Vor der kleinen Ajion-Assomaton-Kirche steht Gikas im Gespräch mit Esperoglou, dem Leiter der MAT-Sondereinheit. Ich gehe auf sie zu, um Näheres zur Lage und über meinen Einsatz zu erfahren.

»Wer ist denn hier zugange? Chaoten?«, frage ich die beiden.

»Schön wär's«, erwidert Esperoglou. »Die Sturmabteilung treibt gerade die Migranten aus ihren Häusern, verprügelt sie, wirft ihre Habseligkeiten auf die Straße und schlägt jeden Laden kurz und klein, der Migranten beschäftigt.«

»Die haben alle Häuser und Geschäfte aufgelistet, wo Zuwanderer leben und arbeiten«, ergänzt Gikas. »Und zwar so systematisch, wie es der griechische Staat seit Jahren nicht hinkriegt. Wenn wir Daten benötigen, wissen wir jetzt wenigstens, an wen wir uns wenden müssen«, fügt er mit bitterer Ironie hinzu.

»Zur Datensammlung haben Sie mich ja wohl nicht herbestellt.«

»Nein, wir sperren möglichst viele Zugänge und spielen mit ihnen in den Gassen Räuber und Gendarm«, antwortet Esperoglou.

»Was habe ich Ihnen über den Fischkopf gesagt, erinnern Sie sich? Ist er ab, dann stinkt der ganze Fisch«, sagt Gikas zu mir.

»Wir suchen nach einem Staatsanwalt, der unseren Einsatz legitimiert. Aber alle sind auf Tauchstation, keiner will die Verantwortung übernehmen.«

»Versuch mal, den Jungs zu befehlen, den Rammbock zu spielen«, bemerkt Esperoglou. »Wenn es Tote gibt, wie sollen wir da beweisen, dass wir es nicht waren?«

»Werden Sie Tränengas einsetzen?«, fragt Gikas.

»Wie denn? Es liegen Verletzte auf der Straße, die daran ersticken würden. Gerade sind die Krankenwagen gekommen«, fügt er hinzu und deutet auf zwei Autos, die vor dem U-Bahnhof Thissio stehen.

Der eine Fahrer steigt aus und stürmt auf Esperoglou zu.

»Wo sind die Verletzten, Herr Einsatzleiter?«

»Über die ganzen Straßen verteilt. Aber vor dem Ende der Ausschreitungen können sie nicht abtransportiert werden. Sonst würde die Sturmabteilung auf Sie losgehen und uns alle in Teufels Küche bringen«, entgegnet Esperoglou.

»Was übernehme ich?«, frage ich Esperoglou.

»Die Leitung der Polizeieinheit.« Und er deutet auf die an der Ecke Leokoriou- und Navarchou-Apostoli-Straße stehenden Beamten. »Sehen Sie zu, dass keiner die Nerven verliert.«

Ich beziehe am mir zugewiesenen Ort Stellung, während der Lärm aus zersplitternden Türen, berstenden Schaufenstern, Flüchen, Drohungen und Schmerzensschreien bedrohlich näher zu kommen scheint. Die Polizeibeamten wechseln kaum ein Wort, die Nervosität steht ihnen ins Gesicht geschrieben.

»Und das ist erst der Anfang«, höre ich eine Stimme neben mir sagen. Als ich mich umdrehe, sehe ich Sotiropoulos, Journalistenpapst und König der Polizeireportage. »Heute jagen sie noch Immigranten, morgen sind wir dran.«

»Jetzt übertreiben Sie aber die Schwarzmalerei, Sotiropoulos«, sage ich, weniger an ihn als an die Polizeibeamten gerichtet, damit sie nicht noch nervöser werden.

»Genau so ist es damals in Deutschland auch gelaufen. Zuerst haben sie die Juden gejagt, dann all die, die nicht auf ihrer Seite waren. Da hatte Hitler leichtes Spiel. Hier läuft's genauso. Die eine Hälfte applaudiert ihnen, die andere beschwichtigt und sagt: ›Ach, das sind doch bloß Rumtreiber.‹ Ich wäre eins der ersten Opfer gewesen, aber ich bin ihnen gerade noch entkommen.«

»Was wollen Sie damit sagen?«

»Ich bin in Rente gegangen.«

Ich blicke ihn überrascht an. »Wie? In Rente gegangen?«

Ich kann mir Sotiropoulos unmöglich im Ruhestand vorstellen.

»Ja, gerade noch rechtzeitig, bevor der Staat sagt: Das Boot ist voll, mehr Pensionäre gehen nicht rein. Und gerade noch rechtzeitig, bevor mich diese Möchtegern-Nazis aus dem Weg räumen. Seit Jahren stehe ich auf ihrer Liste.« Er hält inne und fragt, ohne mich direkt anzublicken. »Ich habe gehört, Sie ermitteln im Mordfall Demertsis.«

»Bei Ihren Beziehungen konnte Ihnen das nicht verborgen bleiben«, erwidere ich und bin gespannt, was er mir dazu enthüllen will.

»Wissen Sie, dass Demertsis ein enger Freund von Lakodimos war?«

»Der Name sagt mir etwas.«

»Lakodimos war als Vizeminister für die olympischen Sportanlagen verantwortlich …«

Unser Gedankenaustausch wird durch Esperoglou abrupt unterbrochen, der mich zu sich ruft.

»Kostas, in der Lepeniotou-Straße wurde eine Lagerhalle in Brand gesteckt, in der Migranten wohnen. Wir schicken die Feuerwehr los, aber nur in Begleitung Ihrer Leute. Gehen Sie vorsichtig vor, damit die Situation nicht eskaliert.«

»Wir folgen den Löschzügen und benutzen sie als Deckung«, schlage ich vor. Dann gehe ich zu den Polizeibeamten hinüber und erkläre ihnen die Lage. Sie blicken mich wortlos an, doch aus ihren Augen spricht die Angst.

»Warum schickt man keine MAT-Sondereinheit, Herr Kommissar?«, fragt mich ein junger Kollege.

»Die sind für die Abriegelung zuständig. Wenn auch nur die kleinste Lücke im Kordon entsteht, stürmen die Rechtsextremen herein und schlagen alles zu Kleinholz«, erkläre ich ihm.

Dann fahren die Löschfahrzeuge los, und wir folgen ihnen. Der Brand wütet auf halber Höhe der Lepeniotou-Straße. Vor der Lagerhalle haben sich an die zwanzig Muskelprotze versammelt und bejubeln ihre Großtat. Das Feuer hat das Eingangstor in Schutt und Asche gelegt und breitet sich nun im Inneren der Lagerhalle aus. Die Bewohner verbrennen entweder bei lebendigem Leib, oder sie sterben an Rauchvergiftung.

Das Auftauchen der Löschzüge bringt die kahlgeschorenen, Ohrring tragenden Bodybuildertypen in Rage.

»Seid ihr gekommen, um den brennenden Mülleimer zu löschen?«, ruft ihnen einer spöttisch entgegen.

»Wenn Griechenland im Sommer in Flammen steht, lasst ihr euch mehr Zeit«, höhnt ein Zweiter.

Sie sind drauf und dran, die Feuerwehrwagen zu stürmen, um sie am Einsatz zu hindern. Daher befehlige ich die Polizeitruppe vor die Fahrzeuge. Nicht auszumalen, was passiert, wenn diese wüsten Kerle auf uns losgehen. Zum Glück halten sie inne und blicken uns nur stumm an.

»Wir haben nichts gegen euch«, bricht einer, der wie ihr

Anführer aussieht, endlich das Schweigen. »Polizisten sind unsere Brüder. Wer sich uns heute nicht in den Weg stellt, wird morgen belohnt.«

»Wenn sich dieser Scheißstaat alle vorknöpfen würde, die Ausländer beschäftigen und weder Steuern noch Sozialabgaben zahlen, müssten wir nicht die Drecksarbeit für euch machen«, sagt ein anderer.

Der Anführer wendet sich wieder an uns. »Alle Verräter werden teuer für ihre Taten bezahlen. Denk dran, Kommissar. Vor allem, wenn ihre Töchter sich auf den Abschaum einlassen.«

Alle Blicke fallen auf mich. Die Polizisten starren mich angsterfüllt an, da sie nicht wissen, wie ich darauf reagieren werde.

Ich werfe einen Blick auf die Feuerwehrleute. Sie warten den Ausgang der Verhandlungen ab, bevor sie mit den Löscharbeiten beginnen, damit sie den Neonazis keinen Vorwand zum Angriff liefern. Das Feuer frisst sich voran, doch es sind keine Hilfeschreie zu hören. Offensichtlich konnten ihre Bewohner rechtzeitig fliehen. Dann werfe ich einen Blick auf meine Truppe. Die Männer wären bereit, den Vorschlag des Anführers anzunehmen und abzuziehen. Ich muss eine Entscheidung treffen, und zwar schnell.

Ich wende mich an den Typen, den ich für ihren Anführer halte.

»Also, diese Dinge müsst ihr mit anderen bereden, dafür sind wir nicht zuständig. Wir wollen, dass hier alles ruhig vonstattengeht. Deshalb schlage ich vor, beide Parteien ziehen ab und lassen die Feuerwehrmänner ihre Arbeit tun. Ihr vergleicht die Lagerhalle mit einem Mülleimer, aber soll deswegen die ganze Gegend abgefackelt werden? Wenn ihr die Feuerwehr behindert, dann habt ihr es nicht mehr mit uns, sondern mit der MAT-Sondereinheit zu tun. Wenn die euch erwischt, kommt ihr wegen Brandstiftung vor Gericht.«

Er denkt darüber nach und meint dann: »In Ordnung.« Drohend fügt er hinzu: »Aber dich habe ich auf dem Kieker.« Dann wendet er sich an seinen Haufen. »Los!«, ruft er kurz, ohne sich von der Stelle zu rühren. Anscheinend will er abwarten, bis wir abgezogen sind.

Die Feuerwehrleute machen sich ans Werk, und ich fordere die Polizeitruppe mit einer Geste zum Abmarsch auf. Dabei frage ich mich, wie viele von ihnen am liebsten mit fliegenden Fahnen ins andere Lager überlaufen würden.

Es ist fast zwei Uhr nachts, als sich die Lage entspannt und die Krankenwagen die Opfer abtransportieren können. Die traurige Bilanz lautet: ein Toter und zwanzig Verletzte.

Als ich zu Hause bin, ist es fast drei. Katerina und Fanis sind gegangen, und Adriani hat sich schlafen gelegt. Sie protestiert murmelnd, als ich neben ihr ins Bett falle, da ich sie geweckt habe. Ich bin todmüde, aber ich mache die ganze Nacht kein Auge zu, denn mir gehen die Worte, die der Anführer über Katerina gesagt hat, nicht aus dem Kopf.

12

Terror, der; -s [lat. ›Schrecken‹]: 1. Zwang; Druck [durch Gewaltanwendung]. 2. Schreckensherrschaft: [systematische] Verbreitung von Angst u. Schrecken durch Gewaltaktionen (bes. zur Erreichung politischer Ziele): Laut LENIN ist die Anwendung von Gewalt (›Roter Terror‹) in der Auseinandersetzung mit dem ›Klassenfeind‹ gerechtfertigt, bes. dann, wenn dieser auch zu gewalttätigen Mitteln (›Weißer Terror‹) greift.

Das Dimitrakos-Lexikon enttäuscht mich erneut, doch ein Stück weit habe ich Verständnis dafür. Zu Lebzeiten des Verfassers gab es weder die Terrorgruppe »17. November« noch den »Revolutionären Kampf«, und der Weiße Terror war damals noch nicht so passé wie heute. Wobei man einwenden könnte, dass es durchaus Weißer Terror ist, wenn der Staat jetzt zu autoritären Mitteln greift, um uns die Gehälter, die Renten und die Zulagen zu kürzen.

Die einzige, wirklich passende Interpretation ist die der Schreckensherrschaft. Und die trifft auf den Militärputsch vom 21. April 1967 zu.

Mit diesen Gedanken gehe ich in die Küche, um meinen ersten und darüber hinaus selbstgemachten Kaffee des Tages zu trinken. Der zweite folgt dann auf der Dienststelle. Dass ich Adriani fertig angezogen vorfinde, verblüfft mich, denn normalerweise treibt sie sich nicht schon im Morgengrauen in der Stadt herum.

»So früh schon ausgehfertig?«

»Ich wollte Anchovis und ein paar Sardinen vom Fischmarkt holen. Die gare ich dann im Ofen in Zitronensoße.«

Ich erinnere mich, dass Adriani den Fischladen im Viertel meidet, weil er ihrer Meinung nach zu teuer und die Ware nicht wirklich frisch ist, sondern nur immer wieder mit Wasser angesprüht wird.

»Und da ziehst du im Morgengrauen los?«

Sie wirft mir einen herablassenden Blick zu. »Lieber Kostas, wann warst du das letzte Mal einkaufen? Als du auf der Polizeischule warst? Auf dem Markt kriegst du früh morgens frischen Fisch. Je später du aufstehst, desto schlechter die Ware.«

Ich beschließe, die Diskussion nicht länger fortzusetzen, da sie auf dem Gebiet sowieso alles besser weiß. Stattdessen schlage ich ihr vor, sie bis zum Vassilissis-Sofias-Boulevard mitzunehmen, wo sie in den Trolleybus zum Omonia-Platz steigen kann.

»Wann warst du gestern Abend zu Hause?«, fragt sie mich im Auto.

»So gegen drei Uhr morgens. Bist du schon früh schlafen gegangen?«

»Ja, gleich als die Kinder weg waren. Was soll ich mir denn im Fernsehen angucken, Kostas? Den Hass? Hier hasst doch mittlerweile jeder jeden.«

»Du übertreibst. So schlimm ist es auch wieder nicht.«

»Findest du? Wir hassen die Deutschen, und die Deutschen hassen uns. Wie so viele andere Nationen. Wir hassen die Ausländer und wollen sie loswerden, dabei wollen die nicht mal bei uns bleiben, sondern in andere europäische Länder weiterreisen – und da sie in Griechenland in der Falle sitzen, hassen sie uns. Nur die Familie hat der Hass noch nicht vergiftet.«

Ich muss mich zurückhalten, um ihr nicht von Familie Demertsis zu erzählen und ihre letzte Burg zu schleifen. Vor dem Hilton setze ich sie ab, damit sie zur Bushaltestelle hinüberwechseln kann.

»Eigentlich ist es gar nicht so kompliziert, mit öffentlichen Verkehrsmitteln zur Dienststelle zu fahren«, meint sie.

»Nein, man muss nur am Evangelismos-Krankenhaus in den Trolleybus umsteigen.«

»Und warum tust du das nicht? Die Fahrkosten werden dir von der Polizei nicht erstattet. Kannst du dir in Zeiten wie diesen den Sprit überhaupt noch leisten?«

Damit steigt sie aus dem Seat. Auf der Weiterfahrt zum Präsidium lässt mich ihre Frage nicht mehr los. Ehrlich gesagt hat sie ja recht. Wenn man nicht weiß, wann man das nächste Gehalt bekommt, kann man sich den Luxus nicht mehr leisten, mit dem Privatwagen zur Arbeit zu fahren. Andererseits fällt es schwer, seine Gewohnheiten radikal zu ändern. Jahrelang bin ich mit dem Mirafiori zur Dienststelle gefahren. Er hatte mir dreißig Jahre lang treu gedient. Der Seat war, wie Fanis sagen würde, eine Etage zu viel. Jetzt schlägt mir Adriani vor, dieses Stockwerk – trotz fester Grundmauern – einfach nicht mehr zu bewohnen.

In meinem Büro angekommen, rufe ich sofort Dimitriou an. Einerseits, um zu hören, ob die Untersuchungen der

Spurensicherung etwas ergeben haben, andererseits, um den Schuldgefühlen zu entgehen, die mir Adriani eingeimpft hat.

»Wir haben da eine kleine Spur, aber es ist noch nicht klar, wohin sie führt, Herr Kommissar«, erklärt mir Dimitriou.

»Aus Demertsis' Wagen?«

»Nein, der Wagen hat nichts ergeben. Es geht um sein Handy. Dort ist eine Nummer verzeichnet, von der aus nur ein einziges Mal angerufen wurde. Alle anderen ein- und ausgegangenen Anrufe sind entweder geschäftlicher Natur oder Privatanrufe von zu Hause. Wir haben den Anbieter beauftragt, die Nummer zu überprüfen. Ich gebe Ihnen Bescheid, sobald wir mehr wissen.«

Ich lasse Dimitriou weiterforschen und gehe zum Büro meiner Assistenten hinüber. Koula sitzt am Bildschirm, Vlassopoulos und Dermitsakis sind unterwegs, und Papadakis ordnet Akten.

»Wo sind Vlassopoulos und Dermitsakis?«, frage ich Koula.

»Sie sind nach Paleo Faliro gefahren, um weiter zu ermitteln. Gestern haben sie nichts herausgefunden.«

Wir haben kaum eine Chance herauszufinden, wer den Anruf auf das beim Opfer gefundene Prepaid-Handy getätigt hat. Die Gegend um das Olympische Zentrum ist normalerweise sehr belebt. Der Typ wartete vielleicht ganz entspannt in einem Café oder in einem Auto. Sobald er sah, dass wir uns um die Leiche scharten, hat er die Nummer gewählt. Wie sollen wir den bloß ausfindig machen?

»Benachrichtigen Sie das Korydallos-Gefängnis, dass ich

Kyriakos Demertsis befragen möchte. Papadakis, bestell uns einen Streifenwagen, und halt dich bereit.«

Er blickt mich ungläubig an. »Ich soll mitkommen?«

»Wieso nicht? Erwartest du, dass man uns auch noch einen Fahrer stellt?«

Kaum bin ich in mein Büro zurückgekehrt, läutet das Telefon.

»Demertsis ist aus etwa drei Metern Entfernung erschossen worden«, höre ich Stavropoulos' Stimme sagen. »Die Kugel ist von hinten ins linke Schulterblatt eingedrungen und hat das Herz durchschlagen. Er war auf der Stelle tot.«

»Glauben Sie, es war ein Profi?«

Er denkt kurz nach, bevor er antwortet.

»Wenn er ihn von oben erschossen hätte, zum Beispiel vom Dach der Sporthalle, dann wäre meine Antwort zweifellos ja. Aber er befand sich auf gleicher Höhe und in mittlerer Entfernung. Meiner Meinung nach hat er sich in der Sporthalle versteckt und Demertsis beobachtet. Als der dann irgendwann mit dem Rücken zur Sporthalle stand, hat er abgedrückt. Kann sein, dass es ein Profi war, vielleicht aber auch nicht.«

»Können Sie mir sagen, welche Waffe er benutzt hat?«

»Beauftragen Sie doch beim nächsten Mal die Ballistik mit der Obduktion und mich mit der Untersuchung der Waffe«, blafft er, bevor er auflegt.

13

Der Verkehr in Richtung Korydallos-Gefängnis ist flüssig. Papadakis kann mir die Sirene ersparen. Die freien Straßen rufen bei mir gemischte Gefühle hervor, ich weiß nicht, ob ich froh oder traurig darüber sein soll. Leute in meiner Gehaltsklasse haben ihre fahrbaren Untersätze in immobile Güter verwandelt. Ich zähle zu den wenigen, die noch mit dem Wagen fahren. Bald wird man munkeln, dass ich aus geheimen Quellen Geld abzapfe, weil ich immer noch die Tankfüllung bezahlen kann.

»Wie ich höre, haben Sie es gestern gut hingekriegt. Ein paar Kollegen haben heute Morgen in der Cafeteria gesagt: ›Wenn Charitos nicht gewesen wäre, hätten uns die Typen in Stücke gerissen.‹«

»Ich glaube nicht, dass die vor mir Respekt hatten. Eher vor der MAT-Sondereinheit.«

»Immerhin haben Sie unsere Leute ohne eine Schramme aus der Gefahrenzone gebracht.« Nach einem kurzen Zögern fügt er hinzu: »Diesmal zumindest. Mal sehen, wie es beim nächsten Mal aussieht.«

»Wie meinst du das?«

»Weil diese Leute immer aggressiver werden. Ich stamme aus Kreta, und unsere Familie steht traditionell links. Mein Großvater hat mit seinem Bruder gegen die Deutschen gekämpft. Sein Bruder war nach dem Bürgerkrieg in der Demokratischen Armee und hat sich fünf Jahre lang in den Bergen versteckt, um der Verbannung zu entgehen. Nur weil sich mein Großvater am Bürgerkrieg nicht beteiligt hatte, wurde ich – auf Druck unseres lokalen Parlamentsabgeordneten – in die Polizeischule aufgenommen. Wenn die Rechten sagen: ›Polizisten sind unsere Brüder‹, so hat das was, denn Gesinnungsgenossen finden sich mit Sicherheit bei der Polizei. Ich dagegen bin für die ein rotes Tuch.«

Bis zum Korydallos-Gefängnis brauchen wir fast eine Dreiviertelstunde. Als ich am Tor meinen Namen nenne, führt mich ein Wärter zum Büro des Direktors. Kurz spiele ich mit dem Gedanken, Papadakis mitzunehmen, aber ich fürchte, dass Kyriakos dann seine innere Panzertür erst recht nicht öffnet, um in Manias Bild zu bleiben.

»Ich lasse Demertsis herholen, dann können Sie ihn in aller Ruhe vernehmen«, meint der Gefängnisdirektor und lässt mich allein.

Nach einer kurzen Wartezeit öffnet sich die Tür, und Kyriakos tritt ein. Er hat dieselben Sachen an wie damals in Peressiadis' Büro.

»Guten Tag, Herr Kommissar«, begrüßt er mich höflich.

»Guten Tag, Kyriakos. Setzen Sie sich.«

Ich deute auf den Stuhl vor dem Schreibtisch des Direktors und nehme ihm gegenüber Platz.

Äußerlich ist ihm nicht anzusehen, ob ihn der Gefängnisaufenthalt mitnimmt. Jedenfalls wirkt er weder gebrochen noch gereizt – was eigentlich zu erwarten wäre, bei einem jungen Mann, der erst gerade in Haft genommen wurde. Er blickt mir gefasst mit einem fast herzlichen Lächeln entgegen.

»Ich wollte mit Ihnen über den Tod Ihres Vaters sprechen«, sage ich und nehme dabei seinen freundlichen Tonfall auf. »Sie werden verstehen, dass wir mit unseren Ermittlungen beim engsten familiären Umfeld anfangen.«

»Was ich weiß, habe ich Ihrer Tochter schon gesagt«, antwortet er reserviert.

»Strafverteidiger geben den Inhalt ihrer Mandantengespräche nicht an die Polizei weiter, auch nicht, wenn der Vater der Strafverteidigerin zufällig bei der Polizei ist. Übrigens habe ich Ihnen noch gar nicht zum Tod Ihres Vaters kondoliert. Aber legen Sie überhaupt Wert darauf?«

Eine solche Frage hat er nicht erwartet. »Wie kommen Sie auf so etwas?«, meint er überrascht.

»Weil mir bei Ihrer Begegnung im Präsidium aufgefallen ist, wie – milde ausgedrückt – abweisend Sie zu ihm waren. Wieso haben Sie Ihren Vater dermaßen abgelehnt?«

»Ich konnte seine Heuchelei nicht mehr ertragen«, antwortet er, ohne zu zögern.

»Haben Sie ihn als verlogen empfunden? Nur Ihnen oder auch anderen gegenüber?«

»Wissen Sie, mein Vater war ein sehr erfolgreicher Geschäftsmann. Er hat bei null angefangen und ein Riesenvermögen gemacht. Kein erfolgreicher Geschäftsmann verdient sein Geld mit dem Rosenkranz in der Hand. Er lässt seine Verbindungen spielen, tätigt Geschäfte unter der Hand, schmiert an den nötigen Stellen und finanziert Parteien und Politiker. All das ebnet ihm den Weg zum Erfolg. Mein Vater hat jedoch nie über seine Beziehungen oder seine Erfolge gesprochen, sondern immer nur über seine Aktionen als Regimegegner. Kaum kam die Rede aufs Geschäft, hat er das Thema gewechselt und vom Polytechnikum und vom Widerstand erzählt. Mit dem Hinweis auf sein damaliges politisches Engagement hat er, wie mit einem Schwamm, alles andere vom Tisch gewischt.«

»Trotzdem wollte er, dass Sie in seine Fußstapfen im Unternehmen treten.«

Er lacht auf.

»Petrakos sollte mich in die Finanzabteilung einweisen, dabei habe ich von Buchhaltung keine Ahnung. Dann sollte ich zur technischen Abteilung wechseln und nach der Auffrischung meiner Kenntnisse Generaldirektor werden und mein Vater Vorstandsvorsitzender. Haben Sie Christos Petrakos getroffen, Herr Kommissar?«

»Ja, im Zuge der Befragungen bei der Domotechniki.«

»Petrakos war Auge und Ohr meines Vaters in der Firma. Wissen Sie, wo sich die beiden kennengelernt haben?«

»Nein.«

»Bei der Militärpolizei, Herr Kommissar.«

»Bei der Militärpolizei?«, wiederhole ich ungläubig.

»Ja, als man ihn dort gefoltert hat. Es war sozusagen eine Kollateralbekanntschaft. Mein Vater hat mir erzählt, Petrakos hätte ihm sehr geholfen. Gut, gerechterweise muss man sagen, Petrakos war kein Folterknecht. Er hat in der Administration gearbeitet.«

»Und wie haben sich die beiden dann jeweils getroffen? Ich nehme nicht an, dass Ihr Vater in den Verwaltungsbüros rumgegeistert ist, als er bei der Militärpolizei in Haft war.«

»Petrakos hat erst später wieder Kontakt zu meinem Vater aufgenommen. Damals, als die olympischen Sportanlagen gebaut wurden«, antwortet Kyriakos. »Mein Vater hat ihn angestellt, weil er auf den Baustellen einen Aufpasser gebraucht hat. So hat ihre Zusammenarbeit begonnen.« Er hält inne und lacht erneut auf. »Ein Militärpolizist und ein Regimegegner, das waren die beiden tragenden Säulen in der Firma meines Vaters, Herr Kommissar.«

»Und wer war die zweite?«

»Thanassis Lakodimos.«

»Der Vizeminister?«

Ich tue so, als hörte ich den Namen, den mir Sotiropoulos gesteckt hat, zum ersten Mal.

»Ja, der Vizeminister, der für die olympischen Sportanlagen zuständig war. Alle Aufträge gingen über seinen Schreibtisch. Er ist Diplomingenieur, genau wie mein Vater. Sie haben zusammen am Polytechnikum studiert, waren beide an der Besetzung beteiligt und landeten beide gleichzeitig in den Fängen der Militärpolizei. Damals wurden sie Freunde, und diese Freundschaft währte bis zum Tod meines Vaters.«

»Wissen Sie, ob es außer den Bauaufträgen auch andere Geschäftsbeziehungen zwischen den beiden gab?«

»Nein«, antwortet er ohne weiteres Nachdenken. »Wenn Lakodimos mit seiner Frau zu uns nach Hause kam, schwadronierten sie immer nur von den Heldentaten der Vergangenheit. Andere Themen gab es nicht.«

Ich würde ihn gerne auf die Affäre seines Vaters ansprechen. Dabei muss ich jedoch vorsichtig vorgehen. Ich möchte vermeiden, dass er aus Liebe zu seiner Mutter schweigsam wird.

»Wir haben in Erfahrung gebracht, dass Ihr Vater eine

außereheliche Beziehung hatte«, formuliere ich so neutral wie möglich.

Wider Erwarten macht er nicht dicht, sondern geht darauf ein.

»Ja, mit Athina«, sagt er und schüttelt bedauernd den Kopf.

»Athina ist den Olympischen Spielen zum Opfer gefallen.«

»Wie meinen Sie das?«, frage ich.

»Mein Vater hat in der Euphorie vor der Olympiade geglaubt, er sei nicht nur ein erfolgreicher Geschäftsmann, sondern auch ein guter Liebhaber, und hat eine Liaison mit seiner Sekretärin angefangen. Als die Euphorie verflogen und der Alltag wieder eingekehrt war, hat er sie sitzengelassen und ist nach Hause zurückgekehrt. Von nun an musste auch meine Mutter bei der ganzen Heuchelei mitmachen. Sie spielten allen das glückliche Paar vor. Das war für mich der Tropfen, der das Fass zum Überlaufen brachte. Ich habe mich an der Universität Kreta beworben und bin von zu Hause ausgezogen. Seit damals habe ich meine Eltern nicht mehr besucht.«

»Wissen Sie vielleicht Athinas Nachnamen?«

»Nein. Wir haben immer nur kurz am Telefon miteinander gesprochen oder im Büro meines Vaters. Warum wollen Sie sie in Angst und Schrecken versetzen, Herr Kommissar? Sie hat bestimmt nichts mit dem Tod meines Vaters zu tun. Wahrscheinlich hat sie sich ein neues Leben aufgebaut. Warum in der Vergangenheit stochern?«

»Möchten Sie eigentlich Ihre Mutter sehen?«, wechsle ich das Thema.

»Sie ist doch noch immer sediert.«

»Ich meine, sobald sie zu sich kommt.«

Er denkt kurz darüber nach.

»Wenn ich es beantrage, bekomme ich bestimmt eine Besuchserlaubnis. Andererseits möchte ich nicht in Polizeibegleitung auftauchen. Das würde sie erschrecken.«

»Der Polizeibeamte kann auch draußen warten. Am besten fragen Sie mal nach, und wenn man Ihnen sagt, dass der Wachmann mit ins Krankenzimmer muss, dann sagen Sie Katerina Bescheid, und ich kümmere mich darum.«

»Vielen Dank«, sagt er knapp.

»In Ordnung, Kyriakos. Das wär's.«

»Schönen Gruß an Katerina«, meint er und erhebt sich.

Als die Tür aufgeht, erwartet ihn draußen schon der Gefängniswärter, um ihn zurückzubegleiten.

Ich bleibe im Büro zurück, um mich vom Direktor, der kurz darauf ins Zimmer tritt, zu verabschieden.

»Wie war's, wenn ich fragen darf?«, will er wissen.

»Ich begreife nicht, wie ein junger Mann wie Kyriakos Demertsis Drogendealer werden konnte, Herr Direktor.«

»Darüber habe ich mich auch gewundert. Wissen Sie, dass er Häftlingen, die eine Abendschule besuchen möchten, Unterricht gibt?«

Demertsis' Drogendealerkarriere ist eine rätselhafte Geschichte, auf die ich mir noch keinen Reim machen kann. Andererseits hat Demertsis gerade Petrakos' These entkräftet, seine feindliche Haltung dem Vater gegenüber liege an dessen Seitensprung.

Papadakis wartet im Wagen auf mich.

»Fahren wir zurück, Herr Kommissar?«

»Ja, aber ich rufe noch schnell Vlassopoulos an, ob's was Neues gibt.«

»Fehlanzeige, Herr Kommissar«, berichtet Vlassopoulos am Telefon. »Niemand hat etwas Auffälliges bemerkt, weder eine bestimmte Person noch irgendein verdächtiges Treiben. Es hat keinen Sinn weiterzusuchen. Wir verlieren nur Zeit.«

Nachdem ich meine Assistenten zurück zur Dienststelle beordert habe, berichte ich Papadakis von unseren bisherigen Erkenntnissen, um ihn mehr in die Ermittlungsarbeit einzubinden. Einerseits, damit er sich in der Abteilung besser aufgehoben fühlt, andererseits, weil die allgemeine Lage in Athen dermaßen außer Kontrolle ist, dass ich auf alle meine Leute angewiesen bin.

»Ich hab da so eine Idee, Herr Kommissar. Wollen Sie sie hören?«, fragt er gepresst.

»Nur heraus damit.«

»Wenn ich Blödsinn rede, nehmen Sie's bitte nicht in meine Personalakte auf«, sagt er halb im Scherz, halb im Ernst.

»In der Abteilung, in der Sie jetzt Dienst tun, reden alle dann und wann Blödsinn. Nur so kommen die Ermittlungen voran.«

»Wäre es nicht denkbar, dass der Mörder und sein Helfer auf dem Seeweg gekommen sind?«

»Auf dem Seeweg?«

»Ja, aus der Bucht von Faliro. Sehen Sie, wir haben sehr schönes Winterwetter, und das Meer ist ruhig. Andererseits ist in dieser Jahreszeit in der Bucht wenig Bootsverkehr. Wenn sie auf dem Seeweg gekommen sind, hat keiner sie bemerkt.«

»Papadakis, das ist wahrhaftig kein Blödsinn, das müssen wir sofort überprüfen«, sage ich. »Kehrtwende nach Faliro.«

Ich rufe Vlassopoulos an und vereinbare mit ihm einen Treffpunkt am Eingang des Olympischen Zentrums. Doch in der 28-Oktovriou-Straße geraten wir in eine endlos lange Autoschlange aus Kühlwagen und Sattelschleppern, die alle in Piräus einschiffen wollen. Als wir das Olympische Zentrum endlich erreichen, ist es bereits Mittag.

Vlassopoulos und Dermitsakis, die den Schlüssel organisiert haben, erwarten uns am Eingang und schließen das Tor auf. Wir begeben uns direkt zur Rückseite des Gebäudekomplexes, die direkt ans Meer angrenzt. Hier konnte jemand, der keine schwere Waffe bei sich hatte, mit Leichtigkeit hochklettern.

Vlassopoulos bestätigt meinen Gedankengang.

»Ein junger Mann schafft die Mauer hier locker.«

»Wie ist dir das bloß eingefallen, Papadakis? Toll!«, sagt Dermitsakis bewundernd.

Papadakis erwidert nichts, doch ein zufriedenes Lächeln breitet sich über sein Gesicht.

»Dummerweise haben wir nicht sofort daran gedacht. Jetzt werden alle Spuren verwischt sein«, sage ich. »Trotzdem sollten wir Dimitriou verständigen. Man kann nie wissen.«

Gerade als ich in den Wagen steigen will, läutet mein Handy.

»Ich habe Lakodimos' Privatadresse, Herr Kommissar«, höre ich Koulas Stimme. »Die Anschrift seines Abgeordnetenbüros konnte ich jedoch nicht herausfinden.«

»Wo müssen wir hin?«

»Nach Glyfada.«

»Schicken Sie eine SMS mit der Adresse an Papadakis, und kündigen Sie Lakodimos an, dass ich mit ihm über den Fall Demertsis reden will.«

Während Dermitsakis und Vlassopoulos in den Streifenwagen steigen, um zurück zur Dienststelle zu fahren, erreicht uns Koulas SMS. Lakodimos' Wohnhaus liegt in der Lasari-Straße, wohin ich mich jetzt von Papadakis chauffieren lasse.

14

Papadakis biegt in die Lasari-Straße ein. Auf halber Höhe steht Thanassis Lakodimos' Haus wie eine Trutzburg – umschlossen von hohen Mauern, hinter denen das Gebäude fast vollkommen verschwindet. In der Mitte liegt eine stählerne Hochsicherheitstür mit Sichtfenster, auf die man selbst im Korydallos-Gefängnis neidisch wäre.

Als Papadakis den in die Wand eingelassenen Klingelknopf drückt, erscheint ein Augenpaar im Sichtfenster, das uns durchdringend mustert.

»Kommissar Charitos und Kriminalhauptwachtmeister Papadakis. Wir haben einen Termin«, melde ich uns an.

Daraufhin öffnet sich die Tür gerade mal so weit, dass wir hindurchschlüpfen können. Die zu den Augen gehörige Person, eine Mischung aus Gewichtheber und Tierbändiger, zieht sie sofort wieder ins Schloss, sobald wir die Schwelle überschritten haben.

»Ich muss Sie durchsuchen«, sagt er mit einer Miene, die keinen Widerspruch duldet.

»Hat man Ihnen nicht Bescheid gesagt, dass wir von der Polizei sind?«, frage ich, während ich um Fassung ringe.

»Ich weiß nur, dass jeder, der durch diese Tür kommt, durchgecheckt werden muss, bevor er ins Haus darf. Wer sagt mir denn, dass Sie nicht verkappte Terroristen sind, die sich als Polizeibeamte ausgeben?«

»Schauen Sie sich unsere Dienstausweise an.«

»Dienstausweise zählen nicht, nur die Leibesvisitation«, erwidert er knapp.

»Dann machen Sie die Tür wieder auf. Wir gehen«, sage ich, ganz bärbeißiger Bulle, der sich nichts bieten lässt. Er stutzt und blickt mich an. »Morgen früh schicke ich per Eilboten eine Vorladung an Ihren Chef zur Vernehmung im Präsidium. Türsteher, Leibwächter und Sicherheitsleute haben dort nichts verloren. Sie und Ihresgleichen müssen draußen bleiben.«

»Moment, ich frage mal nach«, meint er und eilt zum Telefon. Zum ersten Mal trifft sein Hirn eine selbständige Entscheidung.

Außen hui, innen pfui, denke ich. Hohe Mauern, Sicherheitstüren und Securitypersonal, aber keiner denkt daran, den Empfang der Scheinfestung zu benachrichtigen, dass Polizeibeamte im Anmarsch sind. Es ist wie bei den vollkommen digitalisierten griechischen Ministerien, die nicht mehr imstande sind, eine simple Bescheinigung auszustellen.

»Gehen Sie die Treppe hoch, oben an der Tür werden Sie erwartet«, sagt der Wachmann.

Wider Erwarten liegt hinter den wehrhaften Mauern kein mittelalterlicher Turm, sondern eine schneeweiße zweistöckige Villa, umgeben von einem kleinen Park, den ein Schaufensterdekorateur nach dem Motto »Von allem ein bisschen« gestaltet zu haben scheint: hier ein Tupfer weiße und rote Rosen, dort ein paar Sonnenblumen, aber auch exotische, legal in Griechenland lebende Pflanzen aus Afrika. Darüber erheben sich ein Bitterorangen-, ein Apfel-

und ein Birnbaum, als sei es ihre Aufgabe, den Büschen und Blumen so viel Schatten wie möglich zu spenden. An der Treppe, die zum Eingang hochführt, ist eine vergleichsweise kümmerliche Weinlaube angelegt.

Papadakis und ich steigen die Treppe hoch und überqueren eine ausladende Veranda mit Rattansesseln und Gartentischchen, bevor wir die Villa betreten. Vor uns liegt ein großer Raum, in dem nur wenige Einrichtungsgegenstände an den Wänden und in den Ecken stehen. Die übrige Fläche ist leer geräumt, als plante man einen Tanzabend.

Empfangen werden wir von einer Asiatin unbestimmten Alters.

»Treten Sie ein, Herr Lakodimos erwartet Sie«, sagt sie und führt uns durchs Haus.

Über eine Wendeltreppe geleitet sie uns direkt in Lakodimos' Büro. Er sitzt höchstpersönlich hinter dem Schreibtisch, während das Fenster hinter ihm aufs Meer hinausgeht.

»Entschuldigen Sie das Missverständnis mit der Leibesvisitation«, meint er nach der Vorstellungsrunde. »Es gab entsprechende Anweisungen, aber das Personal hat den Empfang nicht informiert.«

Ich komme mir vor wie in einer Militärkaserne oder wie im Polizeipräsidium einer fremden Stadt.

»Wie ich sehe, haben Sie strenge Sicherheitsvorkehrungen getroffen, Herr Lakodimos«, bemerke ich.

»Ob sie ausreichen, ist allerdings fraglich«, entgegnet er.

»Wie meinen Sie das?«

»Ich habe Angst, Herr Kommissar. Ich fürchte mich davor, das Haus zu verlassen. Ich vermeide es, auf die Straße zu gehen. Ich traue mich nicht, in einer Taverne essen zu gehen. Als ich eines Nachmittags aus dem Parlament kam, wurde ich mit Joghurt beworfen. Bei einer Demonstration hat man mich angegriffen, und ich musste, wenn auch nur kurz, ins Krankenhaus. Und beim Essen in der Taverne wurde ich wüst beschimpft. Dabei war das alles noch zu Euro-Zeiten! Können Sie sich vorstellen, was mich jetzt mit der Drachme erwartet? Deshalb habe ich mich in meinem Haus verbarrikadiert und überall Wachleute postiert.«

Vergebens wartet er auf eine Reaktion meinerseits. Angriffe auf Abgeordnete oder Schmähreden gegen irgendeinen Minister kümmern einen Polizeibeamten wenig, wenn er nicht speziell in dieser Sache ermittelt und überdies in den nächsten Monaten kein Gehalt bezieht.

Als er merkt, dass keine Antwort kommt, fährt er fort:

»Soll ich Ihnen etwas sagen? Das ist ungerecht, Herr Kommissar. Bestimmt haben wir Fehler gemacht. Aber wir haben das Land auch vorangebracht. Jetzt wirft man uns vor, wir hätten es ruiniert. Ja, aber bevor wir es ruinierten, haben wir es aufgebaut. Wir haben Löhne und Renten erhöht, wir haben Arbeitsplätze geschaffen. Jetzt sagt man uns, wir hätten den Klientelismus gefördert, weil es Arbeitsplätze im öffentlichen Dienst waren. Ja, zählen diese Arbeitsplätze denn nicht? Das Geld, das in die Staatskassen floss, haben wir an die Bürger weitergereicht. Sind wir schuld daran, wenn die es schlecht verwalten? Zugegeben, wir haben Gelder verteilt, ohne uns darum zu kümmern, was für Geschäfte damit getätigt wurden. Und jetzt, da das Geld knapp wird, sind wir schuld daran, dass wir keins mehr verteilen können.«

Auf einmal wird ihm bewusst, dass es wohl nicht Sinn und Zweck meines Besuchs ist, seinem heiligen Zorn zu lauschen, und er fasst sich. »Aber Sie sind bestimmt nicht hier, um sich meine Sorgen anzuhören.«

»Nein, sondern wegen der Ermordung von Jerassimos Demertsis.«

Betrübt schüttelt er den Kopf. »Armer Jerassimos! Wissen Sie, wie lange wir uns kannten? Seit der Besetzung des Polytechnikums. Wir hatten dort zusammen studiert. Gemeinsam waren wir dann auch bei der Militärpolizei in Haft.« Er lässt sich die guten alten Erinnerungen auf der Zunge zergehen wie teuren Wein. »Wir stammten nicht aus Familien mit Verbindungen oder aus reichen Elternhäusern, sondern wir sind ausgezogen, um Griechenland zu verändern. Und mussten den Preis dafür bezahlen.«

Ich versuche, beim Thema zu bleiben.

»Ich will offen mit Ihnen reden, Herr Lakodimos. Es gibt zwei Thesen zum Demertsis-Mord. Die erste besagt, dass es sich um einen Terrorakt handelt, und die zweite, dass ihn jemand aus einem ganz konkreten Grund umgebracht hat.«

»Meiner Meinung nach ist ein Terrorakt durchaus wahrscheinlich, wenn er auch nicht unbedingt einer bestimmten Gruppierung anzurechnen ist. Mittlerweile ist ja jeder zum Töten bereit – der eine, weil er die Revolution, der andere, weil er die Diktatur herbeiführen will. Kommt darauf an, zu welchem Lager der Täter gehört.«

»Ich erhoffe mir von Ihnen konkretere Hinweise. Ich weiß, dass Sie beide seit der Bauzeit der olympischen Sportanlagen Geschäftsbeziehungen hatten.«

»Ich hatte mit ihm keinerlei Geschäftsbeziehung«, erwidert er mit Nachdruck. »Ich muss schon sehr bitten. Jerassimos' Baufirma hat die Aufträge über offene Ausschreibungen bekommen, nicht weil wir uns kannten – alles andere ist Verleumdung. Wir waren es doch, die einen Neuanfang gemacht haben. Wir sind die Generation, die Griechenland verändert hat. Da ist es nur natürlich, dass wir uns alle untereinander kennen, ja sogar befreundet sind. Von Mauscheleien kann keine Rede sein, Herr Kommissar.«

»Ich nehme an, Sie kennen Petrakos?«

»Natürlich, von meiner Haftzeit bei der Militärpolizei. Das wollten Sie doch hören.« Er lacht auf. »Petrakos hatte mit den Folterknechten nichts zu tun, Herr Kommissar. Er war Verwaltungsbeamter und hat in der Administration der Militärpolizei gearbeitet. Er war der Einzige, der unseren Familien korrekte Auskünfte gab, er war der Einzige, der ihnen mit Rat und Tat zur Seite stand. Dadurch lief er Gefahr, selber bei uns in den Zellen zu landen.«

Er verstummt und wartet auf meine nächste Frage, doch mir fällt keine mehr ein. Wäre Demertsis nicht in den Rücken geschossen worden, würde ich mit fast hundertprozentiger Sicherheit von einem Selbstmord ausgehen.

Lakodimos greift den Gesprächsfaden wieder auf und hilft mir aus der Verlegenheit.

»Ich bin zwar kein Polizist, aber ich würde sagen: Verfolgen Sie die These des Terrorakts. Ganz ehrlich, ich kann mir nicht vorstellen, dass jemand Jerassimos persönlich so sehr hasste, dass er ihn umbringen wollte.« Nach einer kurzen Pause fügt er hinzu: »Und noch etwas: Wenn es sich tatsächlich um eine terroristische Aktion handelt, dann werden die Urheber höchstwahrscheinlich weitermachen. Nicht auszuschließen, dass Jerassimos nur das erste Opfer war.«

Damit liegt er nicht falsch, denke ich mir. Ich muss Gonatas bitten, sich mit dem Fall genauer auseinanderzusetzen, und verzichte darauf, Lakodimos nach Demertsis' Sohn zu fragen.

»Vielen Dank, dass Sie sich die Zeit genommen haben, Herr Lakodimos«, sage ich zum Abschied.

»Es ist mein größter Wunsch, dass Sie Jerassimos' Mörder fassen, Herr Kommissar. Sein Tod ist ein schlimmer Verlust für mich.«

Als wir die Treppe hinuntergehen, erwartet uns die Asiatin bereits, um uns zum Ausgang zu begleiten. Der Wachmann öffnet uns die Tür und lässt uns hinaus, ohne uns eines Abschiedswortes zu würdigen.

»Was ist dein Eindruck?«, frage ich Papadakis, als wir in den Wagen steigen.

»Dieser Mann lebt aus lauter Furcht vollkommen abgeschottet. Das hat er selbst gesagt.«

»Ja, und?«

»Wer Angst hat, hat etwas zu verbergen, Herr Kommissar«, äußert sich Papadakis' gesunder Menschenverstand.

Mir wird bewusst, dass ich bisher auf keinen grünen Zweig gekommen bin. Ja, eigentlich bin ich keinen einzigen Schritt weiter – weder das Firmenpersonal noch Demertsis junior noch Lakodimos haben mir mit ihren distanzierten Aussagen oder ihren Lobhudeleien geholfen.

Da lohnt doch der Versuch, Papadakis' Hausverstand zu folgen, der möglicherweise eher zum Ziel führt. Nur, dass ich nicht vorhabe, Lakodimos' Geheimnisse zu ergründen, sondern mir erneut Petrakos vorknöpfen möchte. Dieser ehemalige Militärpolizist ohne Furcht und Tadel passt so gar nicht ins Bild.

15

Bevor ich meinen Arbeitsplatz verlasse, kommt mir der Einfall, den Laptop mit nach Hause zu nehmen. Da Adriani ein Embargo über den Fernseher verhängt hat und ich im Büro so viel zu tun habe, dass ich es kaum auf die Toilette schaffe, bietet sich das Heimstudium richtiggehend an. Obwohl ein solcher Schritt meine enge Beziehung zum Dimitrakos-Lexikon trüben könnte, sage ich mir: Dann muss sich eben auch der Dimitrakos mal gedulden, genauso wie ich in Sachen Gehalt.

Kaum lasse ich den Motor an, klingelt mein Handy.

»Papa, könntest du bei mir im Büro vorbeikommen?«, höre ich Katerinas Stimme sagen.

»Ist etwas passiert?«

»Nein, ich will kurz etwas mit dir besprechen.«

Diese Antwort beruhigt mich ganz und gar nicht, da in Zeiten wie diesen der Satz »Ich will kurz etwas mit dir besprechen« nicht nur eine zärtliche Geste, sondern eine Ohrfeige oder sogar ein Faustschlag in den Magen sein kann. Jedenfalls mache ich kehrt und stoße kurz darauf auf eine Kundgebung auf dem Ajiou-Nikolaou-Platz. Ich hatte ganz vergessen, dass schon wieder Wahlkampf ist, da wir noch nicht als »flankierende polizeiliche Maßnahmen« zu den entsprechenden Veranstaltungen im Zentrum einberufen worden sind. Irgendwie sind wir noch gar nicht auf

Wahlkampf eingestellt. Der Kundgebung dürften nicht mehr als eine Handvoll Leute beiwohnen, da der Beifall für den Parlamentarier in spe wie das Klatschen beim Zeibekiko-Tanz nur vereinzelt zu hören ist.

In Katerinas Büro sitzen drei Immigranten, die aussehen, als seien sie gerade dem syrischen Bürgerkrieg entronnen: Der eine hat einen Gips am Arm, der Zweite hat den Kopf bis zu den Ohren einbandagiert, und das Gesicht des Dritten ist vor lauter Pflastern kaum zu erkennen.

»Wer sind diese Leute?«, frage ich Mania, die mir die Tür geöffnet hat.

»Arme Kerle«, antwortet sie und schüttelt angesichts des Zustands der Opfer erbittert den Kopf.

Ich komme nicht mehr dazu nachzuhaken, denn Katerina tritt aus ihrem Büro. Also stelle ich meiner Tochter dieselbe Frage.

»Frühere Mandanten von mir, aus der Zeit in Seimenis' Kanzlei«, erwidert sie. »Komm rein, dann erkläre ich es dir.«

In ihrem Büro sitzt Pavlos, der zur Begrüßung aufspringt.

»Sie haben doch nicht etwa die Arbeit mit den Obdachlosen an den Nagel gehängt?«, frage ich scherzhaft.

»Sie wurde mir abgenommen. Ihr Freund, Herr Sissis, hat sich mächtig ins Zeug gelegt. Er hat für jeden eine Beschäftigung gefunden, die Unterkunft blitzt vor Sauberkeit, alle sind froh und glücklich und loben ihn in den höchsten Tönen.«

»Ich weiß schon, warum ich Onkel Lambros mit ins Boot geholt habe«, bemerkt Katerina lächelnd. Dann wird sie schlagartig ernst. »Die Leute da draußen sind drei Opfer der vorgestrigen Ausschreitungen«, meint sie zu mir. »Ich weiß ja nicht, was du alles mitbekommen hast, aber es gibt noch wesentlich mehr Verletzte.«

»Wo ich im Einsatz war, kam es zu keinen Übergriffen«, entgegne ich ausweichend.

»Diese drei kannten mich, da ich ihnen während meiner Zeit bei Seimenis Papiere besorgt habe. Der Erste ist mit einem Armbruch noch gut weggekommen, der Zweite hat Kopfverletzungen und eine leichte Gehirnerschütterung davongetragen, und der Dritte ist auf der Flucht vor den Flammen aus dem Fenster gesprungen. Ich werde im Namen von allen dreien Anzeige erstatten. Pavlos und seine Freunde haben sich bereit erklärt, die Kosten des Verfahrens zu übernehmen.«

»Und was soll bei einer Anzeige gegen unbekannt herauskommen?«, wundere ich mich.

»Es sind nicht alle Täter unbekannt. Pavlos und zwei seiner Freunde haben sich unter die Leute gemischt und Aufnahmen gemacht. Nur im Fall des Dritten, der aus dem Fenster gesprungen ist, fehlen mir Indizien. Ich wollte dich fragen, ob die Polizei über Bildmaterial zu den Zwischenfällen verfügt.«

Mir klingt die Drohung des Anführers des rechtsextremen Haufens noch im Ohr, und ich werde das Gefühl nicht los, dass meine Tochter schnurstracks in die Höhle des Löwen marschiert. Kurz frage ich mich, ob ich ihr davon erzählen soll, doch ich verwerfe die Idee. Sie wird nicht klein beigeben, nur weil jemand Drohungen gegen sie ausstößt. Ganz im Gegenteil, es würde sie anspornen.

»Nur wenn Verkehrsüberwachungskameras im Umkreis eingeschaltet waren, könnte es Bildmaterial geben, sonst nicht. Aber das kann ich dir erst morgen sagen.« Ich halte kurz inne und suche nach einem anderen Weg, um sie von ihrem Vorhaben abzubringen. »Du weißt besser als ich, dass sich ein solches Verfahren über Jahre hinziehen kann, selbst wenn Indizien vorliegen. Halten deine Mandanten so lange durch?«, frage ich.

Statt zu antworten, steht sie auf und öffnet die Bürotür.

»Reza!«, ruft sie.

Daraufhin erscheint der Typ mit dem einbandagierten Kopf.

»Reza, erzählen Sie dem Herrn hier, warum Sie zum *court*, also vor Gericht gehen wollen«, sagt meine Tochter zu ihm.

»Weil ich will Geld kriegen und Ticket kaufen, zurück nach Bangladesch«, meint der Typ zu mir. »Hier keine Arbeit, hier keine Geld. Nicht Euro, nicht Drachme. Ich will zurück in meine Land, aber habe keine Geld für Ticket«, erklärt er mir.

»Danke, Reza«, sagt Katerina zu ihm.

Reza neigt seinen einbandagierten Kopf zum Gruß und geht hinaus.

»Verstehst du jetzt, Papa?«, fragt Katerina. »Wäre Reza ein illegaler Einwanderer, dann hätte man ihn in ein Auffanglager gesteckt, und er würde in aller Ruhe auf die Geldüberweisung der EU warten, mit der ihm der griechische Staat eine Rückfahrkarte in seine Heimat bezahlt. Doch er ist legal und mit korrekten Papieren hier, also gibt ihm keiner Geld. Und was hat er, wo er ohnehin in Griechenland festsitzt, noch zu verlieren? Da kann er auch auf die Gerichtsverhandlung warten.«

An ihrer Argumentation ist nicht zu rütteln, deshalb wechsle ich das Thema und wende mich an Pavlos. »Wie ich sehe, beschäftigen Sie sich nicht nur mit dem Obdachlosenheim, sondern auch mit Fotografie«, sage ich, um die Stimmung etwas aufzulockern.

»Unter anderem«, antwortet er mit einem Grinsen.

»Womit denn sonst noch?«

»Wir bemühen uns, gratis Nachhilfeunterricht für junge Leute aus verarmten Vierteln zu organisieren, damit sie bei der Aufnahmeprüfung zur Hochschule nicht benachteiligt sind. Woher sollen ihre Eltern das Geld für den Nachhilfeunterricht nehmen?« Nach einer kurzen Pause fügt er hinzu: »Nicht, dass sie mit einem höheren Abschluss leichter Arbeit finden würden. Aber sie haben ein Ziel vor Augen, das ihnen dabei hilft, Oberwasser zu behalten. Das habe ich gerade mit Katerina und Mania besprochen.«

»Ja, aber für heute mach ich Schluss, weil ich mit meinem Papa zur Essensausgabe nach Hause muss«, sagt Katerina augenzwinkernd.

»Warum lädst du Mania nicht ein?«, wundere ich mich, als wir bereit zum Aufbruch sind.

»Kann ich machen, aber da ist ja auch noch Uli.«

»Es sind bestimmt genug Sardinen in Zitronensoße für alle da.«

Mania reagiert amüsiert auf Katerinas Einladung: »Wir kommen gerne. Uli wird sein blaues Wunder erleben.«

»Wie? Wieso?«, wundere ich mich.

»Weil er zum ersten Mal bei einer griechischen Familie

zu Gast ist. Da wird ihm Hören und Sehen vergehen. Er wird versuchen, bei den Gesprächen mitzukommen, und doch nur Bahnhof verstehen«, ergänzt sie und grinst dabei belustigt.

Die Einladung von Mania und Uli war nicht ganz uneigennützig. Es kann nicht sein, dass ich als Einziger von der Drohung gegen Katerina weiß. Es sollte noch jemand anderer davon erfahren.

Langsam nimmt ein Plan in meinem Kopf Gestalt an.

16

Adriani öffnet uns die Tür und bleibt wie angewurzelt stehen. Und zwar nicht, weil wir mehr Personen sind als erwartet. So etwas bringt sie nicht aus dem Konzept. Sondern, weil es einen Überraschungsgast gibt – Uli, der mit einem verlegenen Lächeln hinter Mania steht.

»Frau Charitou, darf ich Ihnen Uli Köhler vorstellen?«, sagt Mania und wendet sich an ihren Freund. »*Uli, this is Mrs. Charitou, Mr. Charitos' wife and Katerina's mother.*«

Uli drückt Adriani mit einem breiten Lächeln die Hand und versucht ein »Sehr erfreut« auf Griechisch, allerdings mit einem seltsamen Akzent.

»Uli, wir sprechen das Neugriechische nicht wie deutsche Altphilologen aus«, erklärt ihm Mania auf Griechisch.

Uli muss lachen und versucht es noch einmal mit »Sehr erfreut«, diesmal in neugriechischer Aussprache. Dann treten wir alle zusammen ins Wohnzimmer.

»Wer ist das?«, fragt mich Adriani, die zurückgeblieben ist, um Erkundigungen einzuziehen.

»Manias neuer Liebster. Ein Deutscher …«

»Ein Deutscher? Sie hat sich in einen Deutschen verliebt?«, fragt sie perplex.

»Ja, warum?«

»Ausgerechnet jetzt?«, meint sie, um dann festzustellen: »Verkehrte Welt!«

Als wir ins Wohnzimmer treten, haben sich bereits alle vorgestellt, und Fanis unterhält sich mit Uli. Ich halte immer noch den Laptop unterm Arm und suche nach einem Ort, wo ich ihn abstellen kann. Schließlich platziere ich ihn vor dem Fernseher.

»Du hast den Laptop mit nach Hause genommen?«, fragt mich Katerina.

»Ja, weil ich im Büro keine Zeit dafür habe. Und da deine Mutter den Fernseher unter Quarantäne gestellt hat, habe ich mir gedacht, jetzt wäre eine gute Gelegenheit, um zu Hause zu üben.«

»Sie müssen sich nicht alleine mit den praktischen Übungen herumschlagen, Herr Charitos«, sagt Mania. »Uli bringt Ihnen alles bei. Er kennt sich aus, er verdient schließlich sein Geld damit. Nach drei Lektionen haben Sie alles im kleinen Finger. Nicht wahr, Uli?«

»Sure«, erwidert Uli. *»Any time.«*

»Spricht er Griechisch?«, wundert sich Adriani.

»Er nimmt Unterricht. Er kann zwar noch nicht gut sprechen, aber er versteht fast alles.«

»Plant er hierzubleiben?«

»Immer mit der Ruhe, Frau Adriani. Das ist noch nicht spruchreif«, entgegnet Mania.

»Das wäre aber das Vernünftigste. Hier hat er erstens dich und zweitens bessere Berufschancen.«

Es bleibt in der Schwebe, ob sie es ernst meint oder scherzt. Alle brechen gleichzeitig in Gelächter aus. Uli hat zwar gemerkt, dass wir über ihn reden, Adrianis Kommentar jedoch nicht verstanden. Als Mania ihm die Sache erklärt, muss auch er lachen.

»Uli, soll ich erzählen, wie wir uns kennengelernt haben?«, fragt ihn Mania.

»Sure«, stimmt Uli gelassen zu.

»Ich war mit einem Typen auf Astypalea in Urlaub gefahren, der sich als schrecklicher Langweiler herausstellte. Solange wir in Athen waren, lief alles glatt, aber kaum waren wir auf Astypalea, begann er rumzunörgeln. Mal passte ihm der Strand nicht, dann wieder war ihm das Zimmer zu stickig. Er redete mir ein Loch in den Bauch, dass wir nach Santorin fahren sollten. Aber ich bestand darauf, auf Astypalea zu bleiben. Und so stritten wir von morgens bis abends, ja sogar im Bett. Jedenfalls, am Strand war mir ein Typ aufgefallen, der morgens mit zwei Büchern ans Meer kam, sein Handtuch ausbreitete und sich ins Studium vertiefte. Ab und zu ging er schwimmen und kehrte dann wieder zu seiner Lektüre zurück. Er bekam unsere Streitereien mit, da wir nur wenige Meter entfernt saßen, aber diskreterweise wandte er nicht einmal den Kopf nach uns um. Ich war richtiggehend neidisch auf ihn. Warum bin ich eigentlich nicht alleine auf die Insel gekommen?, fragte ich mich entnervt. Langer Rede kurzer Sinn: Beim nächsten Mal, da ich wieder mit dem Langweiler stritt, sagte ich ihm, er solle doch abhauen – und mich in Ruhe lassen. Und wie durch ein Wunder packte er tatsächlich seine Sachen. Am nächsten Tag ging ich befreit mit meiner Lieblingslektüre an den Strand. Nachdem zwei Tage verstrichen waren und Uli sicher sein konnte, dass mein Begleiter nicht so schnell wieder auftauchen würde, fragte er mich, was für ein Buch ich denn dabeihätte. Es war C. G. Jungs *Über die Psychologie des Unbewussten,* das ich gerade wieder las. Darauf erzählte er mir, dass er aus Deutschland komme und freiberuflich Computerprogramme entwickele. Aber eigentlich interessiere er sich vor allem für Geschichte, weshalb er in den Ferien nur historische Studien lese. Am nächsten Tag hatten wir unsere Badetücher nebeneinandergelegt. Vom Lesen sind wir ins Reden gekommen, vom Reden zum Kichern, vom Kichern zum Küssen, und von da war's nicht mehr weit ins Bett.«

Sie hält inne und wendet sich an Adriani. »So war das, Frau Adriani, zuerst haben wir uns geistig, dann körperlich vereinigt«, sagt sie mit einem kleinen Auflachen. Man sieht ihr an, dass sie Adriani provozieren will, was ihr auch gelingt. Dann wendet sie sich an ihren Freund. *»Uli, I told them everything«*, meint sie vergnügt.

»It's the story of a stupid German falling in love with a Greek Mermaid«, sagt Uli, worauf ein allgemeiner Heiterkeitsausbruch folgt.

»Was hat er gesagt?«, fragt Adriani.

»Das ist die Geschichte eines dummen Deutschen, der sich in eine griechische Meerjungfrau verliebt«, übersetzt Katerina, während Mania zu Uli geht.

»Dafür mag ich dich«, sagt sie und drückt ihm einen Kuss auf die Wange. Als sie auf ihren Platz zurückkehrt, bleibt sie vor Adriani stehen. »Diesmal, fürchte ich, hat es mich ernsthaft erwischt, Frau Adriani.«

»Sieh zu, dass was draus wird. Er scheint ein prima Junge zu sein«, gibt sie zurück.

Adriani steht auf, um das Essen vorzubereiten, während Katerina und Mania den Tisch decken. So bleiben die drei Männer im Wohnzimmer zurück.

»So, when shall we begin?«, fragt mich Uli und will wissen, wann es mit den Lektionen losgehen kann.

Ich erkläre, dass ich am ehesten abends Zeit habe.

»It will take only some hours«, meint er.

Ein paar Stunden – wer's glaubt!, denke ich. Ich bin ein blutiger Anfänger, da darfst du nicht von deinen eigenen Fähigkeiten ausgehen. Ich werfe ihm ein Lächeln zu, da ich ihn nicht ganz so brutal auf den Boden der Tatsachen holen möchte.

Mittlerweile ist der Tisch gedeckt, und Adriani bringt zusammen mit Katerina das Essen herein. Zu den Sardinen serviert sie Gemüsesalat. Nachdem wir alle den ersten Bissen in den Mund genommen haben, kommt das erste wohlige Brummen von Uli.

»Delicious!«, ruft er und fügt auf Griechisch hinzu: »Sehr lecker!«

»Danke, Uli«, antwortet Adriani. Das bescheidene Dankeswort steht in völligem Gegensatz zu ihrem Gesichtsausdruck: Sie strahlt vor Stolz. Daraus ersehe ich, dass Uli in die familiäre Essensausgabe aufgenommen wurde und fortan mit Bohnensuppe und Sardinen in Zitronensoße über die Runden kommen wird.

»Aber Betrüger sind sie schon«, beschwert sich Adriani.

»Wer denn?«, fragt Katerina.

»Die Fischhändler. Weißt du, zu welchem Preis sie die Sardinen verkaufen? Dreieinhalbtausend Drachmen! Sie nehmen den alten Preis von sieben Euro, multiplizieren ihn mit fünfhundert und verkaufen den Fisch genau zum selben Preis wie zu Euro-Zeiten. Ich habe ihn aber trotzdem ein bisschen billiger gekriegt.«

»Haben Sie Rabatt ausgehandelt?«, fragt Mania.

»Nein, mein Kind. Woher denn! Ich hatte noch ein paar Euro auf der hohen Kante, die ich nicht auf die Bank gebracht habe und die ich jetzt nach und nach in den Wechselstuben umtausche, die einen ganz guten Kurs anbieten.«

»Bravo, Adriani, Hut ab!«, lässt sich Fanis vernehmen, während Mania in die Hände klatscht. Uli fragt sie, was los ist, worauf sie es ihm erklärt.

»How do you say ›smart‹ in Greek?«, fragt Uli sie.

»Schlau.«

»Sehr schlau«, sagt Uli zu Adriani.

»Not macht erfinderisch, Uli, mein Junge«, antwortet Adriani.

Das Essen ist beendet, und die drei Frauen fangen an, den Tisch abzuräumen, wobei ihnen Uli zur Hand geht.

»Uli, setz dich, wir kommen allein zurecht«, meint Katerina zu ihm.

»Gewöhn ihm bitte nicht die deutschen Sitten ab«, mischt sich Mania ein. »Es wird noch dauern, bis wir ans Heiraten denken. Und in der Zwischenzeit möchte ich nicht, dass er völlig zum Griechen mutiert.«

»War das eine Spitze gegen mich?«, neckt Fanis sie.

»Wieso nicht gegen Herrn Charitos?«

»Der Kommissar zählt nicht, er ist eine andere Generation.«

»Mit zwei linken Händen«, ergänzt Adriani. »Bei ihm würde die Hälfte der Teller zu Bruch gehen.«

Ich nutze die Gunst der Stunde, da sich die anderen mit dem Abräumen des Essens beschäftigen, und führe meinen Plan aus, Fanis auf die gegen Katerina im Raum stehende

Drohung anzusprechen. Fanis hört mir mit düsterer Miene zu, ohne mich zu unterbrechen.

»Ich habe ihr noch nicht davon erzählt«, schließe ich.

»Ich glaube, du kommst nicht darum herum, sie selbst darauf anzusprechen. Wenn ich es tue, wird sie es dir übelnehmen.« Er denkt kurz nach und fährt dann fort: »An deiner Stelle würde ich noch etwas anderes tun.«

»Was denn?«

»Ich würde mit Lambros reden. Erstens, weil er mit rechten Schlägertypen eine Menge Erfahrung hat, sogar mehr als du. Zweitens, weil er immer einen Weg findet, Katerina zu überzeugen, das Richtige zu tun.«

»Stimmt«, sage ich und wundere mich, dass ich nicht selbst darauf gekommen bin.

Einen Moment lang überlege ich, ob ich Katerina jetzt gleich darauf ansprechen oder zuerst mit Sissis reden soll. Ich entscheide mich für Letzteres und merke, wie mir ein Stein vom Herzen fällt.

17

Als ich vom Fahrstuhl auf den Korridor trete, höre ich Vlassopoulos zetern. Angesichts dieser ungewohnten Begrüßung erfasst mich panische Angst – hoffentlich ist nicht schon in aller Herrgottsfrühe etwas Schlimmes passiert. Im Laufschritt eile ich zum Büro meiner Assistenten und verschütte dabei die Hälfte meines Kaffees auf dem Flur.

Vlassopoulos brüllt gerade in den Telefonhörer:

»Ich hab kein Geld, und ich weiß nicht, wohin mit ihnen. Begreifst du das, du dumme Pute?«

Koula, Dermitsakis und Papadakis verfolgen das Telefongespräch mit betretener Miene. Mit einer Geste frage ich Koula, was los ist, und Koula antwortet mir, ebenfalls nur mit einer Handbewegung: »Das geht uns nichts an.« Es scheint sich also um eine persönliche Angelegenheit zu handeln. Daher ziehe ich mich zurück, um nicht zum Ohrenzeugen seines Privatlebens zu werden und ihn dadurch in Verlegenheit zu bringen. Kaum habe ich einen Schluck von meinem restlichen Kaffee getrunken, läutet das Telefon – Dimitriou ist dran.

»Wir haben den Anrufer auf Demertsis' Handy, Herr Kommissar. Es ist ein gewisser Chronis Kelesoglou.«

»Hat er von einem Prepaid-Handy aus angerufen?«

»Nein, von einem normalen Handy. Seine Vertragsadresse ist laut Anbieter Eoleon 14 in Ano Petralona.«

Als ich auflege und Koula gerade um die Überprüfung von Kelesoglous Adresse bitten will, platzt Vlassopoulos in mein Büro. Die Augen starr auf mich gerichtet, ringt er nach Worten.

»Was ist los?«, frage ich.

»Ich muss eine Woche Urlaub nehmen, Herr Kommissar«, würgt er schließlich hervor.

»Geht klar. Was ist denn passiert?«

»Meine Exfrau, dieser Drachen...«, stammelt er, bevor er wieder verstummt. Als er seine Stimme wiederfindet, kommen ihm die Worte nur stockend über die Lippen. »Zwei Monate bin ich mit dem Unterhalt für die Kinder im Rückstand. Wie soll ich auch zahlen, mit den Lohnkürzungen und jetzt dem Gehaltsstopp? Heute Morgen, kaum war ich im Büro, war sie schon am Telefon und hat mir mitgeteilt, dass Lambis, der Typ, mit dem sie jetzt zusammen ist, finanzielle Probleme hat und für meine Kinder nicht aufkommen kann. Und wenn ich ihr kein Geld gebe, soll ich die Kinder zu mir nehmen.«

Er hält inne und wartet auf eine mitfühlende Regung meinerseits. Doch was könnte ich ihm sagen?

»Wie soll das gehen, Herr Kommissar?«, fragt er, als er merkt, dass von mir keine Reaktion kommt. »Ich lebe allein und kann mir keine Haushaltshilfe leisten, die sich um die Kinder kümmert. Zu Anfang des nächsten Schuljahres könnte ich sie zu meinen Eltern nach Euböa bringen. Aber wie soll ich sie jetzt, mitten im Jahr, auf einer anderen Schule anmelden? Das habe ich ihr erklärt, aber ihr ging es am Arsch vorbei. ›Ist mir egal, wie du das hinkriegst‹, meinte sie. ›Aber wenn du mir keinen Unterhalt zahlst, kann ich die Kinder nicht behalten. Wir haben auch kein Geld.‹«

»Und was hast du vor?«, frage ich.

»Ich habe mir überlegt, mit den Kindern am Wochenende zu meinen Eltern zu fahren. Ich bete inständig, dass es ihnen dort gefällt und sie freiwillig darauf eingehen, die Schule zu wechseln. Wenn das klappt, bin ich meine Sorgen los. Dann bleibe ich noch ein paar Tage bei ihnen auf Euböa, bis sie sich eingelebt haben. Wenn sie allerdings nach Athen zurückwollen, geht's mir an den Kragen. Wo soll ich mir Geld für die Unterhaltszahlungen leihen? In den guten alten Zeiten hätte ich dafür einen Urlaubskredit aufnehmen können.« Er unterbricht sich kurz und fügt dann angespannt hinzu: »Deshalb könnten aus der einen Woche auch zehn Tage werden, Herr Kommissar. Mir ist klar, wie schwierig die Lage hier ist, aber ich kann nicht anders.«

»Ich stelle dir einen Urlaubsschein für zehn Tage aus, damit du deine Kinder unterbringen kannst. Was bleibt mir sonst übrig, Vlassopoulos?«

»Nichts. Da geht's Ihnen wie mir.« An der Tür bleibt er stehen und sagt: »Vielen Dank, Herr Kommissar.«

»Schon gut, schick mir Koula rüber.«

Mit hängendem Kopf, doch offensichtlich erleichtert, dass ich ihm Urlaub gegeben habe, verlässt er mein Büro. Ihm ist bewusst, dass ich dadurch in Schwierigkeiten gerate. Er ist zwar vielleicht nicht der klügste, so doch der erfahrenste meiner Mitarbeiter. Die Klügste ist eindeutig Koula, die jetzt gerade mein Büro betritt.

»Was passiert jetzt mit Vlassopoulos, Herr Kommissar?«, fragt sie. »Da blutet einem ja das Herz.«

»Ich habe ihm zehn Tage freigegeben. Ob das ausreicht, um die Sache unter Dach und Fach zu bringen, weiß nur Gott allein.«

»Was wäre, wenn wir Geld sammeln, um ihm bis zum nächsten Gehalt die Haushaltshilfe zu bezahlen, die auf die Kinder aufpasst?«

»Wie lange können die Kollegen dafür aufkommen? Und was hilft es Vlassopoulos längerfristig? Manchmal will man helfen, macht dadurch alles aber nur noch schlimmer.«

»Da haben Sie recht.«

Ich wechsle das Thema, damit wir nicht in eine kollektive Depression verfallen. Dazu überreiche ich Koula Kelesoglous Adresse.

»Schicken Sie jemanden vom örtlichen Polizeirevier hin, um nachzuprüfen, ob er auch tatsächlich dort wohnt. Wenn nicht, müssen wir herausfinden, wo er wirklich lebt.«

»Lassen Sie nur, ich fahre selbst hin. Arbeit ist die beste Medizin«, fügt sie mit einem Lächeln hinzu.

Mir war auf dem Weg ins Büro ein Gedanke gekommen. Sissis mit Katerina sprechen zu lassen würde bestimmt hilfreich sein, aber es musste noch mehr unternommen werden, um Katerina zu schützen. Ihr ins Gewissen zu reden allein genügt nicht, eine Art Observierung wäre besser.

»Sagen Sie, Koula, aus Ihrer Zeit als Gikas' Sekretärin haben Sie doch einen guten Überblick. Wissen Sie vielleicht, wer das Polizeirevier Vyronas leitet?«

»Paleologos«, antwortet sie prompt. »Erinnern Sie sich an ihn? Er war stellvertretender Leiter der Antiterroreinheit, und Stathakos konnte ihn nicht leiden. Schließlich gelang es Stathakos, ihn loszuwerden. Er landete beim Polizeirevier Vyronas, und dort ist er immer noch.«

»Thymios Paleologos?«

»Genau der.«

»Danke, Koula. Das war alles«, sage ich, ohne weiter darauf einzugehen.

Thymios Paleologos habe ich in guter Erinnerung: ein blitzgescheiter Polizeioffizier, der ständig Stathakos' Fehler ausbügeln musste. Der konnte ihn nicht ausstehen, weil er sich unterlegen fühlte, und mit Hilfe eines Ränkespiels gelang es ihm, Paleologos schließlich rauszuekeln.

Ich bitte die Notrufzentrale, mich mit dem Polizeirevier Vyronas zu verbinden.

»Guten Tag, Thymios. Hier spricht Kostas Charitos«, begrüße ich Paleologos, als ich ihn in der Leitung habe.

»Kostas, na so was, was verschafft mir die Ehre?«, fragt er verwundert. »Unser Revier ist weitab vom Schuss.« Dann fügt er hinzu: »Unter uns gesagt, stört mich das gar nicht, wenn ich sehe, wie es euch ergeht.«

»Ich wollte Sie um einen Gefallen bitten«, sage ich und erläutere ihm die Drohung gegen Katerina in allen Einzelheiten.

Er denkt kurz nach. »Ich könnte in regelmäßigen Abständen einen Streifenwagen vorbeischicken, der nach dem Rechten sieht. Wenn sich etwas Verdächtiges tut, gebe ich Ihnen Bescheid. Dann besprechen wir, wie wir vorgehen wollen.«

»Vielen Dank, Thymios.«

Kaum habe ich aufgelegt, kommt Koula herein und überbringt mir den ballistischen Untersuchungsbericht. Demertsis wurde mit einer 9-mm-Pistole erschossen. Ein Einsatz derselben Waffe bei einem früheren Terroranschlag ist nicht nachweisbar.

Ich greife nach dem Hörer, um mit Gonatas zu sprechen.

»Das können Sie vergessen, Demertsis war kein Terroropfer«, meint er. »Die Waffe hat keine Vorgeschichte, es gibt weder ein Bekennerschreiben, noch hat eine Terrororganisation sonst wie die Verantwortung für die Tat übernommen. Somit handelt es sich um ein allgemeines Verbrechen und fällt unter Ihre Zuständigkeit.«

»Wenn der Mörder auf dem Seeweg gekommen ist, war ein Profi am Werk«, halte ich dagegen.

»Nicht nur Terroristen agieren professionell. Denken Sie an das organisierte Verbrechen.«

Seiner Antwort kann ich nichts entgegensetzen, und bevor ich auflege, bitte ich ihn noch, Gikas zu informieren. Jetzt habe ich einen Mord an der Backe, bei dem ich nicht weiß, wo ich ansetzen soll. Demertsis hatte keine verdächtigen Geschäftskontakte, er war nicht in Geldwäsche verwickelt, und Beziehungen zum organisierten Verbrechen sind uns keine bekannt. Er war auch längst nicht der einzige Bauunternehmer, der Schmiergelder zahlte, um an Aufträge zu kommen.

Ich rufe Spyridakis von der Steuerfahndung an, mit dem ich früher schon zu tun hatte, und frage, ob er vorbeikommen kann.

Er scheint mir im Moment mein letzter Strohhalm in dieser Sache zu sein. Ich weiß, dass er emsig wie eine Biene recherchiert und auf der Suche nach Beweisen jeden Stein dreimal umdreht.

Er tritt ein, und nachdem wir uns herzlich begrüßt haben, gebe ich ihm einen ersten Überblick zu Demertsis' unternehmerischen Aktivitäten.

»Und wonach soll ich konkret suchen?«, fragt er, als ich fertig bin.

»Sie sollen Demertsis' Finanzlage auf Herz und Nieren prüfen. Mein Gefühl sagt mir, dass das Mordmotiv mit seinen Geschäften zu tun hat. Vor allem aber sollen Sie seinen Finanzdirektor überprüfen, diesen ehemaligen Militärpolizisten. Das ist doch seltsam: Wer stellt einen ehemaligen Mitarbeiter der Militärpolizei als Finanzdirektor ein, wenn es gut ausgebildete und erfahrene Manager wie Sand am Meer gibt? Da steckt etwas anderes dahinter, und das sollen Sie herausfinden.«

Er verspricht mir, sich sofort darum zu kümmern, und verlässt mein Büro. Da weiter nichts Dringendes ansteht, entschließe ich mich zu einem Besuch bei Sissis, um mit ihm über die Drohung gegen Katerina zu sprechen.

Die Fahrt in die Tenedou-Straße ist ein Spaziergang, und schon nach zehn Minuten stehe ich vor dem ehemaligen Hotel, das jetzt als Obdachlosenunterkunft dient.

Gleich am Eingang, wo früher die Hotelrezeption war, sitzt Sissis an einem Tischchen. Überrascht blickt er auf.

»Wohin des Wegs, Kommissar? Truppeninspektion?«, spottet er.

»Ich wollte mit eigenen Augen die Wunder sehen, die du, wie man hört, vollbracht hast.«

»Was für Wunder? Ich habe bloß das Modell der Deportationsinsel Makronissos angewendet, und es hat Früchte getragen. Komm, ich führe dich durchs Haus.«

Der Frühstücksraum im Erdgeschoss ist menschenleer, doch auf ein paar Tischen sind Gesellschaftsspiele zu sehen.

»Aha, du hast einen Zeitvertreib für die Leute gefunden«, sage ich.

»Ja, aber erst nachmittags. Am Vormittag haben sie etwas anderes zu tun. Alles bis auf Kartenspiel ist erlaubt.«

»Wieso kein Kartenspiel?«, frage ich überrascht.

»Weil das Kafenionatmosphäre schafft, und Kafenion ist gleich Faulenzerei. Das hier ist ihr Zuhause, um das sie sich kümmern sollen.«

Er beginnt, die Treppe hochzusteigen. Als ich ihm folge, kommt mir der Gedanke, dass er Manias rechte Hand werden könnte, wenn seine Mission im Obdachlosenasyl erfüllt ist. Ich kenne Sissis seit mehr als dreißig Jahren, aber immer wieder gelingt es ihm, mich zu beeindrucken.

Die erste Etage wirkt wie verwandelt. Die Zimmer sind aufgeräumt, keiner lungert – wie bei meinem letzten Besuch – auf den Betten herum. Es ist kein Staubkörnchen zu sehen. Obwohl Zimmer und Flur blitzblank gewischt sind, widmen sich immer noch drei Frauen der Hausarbeit. Drei weitere putzen die Fenster, die von zwei älteren Männern mit Isolierband abgedichtet werden.

»Leider haben wir kein Geld für Heizöl«, erläutert mir Sissis. »So müssen wir andere Mittel und Wege finden, damit wir nicht frieren. Es gibt zwar ein paar Öfen, die werden aber nur im Notfall angeworfen.«

Drei Männer streichen gemeinsam den Flur. Einen von ihnen hatte ich letztes Mal in Angst und Schrecken versetzt, weil er bei meinem Anblick befürchtete, die Polizei wolle das Hotel räumen.

»Guten Tag, Herr Kommissar«, sagt er lächelnd. »Dem Himmel sei Dank, dass Sie uns diesen Heiligen geschickt haben.« Dabei deutet er auf Sissis.

»Ich habe ja schon viel erlebt«, sage ich zu Sissis, als wir die Treppe wieder hinuntersteigen. »Aber ein heiliggesprochener Kommunist kommt mir zum ersten Mal unter.« Er lässt sein leises Lachen hören. »Ich muss mit dir reden«, sage ich dann ernst.

Er führt mich in die Cafeteria, wo wir ungestört sind. Ich erzähle ihm vom Abend der Ausschreitungen, von der Drohung, die von den Schlägertypen gegen Katerina ausgestoßen wurde, und von dem Verfahren, das Katerina einleiten möchte. Er hört mir zu, ohne mich zu unterbrechen. Am Ende blickt er mich nachdenklich an.

»Die Drohung allein wäre noch nicht so schlimm, aber die geplante Anzeige macht mir Sorgen.«

Ich erzähle ihm von meinem Gespräch mit dem Revierleiter in Vyronas.

»Das war richtig, aber es reicht nicht aus. Im Büro wird man sie nicht attackieren. Wichtig ist, dass sie das Büro niemals allein, sondern immer nur in Begleitung verlässt. Sie soll hier vorbeikommen, damit ich mit ihr reden kann.«

»Sie wird nicht klein beigeben«, sage ich.

»Und das ist auch gut so, aber wir müssen sie beschützen.« Er macht eine Pause und seufzt. »Wir kehren langsam wieder zu den Verhältnissen von früher zurück, Kostas. Hier drin haben wir ein zweites Makronissos. Und draußen herrscht wie damals der Schattenstaat.«

Als ich in den Seat steige, um zur Dienststelle zurückzukehren, läutet mein Handy, und Koula ist dran.

»Die Adresse von Chronis Kelesoglou stimmt, aber im Moment ist er im Café Gothic, wo er jobbt. Was soll ich tun?«

Ich versuche abzuwägen, was besser ist: ihn offiziell zur Vernehmung vorzuladen oder ihn mir im Café im freundlichen Zwiegespräch vorzunehmen. Schließlich wähle ich die zweite Variante.

»Bleiben Sie vor Ort, und behalten Sie das Café im Auge, ich bin gleich da.«

18

Koulas Streifenwagen steht circa dreißig Meter vom Café entfernt. Wir gehen an drei Männern vorbei, die unter einem Heizpilz sitzen, und betreten das Lokal. Die junge Kellnerin hat wenig zu tun, das Café ist fast leer. Hinter dem Tresen steht ein junger Bursche in Kyriakos Demertsis' Alter und bereitet zwei Kaffee-Frappees mit einer dicken Schaumhaube und einem Strohhalm zu, die für zwei junge Frauen bestimmt sind, die am Tresen auf deren Fertigstellung warten. Der junge Mann hält uns offenbar für Gäste, da er uns einen gleichgültigen Blick zuwirft und einfach weitermacht.

Da ich keinen anderen jungen Mann im Lokal ausmachen kann, muss er Chronis Kelesoglou sein. Die beiden Frauen nehmen ihre Kaffee-Frappés in Empfang und begeben sich zu ihren Plätzen, während die Kellnerin mit dem Grüppchen unter dem Heizpilz einen kleinen Plausch hält.

»Sind Sie Chronis Kelesoglou?«, frage ich den jungen Burschen, als wir allein im Café zurückbleiben.

»Ja, warum?«

»Kommissar Charitos. Ich möchte Ihnen ein paar Fragen stellen. Können wir uns hier unterhalten?«

»Ja, aber wenn Gäste kommen, muss ich unterbrechen.« Sein Gesichtsausdruck bleibt gelassen. Der Besuch eines Polizeibeamten scheint ihn also nicht zu beunruhigen.

»Kein Problem. Ich will Sie auch nicht lange aufhalten. Kannten Sie den Bauunternehmer Jerassimos Demertsis, den Eigentümer der Firma Domotechniki?«

»Nein«, antwortet er kurz und bündig.

»Trotzdem haben Sie ihn einen Tag vor seinem Tod von Ihrem Handy aus angerufen. Wissen Sie, dass er ermordet wurde?«

»Ich hab's in den Nachrichten gehört.«

»Woher hatten Sie seine Handynummer, wenn Sie ihn nicht persönlich kannten?«

»Von seinem Sohn. Ich bin seit Studienzeiten mit Kyriakos befreundet. Sie müssen wissen, ich bin nicht geborener Barkeeper, sondern studierter Bauingenieur«, erläutert er mit bitterer Ironie. »Als Barkeeper arbeite ich, um mich über Wasser zu halten. Gleichzeitig suche ich nach einer Stelle und habe deshalb Kyriakos gebeten, mit seinem Vater zu reden. Er wollte seinen Vater aber um keinen Gefallen bitten. Das tue er prinzipiell nicht, hat er mir erklärt. Schließlich hat er mir die Handynummer seines Vaters gegeben, aber nur unter der Bedingung, dass nicht herauskommt, dass ich sie von ihm habe. Als ich Demertsis anrief, hörte ich genau das, was ich ohnehin erwartet hatte: dass die Auftragslage stagniert und die Firma kein Personal einstellt. Das war das erste und einzige Mal, dass wir miteinander gesprochen haben.« Nach einer kurzen Pause fügt er hinzu: »Wenn Sie meine Handydaten überprüft haben, dann müssen Sie ja gesehen haben, dass ich an die zwanzig Baufirmen angerufen habe. Mehr, um mir selbst zu beweisen, dass ich es zumindest versucht habe. Aber eigentlich kann man es ja vergessen. Sind die Banken tot, sind's auch die Baufirmen.«

Die Kellnerin tritt zu uns, um eine Bestellung aufzugeben, und wir müssen kurz unterbrechen. Als wir den Gesprächsfaden wiederaufnehmen, frage ich ihn, wie gut er Kyriakos Demertsis kennt.

»Seit unserer gemeinsamen Studienzeit, wie gesagt. Aber auch danach hatten wir weiterhin Kontakt.«

»Halten Sie es für möglich, dass er mit Drogen dealt?«, frage ich. Mich interessiert vor allem seine spontane Reaktion.

Ich weiß zwar nicht, ob er mit der Frage gerechnet hat, doch seine Antwort kommt prompt:

»Hören Sie, ich arbeite seit Jahren in Cafés und Bars. Dabei ist mir noch nie ein Junkie oder ein Dealer untergekommen, der weder trinkt noch raucht. Kyriakos hat noch nie eine Zigarette in den Mund genommen, und er trinkt, wenn's hochkommt, zwei Glas Weißwein. Andererseits war er immer schon der Typ, der durchzieht, was er sich vornimmt. Egal, wie hoch der Preis ist. Wenn er mit Drogen gedealt hat, dann, weil er einen Plan im Kopf hatte.«

»Meinen Sie das Obdachlosenheim?«

Er lacht auf.

»Nicht nur das. Wissen Sie, was ich mache, wenn ich nicht gerade hier zugange bin? Dann gebe ich Matheunterricht an einem Nachhilfeinstitut, wo Schüler aus armen Athener Stadtvierteln gratis Stunden bekommen. Das war Kyriakos' Idee. Es läuft immer nach demselben Schema ab. Wir finden ein verlassenes Gebäude, in Attiki zum Beispiel, und besetzen es. Geld für Schulbänke haben wir natürlich keins, abgesehen von Schultafeln gibt es keine Einrichtungsgegenstände. Die Kinder sitzen am Boden auf den

Kissen, die sie von zu Hause mitgebracht haben. Wenn irgendwann der Eigentümer auftaucht, einigen wir uns auf eine moderate Miete und verrechnen den Kindern einen geringen Beitrag.« Erneut lacht er auf. »Mittlerweile sponsere ich mit dem Barkeeperjob die Tätigkeit als Nachhilfelehrer, Herr Kommissar.«

Diesmal sagt er es ohne Bitterkeit. So, als habe er sich damit abgefunden, dass er seinen Lebensunterhalt nicht mit seinem angestammten Beruf bestreiten kann, sondern einen schlechter bezahlten Job machen muss, um sein ehrenamtliches Engagement zu finanzieren – welches allerdings das Studium voraussetzt, von dem er nicht leben kann.

Da alle meine Fragen beantwortet sind, verabschieden wir uns. Einerseits freut es mich, dass sich nichts Belastendes gegen ihn ergeben hat, weil er mir – genau wie Demertsis und seine Freunde – sympathisch ist. Andererseits geht es mir ganz schön auf die Nerven, dass alle Ermittlungen ständig in einer Sackgasse enden.

»Vielleicht steckt eine Liebestragödie dahinter, Herr Kommissar«, meint Koula, als wir auf die Straße treten.

»Wer weiß. Aber eine so heftige Leidenschaft hätte doch irgendjemand bemerken müssen. Dummerweise konnten wir mit seiner Frau noch nicht sprechen. Kann sein, dass wir dann endlich Land sehen.«

»Ich rufe jeden Tag im Krankenhaus an, aber sie muss weiterhin ruhig gestellt werden. Zweimal hat man versucht, die Medikamente abzusetzen. Ich weiß, dass ihr Sohn sie besuchen wollte, aber die Ärzte haben es nicht erlaubt.«

Es ist fünf Uhr nachmittags, und auf der Dienststelle gibt es nichts mehr zu tun. Selbst Gikas ist schon auf dem

Laufenden. Das Ergebnis der ballistischen Untersuchung hat er von Gonatas erfahren, und sonst haben wir keine Resultate vorzuweisen.

Ich hätte also Zeit, um mit Katerina zu sprechen. Also verabschiede ich mich von Koula, die mit dem Streifenwagen ins Präsidium zurückfährt, und mache mich auf den Weg zu Katerinas Büro.

19

Koulas Streifenwagen und mein Seat fahren im Mini-Konvoi bis zum Omonia-Platz hintereinander her, da der schnellste Weg ins Zentrum über die Pireos-Straße führt. An der Stadiou-Straße trennen sich unsere Wege. Um diese Uhrzeit herrscht im Zentrum dichter Verkehr, und ich brauche fast eine halbe Stunde.

Als Katerina die Tür öffnet und mich erblickt, sagt sie: »So ein Zufall! Du kommst wie gerufen.«

»Ja? Wieso?«

Auf ihr Geheiß setze ich mich auf ihren Bürostuhl. Gegenüber von ihrem Schreibtisch steht der Computer, daneben liegen Kopfhörer. Katerina beugt sich nach vorne und zeigt mit der Maus auf ein Piktogramm.

»Dasselbe Icon wie auf deinem Computer, weißt du noch?«

»Ich erinnere mich an ein Bildchen. Wie es aussah, weiß ich allerdings nicht mehr.«

»Setz die Kopfhörer auf.«

Sobald ich sie aufhabe, klickt Katerina das Symbol an. Es erscheint das Bildchen eines Lautsprechers, auf dem »Radio Hoffnung« geschrieben steht. Darunter befindet sich ein Pfeil, den Katerina anklickt.

»Die jüngsten Angriffe gegen Migranten im Athener Zentrum reißen im Stadtbild neue Wunden auf.«

Die Stimme im Kopfhörer klingt nach Mania, doch ich bin mir nicht sicher.

»Ist das Mania?«, frage ich Katerina, die nickt.

»Sowohl die Polizei als auch die städtischen Behörden sind pessimistisch und glauben nicht, dass sich diese Wunden so schnell wieder schließen, sondern dass sie im Gegenteil immer größer und tiefer werden. Bei uns ist heute Aliki Ferentinou vom Netzwerk ›Schutz und Betreuung für Migranten‹ zu Gast. Aliki, wie lange, glauben Sie, werden die Angriffe weitergehen? Bis auch die letzten Einwanderer aus Griechenland vertrieben sind?«

»Leider ja«, erwidert Manias Gesprächspartnerin. »Ob die Migranten dadurch tatsächlich zur Ausreise gezwungen werden, ist allerdings fraglich. Viele Zuwanderer wollen Griechenland ja schon längst verlassen. Nach der Wiedereinführung der Drachme gibt es nicht einmal für Griechen Arbeit. So wühlen sie im Müll nach Essbarem oder nach etwas, das man weiterverkaufen kann. In ihrem Heimatland wären sie auch nicht schlechter dran.«

»Und warum kehren sie nicht zurück?«, fragt Mania.

»Weil die meisten keine Papiere haben. Aber auch diejenigen, die legal hier sind, haben kein Geld für eine Rückfahrkarte. Jeder Hörer kann das selbst überprüfen. Es genügt ein Blick ins Internet, um zu sehen, wie viel ein Flugticket von Athen zum Beispiel nach Karachi kostet. Wo sollen sie das Geld dafür hernehmen? Vor allem, wenn sie nicht allein, sondern mit ihren Angehörigen hier sind. Und dabei haben die Pakistani noch Glück. Afghanen zum Beispiel müssen von Pakistan auf dem Landweg in ihr Heimatland weiterreisen. Eine große Zahl solcher Migranten sitzt hier fest. Und damit kommen wir zu einer weiteren Problematik.«

»Und die wäre?«, fragt Mania.

»Wollen diejenigen, die Einwanderer mit Gewalt bekämpfen, sie auch tatsächlich fortschicken?«

»Was möchten Sie damit sagen? Dass sie die Migranten im Grunde hierbehalten wollen?«

»Es ist doch so, dass diese angeblichen Saubermänner durch die ›Ausländer raus!‹-Parolen Sympathien und Stimmen gewinnen. Wenn die Ausländer weg sind, fehlt ihnen die Existenzberechtigung, und keiner wählt sie mehr. Alle wegzuschicken liegt also nicht in ihrem Interesse. Wenn sie die Ausländer wirklich nicht hierhaben wollten, dann bräuchten sie nur Geld zu sammeln und ihnen das Rückflugticket zu kaufen. Ich bin mir ganz sicher: Die überwiegende Mehrzahl würde ausreisen, doch die selbsternannten Saubermänner kaufen ihnen keine Tickets, sie starten lieber Übergriffe und zerstören den Einwanderern Wohnungen und Läden. Aber das Netzwerk ›Schutz und Betreuung für Migranten‹ greift jetzt genau diesen Gedanken auf: In Kürze eröffnen wir ein Spendenkonto für Flugtickets, die es den legal im Land lebenden Ausländern ermöglichen sollen, in ihre Heimat zurückzukehren. Es steht nämlich zu befürchten, dass diese Menschen nicht ewig tatenlos zusehen, wie man ihre Lebensgrundlage zerstört. Irgendwann werden sie zurückschlagen. Und dann liegt halb Griechenland in Trümmern.«

»Vielen Dank, Aliki«, sagt Mania. »Das war Aliki Ferentinou vom Netzwerk ›Schutz und Betreuung für Migranten‹. Sie hören Radio Hoffnung. Denn es gibt Hoffnung.«

Katerina stellt leiser und blickt mich gut gelaunt an.

»Was ist das?«, frage ich.

»Internetradio. Wir arbeiten schon seit ein paar Monaten daran. Wir wollten nicht in das allgemeine Jammern einstimmen, sondern den Menschen zeigen, dass es Hoffnung gibt. Wir haben dir den Computer mit dem vorinstallierten Symbol geschenkt, damit du uns hören kannst. Denn ich bin auch auf Sendung.«

Sie grinst mich an. »Nun, sag schon, wie findest du das?«

»Wenn es diesen Leuten gelingt, Rückflugtickets zu finanzieren, fällt die griechische Polizei vor lauter Dankbarkeit vor ihnen auf die Knie. Denn es stimmt, es sind wirklich schlimme Ausschreitungen zu befürchten.«

»Dann hör weiter.«

Das will ich gerne tun, nur gerät Katerina durch ihre Aktionen, ohne es zu ahnen, von Minute zu Minute mehr in die Bredouille. Bald wird der Streifenwagen vom Revier in Vyronas nicht mehr ausreichen, und sie wird Bodyguards brauchen. Doch ich spreche das Thema noch nicht an, um ihre Begeisterung nicht zu bremsen.

»An diesem Nachhilfeinstitut unterrichten Lehrer mit Universitätsdiplomen, einige davon sogar mit Masterabschluss«, ertönt Manias Stimme wieder. »Die Adresse ist Ierosolymon-Straße 27. Die Kurse sind gratis für alle, die den Nachweis erbringen, dass ein Elternteil arbeitslos gemeldet ist. Aber auch für die anderen sind die Kursgebühren minimal. Und hier noch eine weitere interessante Nachricht: Stavros hat von seinem Großvater ein Stück Ackerland in der Nähe von Dimitsana in Arkadien geerbt, wo er Bioprodukte anbauen möchte. Wer mitmachen will, kann ihn unter 697774433 kontaktieren.« Mania wiederholt die Rufnummer und fügt hinzu: »Sie hören Radio Hoffnung. Denn es gibt Hoffnung.«

Es folgt eine musikalische Pause, in der Katerina zu mir sagt: »Jetzt kommt ein Beitrag, der dich besonders ansprechen wird.«

Mania ergreift wieder das Wort. »Gerade eben haben wir mit Aliki Ferentinou gesprochen, und jetzt haben wir Dimitris Stratidis, genannt Barba-Mitsos, zu Gast. Barba-Mitsos wird uns eine Geschichte erzählen, die vor circa fünfzig Jahren in einem Dorf in Rodopi begonnen hat. Schönen guten Abend, Barba-Mitsos.«

Barba-Mitsos erwidert den Gruß nicht, sondern fragt bloß:

»Also, Mädchen, soll ich hier reinsprechen?«

»Ja, Barba-Mitsos, hier ins Mikrophon. Erzählen Sie unseren Hörern Ihre Geschichte.«

»Tja, ich lebte damals auf dem Dorf. Es war Anfang der sechziger Jahre. Arbeit gab's nicht, wir hatten nichts zu beißen. Meine Mutter hat Wildkräuter gesammelt, damit wir überhaupt was zu essen hatten. Das war unser Hauptgericht. Und wir saßen im Kafenion rum und haben über unser Schicksal gejammert. Eines Tages kam jemand vorbei und erzählte, die Deutschen suchten Leute, die bei ihnen im Land arbeiten wollten. Alle stürzten sich darauf. Da habe ich mich auch gemeldet, wurde aber nicht genommen.«

»Mit welcher Begründung?«, fragt Mania.

»Mit gar keiner. Als die Namen bekanntgegeben wurden, war meiner nicht dabei. Dann dachte ich, das war's jetzt. Auch die letzte Möglichkeit ist futsch. Als ich mit ansehen musste, wie sich die anderen Dorfbewohner von ihren Familien verabschiedet haben und abgefahren sind, war mir ganz elend zumute. Einen Monat später kam ein Mann so um die fünfzig ins Dorf und erzählte, er könne allen eine Stelle vermitteln, die in Deutschland arbeiten wollten. Das ließen wir uns nicht zweimal sagen. Er erklärte uns, welche Papiere wir brauchten, damit er uns einen Reisepass beschaffen konnte. Zwei Wochen später hat er uns auf einen gedeckten Lkw geladen, und los ging's nach Deutschland. Wir waren fünfzig Mann. Quer durch Jugoslawien hat er uns bis nach Wuppertal gefahren. Dort hat man uns in einer Halle untergebracht, in der ein riesiges Matratzenlager eingerichtet war. Vor lauter Matratzen hatten wir nicht mal Platz für unser Gepäck. Doch uns war das egal. Wir brannten darauf zu arbeiten. Am nächsten Tag hat er uns in eine Fabrik gebracht, und wir haben losgelegt. Den Lohn bekamen wir nicht von der Fabrik, sondern von unserem Vermittler. Am Ende jeder Woche kam er mit einer Aktentasche und bezahlte uns. So ging es zwei Monate lang. Am Anfang des dritten Monats kamen wir eines Morgens bei der Fabrik an und standen vor verschlossenen Toren. Wir versuchten herauszukriegen, was passiert war, aber wir konnten ja kein Deutsch und der Wächter kein Griechisch. Wie sollten wir uns da verständigen? Das einzige Wort, das wir verstanden, war ›Nein‹. Also kehrten wir in unsere Unterkunft zurück und suchten den Mann, der uns hergelotst hatte, aber der war verschwunden. Schließlich erklärte uns ein Grieche, dass die Arbeitsaufsicht dahintergekommen war, dass wir keine Aufenthaltsgenehmigung hatten. Nach ein paar Tagen tauchte der Besitzer der Lagerhalle auf und setzte uns vor die Tür. Wir strandeten am Wuppertaler Bahnhof, wo wir andere Griechen um ein paar Mark für unsere Rückfahrkarte anbettelten. Aber unsere Landsleute hielten ihr Geld für ihre Familien zusammen. Wieso sollten sie uns was abgeben? Langer Rede kurzer Sinn: Es hat ein paar Monate gedauert, bis ich das Geld für die Rückfahrkarte zusammenhatte, und in dieser Zeit habe ich am Bahnhof übernachtet. Ab und zu hat mir jemand einen Job besorgt, so dass ich ein paar Mark verdiente und nicht verhungerte. So, das war die Geschichte.«

»Vielen Dank, Barba-Mitsos«, sagt Mania. »Wer Immigranten mit Gewalt wegjagen will und nicht begreift, dass viele von ihnen, wie uns Aliki Ferentinou erläutert hat, in Griechenland unfreiwillig festsitzen, sollte daran denken, dass unsere Großväter und Väter im Deutschland der sechziger Jahre in genau derselben Lage waren. Sie hören Radio Hoffnung. Denn es gibt Hoffnung. Wir melden uns morgen wieder um 19 Uhr. Ihnen allen einen schönen Abend noch.«

Die Sendung ist zu Ende, doch meine Gedanken kreisen weiter um das Thema. Ich muss daran denken, wie viele aus meinem Dorf nach Deutschland ausgewandert sind und wie viele, so wie Barba-Mitsos, beschämt und ausgenutzt zurückkehrten. Unter ihnen war auch ein entfernter Vetter meines Vaters, der sich nach seiner Rückkehr gar nicht mehr aus dem Haus traute.

»Na, wie war's?« Katerinas Frage reißt mich aus meinen Erinnerungen.

»Glückwunsch«, sage ich gerührt. »Ein Grund mehr, stolz auf dich zu sein.«

»Das alles hätte ich nicht tun können, wenn ich für das UN-Flüchtlingskommissariat nach Afrika gegangen wäre. Wie gut, dass ihr mich damals zurückgehalten habt.«

»Das ist Lambros' Verdienst, nicht unserer. Und auf ihn solltest du jetzt auch wieder hören.«

»Warum?«, wundert sie sich.

Endlich erzähle ich ihr von den Drohungen, die in der Nacht der Ausschreitungen gegen sie ausgestoßen wurden.

»In der Zwischenzeit hat sich die Lage noch verschärft, einmal durch die Anzeige, die du im Namen der Migranten erstatten willst, und jetzt durch das Internetradio. Ich will dich nicht erschrecken, aber nimm das nicht auf die leichte Schulter, Katerina.«

»Das tue ich bestimmt nicht«, erwidert sie. »Ich nehme das, ganz im Gegenteil, sehr ernst. Mir ist klar, dass ich aufpassen und mich schützen muss.«

»Der Revierleiter von Vyronas wird regelmäßig eine Streife vorbeischicken, um nach dem Rechten zu sehen. Aber das allein reicht nicht aus. Das Risiko eines Angriffs auf euer Büro wird man wohl nicht eingehen. Es kann aber sein, dass man dich und Mania auf offener Straße überfällt. Ich habe das alles Lambros erzählt, und er will mit dir reden.«

»Ja, gerne, aber was will er denn unternehmen?«

»Lambros hat genau solche Dinge hinter sich: als Verfolgter im Bürgerkrieg, während der Monarchie und schließlich in der Juntazeit. Er hat Erfahrung mit Drohungen solcher Art.«

»Okay«, sagt sie und drückt mir einen Kuss auf die Wange. »Mach dir keine Sorgen, ich nehme mich in Acht.«

Als wir zusammen auf den Flur treten, unterhält sich Mania mit Barba-Mitsos, der sich gerade auf den Heimweg macht. Hinter ihnen steht Uli und lächelt zufrieden vor sich hin.

»Sollen wir Sie nach Hause bringen?«, fragt Mania den alten Mann.

»Junge Frau, ich hab die Reise von Deutschland nach Griechenland allein geschafft. Da werde ich doch den Linienbus finden«, hält er ihr entgegen.

Mania und Katerina bringen ihn zur Tür.

»Wo habt ihr den eigentlich aufgetrieben?«, frage ich.

»Im Obdachlosenheim«, antwortet Katerina. »Pavlos hat ihn ausfindig gemacht, als wir ihm erzählten, dass wir einen ehemaligen Gastarbeiter suchen. In Deutschland hat er am Bahnhof übernachtet, hier schläft er im Obdachlosenheim.«

»Radio Hoffnung ist Ulis Werk«, sagt Mania.

»Congratulations«, sage ich zu ihm.

»Thanks, but it still needs work«, antwortet er, da er noch daran feilen will.

»Uli, wenn du ein Grieche wärst, würde ich sagen: ›Lass den Perfektionismus, es ist so schon gut genug.‹ Aber das verkneife ich mir, weil du Deutscher bist.«

»What?«, fragt Uli, der mich nicht verstanden hat.

Ich komme nicht mehr dazu, Manias Übersetzung zu hören, da mein Handy klingelt.

»Hier die Notrufzentrale, Herr Kommissar. Soeben ist ein Anruf bei uns eingegangen. Eine Männerstimme sagte: ›Nikos Theologis erwartet Sie vor dem Neubau auf dem Campus des Polytechnikums.‹«

»War das alles?«

»Ja, dann hat er aufgelegt.«

Das heißt, uns erwartet ein zweites Opfer.

»Lassen Sie die Umgebung absperren, und verständigen Sie meine Assistenten. Treffpunkt ist der vom Anrufer angegebene Ort. Geben Sie auch der Gerichtsmedizin und der Spurensicherung Bescheid.«

Zielsicher hat Vlassopoulos den richtigen Zeitpunkt gewählt, um Urlaub zu nehmen.

Katerina, Mania und Uli starren mich an. Keiner der drei hat begriffen, worum es geht. Die besseren Sprachkenntnisse nützen den Griechinnen diesmal gar nichts.

»Ich fürchte, es gibt ein weiteres Opfer«, erkläre ich meiner Tochter und ihrer Kollegin.

»Woher weißt du das?«, fragt mich Katerina.

»Es liegt ein neuer Anruf vor, der genauso klingt wie der letzte. Eine Männerstimme hat die Nachricht hinterlassen, dass jemand auf dem Campus des Polytechnikums auf uns wartet.«

»Hat er einen Namen genannt?«, fragt Mania. Ihre Zeit bei der Polizei ist doch noch nicht ganz vergessen.

»Ein gewisser Theologis, glaube ich.«

»Nikos Theologis? Was hat der im Polytechnikum zu tun?«, wundert sich Katerina.

»Kennst du ihn?«, frage ich.

»Nicht persönlich. Aber ich weiß, dass er an der Athener juristischen Fakultät Strafrecht gelehrt hat.«

»Und sonst?«

»Dass er zur Generation Polytechnikum gehört und an der Besetzung der juristischen Fakultät beteiligt war.«

Wenn der Tote tatsächlich die von Katerina beschriebene Person ist, dann handelt es sich bereits um das zweite Opfer aus der sogenannten Generation Polytechnikum. Grußlos verlasse ich die Wohnung und stürme die Treppe hinunter.

20

Das Navigationssystem des Seat habe ich seit Ewigkeiten nicht mehr benutzt. Doch jetzt greife ich darauf zurück, weil ich noch nie auf dem neuen, außerhalb des Zentrums gelegenen Campus des Polytechnikums war. Außerdem lässt meine Konzentration zu wünschen übrig. Ich möchte keine Zeit verlieren, nur weil ich irgendeine Abzweigung verpasse. Die Dame mit der einschmeichelnden Stimme führt mich Schritt für Schritt wie ein Kleinkind durch das Athener Straßenlabyrinth. Obwohl mir solche Fahrten »mit Autopilot« eigentlich auf den Keks gehen, habe ich heute ausnahmsweise nichts dagegen, weil ich mich dabei ganz meinen Gedanken hingeben kann.

Weil Theologis ebenfalls der Generation Polytechnikum angehört, wurde ihm anscheinend dasselbe Schicksal wie Demertsis zuteil. Zumindest lassen das die beiden nach gleichem Muster fabrizierten Anrufe in der Notrufzentrale vermuten. Wenn wir jedoch bei Theologis keine Handy-Botschaft vorfinden und auch die Tatwaffe nicht übereinstimmt, besteht die Möglichkeit, dass der Anrufer denselben Wortlaut benutzt hat, um uns in die Irre zu führen. Das Telefonat war die einzige Information, über die in den Medien ausführlich berichtet wurde. Zum Glück hat die Handy-Botschaft mit der Anspielung auf das Polytechnikum nicht auch noch die Runde gemacht.

Aber wenn wir auf dieselbe Handy-Botschaft treffen und die Tatwaffe übereinstimmt, dann haben wir es entweder mit einem Serienmörder zu tun, dessen Lebensziel es ist, die Generation Polytechnikum auszumerzen, oder Gonatas liegt falsch, und es handelt sich doch um einen Terrorangriff. Womöglich tut Thanassis Lakodimos gut daran, seine Villa durch Sicherheitssysteme hermetisch abzuriegeln und sich in seiner Festung zu verschanzen.

»In fünfzig Metern nach links abbiegen. Sie sind am Ziel«, sagt die einschmeichelnde Navi-Stimme.

Das »Ziel« ist gut sichtbar, da der Tatort abgesperrt ist und von den Scheinwerfern der Streifenwagen erleuchtet wird.

Ich parke vor ein paar Treppenstufen, die zu einem großen, nur spärlich erleuchteten Gebäude hochführen. Das Absperrungsband ist am Fuß der Treppe angebracht. Auf der gegenüberliegenden Seite der öden Straße, die mich hergeführt hat, kann ich ein zweites, nicht ganz so großes Gebäude und eine kleine Kirche erkennen.

Sowohl vor dem großen Gebäude als auch auf der Zufahrtsstraße hat sich mittlerweile eine Menge Gaffer versammelt, die das Schauspiel verfolgt. Die meisten werden wohl Studenten sein.

»Was haben Bullen auf dem Campus zu suchen?«, erhebt sich eine Stimme aus der Menge.

»Hier gilt das Universitätsasyl«, ergänzt eine zweite.

»Ich habe die Polizei gerufen«, sagt ein Fünfzigjähriger in Anzug und Krawatte, der hinter dem Absperrungsband steht. »Professor Theologis ist tot, und man kann nicht ausschließen, dass er einem Mord zum Opfer gefallen ist. Dafür ist die Polizei zuständig. Es liegt also keine Verletzung des Universitätsasyls vor.«

Aus seiner Aufmachung und aus seinen Worten schließe ich, dass es sich um den Rektor der Universität handeln könnte, und gehe auf ihn zu.

»Sind Sie der Rektor?«, frage ich.

»Ja, Jannis Fokianos.«

»Kommissar Charitos«, stelle ich mich vor. »Wer hat Sie benachrichtigt?«

»Ich erhielt einen Anruf von der Polizei. Mir wurde gesagt, es sei ein anonymer Anruf eingegangen, dass sich auf dem Gelände des Polytechnikums ein Toter befinden soll. Man bat um meine Erlaubnis, den Fall zu untersuchen. Dann wurde mir die genaue Stelle durchgegeben, und ich bin zuerst einmal hierhergefahren, um die Sache zu überprüfen.« Er hält inne und ringt um Fassung. »Ein erschütternder Anblick … Ich habe sofort Ihre Kollegen zurückgerufen und sie herbestellt.«

»Ich möchte Sie bitten hierzubleiben. Ich würde Ihnen gern ein paar Fragen stellen, um mir ein erstes Bild zu machen.«

»Dann warte ich in meinem Büro.«

»Wäre es möglich, dass Sie hier vor Ort bleiben? Wir möchten Auseinandersetzungen mit den Studenten vermeiden.«

»Schön, dann setze ich mich in meinen Wagen. Er steht dort drüben.« Er deutet auf einen weinroten BMW.

Dermitsakis und Papadakis stehen ein Stück entfernt außerhalb des Absperrungsbandes und blicken mir entgegen.

»Wer hat den Rektor verständigt?«, frage ich sie.

»Wir«, entgegnet Dermitsakis. »Wir haben uns gedacht, den Campus des Polytechnikums sollten wir lieber nicht ohne Genehmigung betreten. Vom Revier in Kessariani haben wir uns die Nummer des Rektorats geben lassen. Zum Glück war der Rektor noch im Büro.«

»Bravo, hätte ich gar nicht dran gedacht«, sage ich zu ihnen. Gemeinsam bücken wir uns unter dem Absperrungsband hindurch.

Am oberen Treppenende geht linkerhand eine schmale Gasse ab, auf der zwei parkende Autos zu sehen sind. Das Opfer liegt bäuchlings neben einem schwarzen Alfa Romeo mit halbgeöffneter Fahrertür. Es ist ein dunkelhaariger Mann um die sechzig, sein offener Trenchcoat wirkt wie über seinen Körper gebreitet. Der Mörder muss ihn aus nächster Nähe erschossen haben, als er in den Wagen steigen wollte. Sein Schädel ist vollkommen zertrümmert.

Da die Gegend ruhig ist, müsste es Ohrenzeugen für den Schuss geben.

»Dreht mal eine Runde unter den Schaulustigen, und fragt, ob jemand einen Schuss gehört hat«, sage ich zu Papadakis. »Dann können die sich wenigstens nützlich machen, anstatt nur zu gaffen.«

Zunächst trifft der Transporter der Kriminaltechnik ein.

»Wieder dieselbe Nummer?«, fragt mich Dimitriou, der aus dem Wagen springt.

»Scheint so, auf den ersten Blick jedenfalls.«

Er nähert sich dem toten Theologis und wirft ein Auge auf ihn.

»Er wurde aus nächster Nähe erschossen.«

»Genau. Stavropoulos muss nur noch die Tatzeit feststellen.«

»Und was sollen wir tun?«

»Das Projektil hat Vorrang. Wir müssen klären, ob beide Morde mit derselben Waffe begangen wurden.«

Er macht sich an die Arbeit. Die Schaulustigen haben Grüppchen gebildet und unterhalten sich angeregt. Der Rektor sitzt in seinem BMW und starrt durch die Windschutzscheibe in Richtung Kokkinopoulou-Straße ins Nichts. Ich öffne die Beifahrertür und nehme neben ihm Platz.

»Mir fehlen die Worte«, murmelt er tonlos. »Ganz ehrlich. Wie weit können Streitigkeiten mit einem Juristen, ja einem Universitätsprofessor gehen, dass man ihn tötet, und noch dazu auf dem Gelände des Polytechnikums?«

Ich erspare mir den Kommentar, dass sich der Ort aufgrund seiner Weitläufigkeit und Ödnis ideal für einen Mord eignet. Ich fange lieber mit den naheliegenden Dingen an.

»Was ist das für ein Gebäude dort oben?«, frage ich ihn einleitend.

»Das ist ein ganzer Komplex. Man nennt ihn den ›Neubau‹. Dort ist eine Reihe von Instituten untergebracht.«

»Und das helle Gebäude auf der anderen Straßenseite?«

»Vorlesungssäle.«

»Wissen Sie vielleicht, in welchem der beiden Bauten Nikos Theologis unterrichtet hat?«

»Da er sein Auto in dem Sträßchen abgestellt hat, müsste es im Neubau gewesen sein. Aber genau kann ich Ihnen das nicht sagen. Wie die einzelnen Abteilungen die Vorlesungssäle unter sich aufteilen, entzieht sich meiner Kenntnis.«

Ich frage mich, warum er den Wagen nicht direkt vor dem Neubau geparkt hat, sondern in der Gasse. Plante er vielleicht ein Treffen, das nicht vor aller Augen am Eingang des Gebäudes stattfinden sollte?

»Die Erklärung ist einfach«, sagt der Rektor zu mir, als ich ihm die Frage stelle. »Viele Vorlesungen finden nachmittags und abends statt. Da sind die Parkplätze vor dem Neubau belegt. Wer später kommt, parkt dann entweder in dem Sträßchen oder hier unten.«

»Nikos Theologis war Professor für Strafrecht, wenn ich nicht irre. Entschuldigen Sie, aber mir ist nicht ganz klar, was ein Jurist am Polytechnikum zu tun hat.«

»Gewisse Fakultäten bieten juristische Vorlesungen an. Herr Theologis hat meines Wissens Seminare über die strafrechtliche Verantwortung in Baufragen abgehalten.«

»Hatte er eine Kanzlei?«

»Sicher, er war ein sehr bekannter Strafrechtler.«

»Wissen Sie vielleicht, ob er Fälle übernommen hat, die mit Geldwäsche oder mit dem organisierten Verbrechen zu tun hatten?«

»Keine Ahnung. Das müssen Sie seine Kanzlei fragen.«

»Geben Sie mir einen Eindruck von seiner Persönlichkeit. Was war er für ein Mensch?«

»Er war ein hervorragender Wissenschaftler.«

Das nehme ich schweigend hin, denn ich weiß, dass ich auf diesem Campus, egal, wo ich auch anklopfe, lauter hervorragende Wissenschaftler antreffen werde. Allerdings lässt mich diese Tatsache völlig kalt. Niemand tötet einen Universitätsprofessor, nur weil er ein schlechter Wissenschaftler ist.

»Als Dozent hat er sich voll und ganz seinem Fachgebiet und seinen Studenten gewidmet und daneben noch umfangreich publiziert«, rundet der Rektor die Lobhudelei ab. Wenn er so weitermacht, entsteht gleich eine Art Heiligenikone, die sich Adriani auf den Hausaltar stellen könnte.

»Wie waren seine Beziehungen innerhalb der Uni? Sind Ihnen Reibereien oder Konflikte mit anderen Kollegen zu Ohren gekommen?«

»Schauen Sie, Herr Kommissar. Als Rektor des Polytechnikums weiß ich über das Tagesgeschäft an der Universität und über die Beziehungen, die ein bestimmter Kollege dabei hatte, nicht sehr gut Bescheid. Generell kann ich Ihnen sagen, dass die wissenschaftliche Gemeinschaft groß ist und viele ausführende Organe hat. Da gibt es den Senat, die Fachbereiche, das hierarchisch gegliederte Lehr- und Ausbildungspersonal, die Leitung der Lehrmittelstellen. Natürlich gibt es Reibereien, Differenzen und Konkurrenzdenken unter den Dozenten. Doch ich kann Ihnen versichern, dass es in all den Jahren, in denen ich hier tätig war, niemals zu Handgreiflichkeiten, geschweige denn zu mörderischen Auseinandersetzungen gekommen ist. Der Mord an Theologis kann also keinem solchen Konflikt geschuldet sein.«

»Gehörte Professor Theologis zur sogenannten Generation Polytechnikum?«

»Absolut, er hat sich auch aktiv am Aufstand gegen die Junta beteiligt. Wenn ich mich recht erinnere, arbeitete er damals an seinem Diplom. Durch den Aufstand hat sich sein Studienabschluss verzögert, aber nach dem Fall der Junta hat er ihn sofort nachgeholt und seine Doktorarbeit verfasst.«

»Hat er Familie?«

»Ja sicher, er ist verheiratet und hat eine Tochter.«

Mein Repertoire an Fragen ist erschöpft. Ich verabschiede mich von ihm und kehre an den Tatort zurück.

In der Zwischenzeit ist Stavropoulos eingetroffen und beugt sich über den Toten. Als er den Kopf hebt, fällt sein Blick auf mich.

»Da sind ja kaum noch Fragen offen«, sagt er.

»Was den Mord betrifft, nicht. Mich interessiert nur noch die Tatzeit. Wenigstens ungefähr.«

»Er kann nicht mehr als drei Stunden tot sein. Die Totenstarre hat gerade erst eingesetzt.«

Das bedeutet, dass der Polizeinotruf unmittelbar nach seiner Ermordung gewählt wurde.

»Wenn Sie ihn durchsuchen wollen, dann bitte jetzt, damit ich ihn abtransportieren kann. Ich habe nicht vor, hier Wurzeln zu schlagen«, meint Stavropoulos grantig.

»Niemand hat einen Schuss gehört«, berichten Papadakis und Dermitsakis, die von ihrer spontanen Befragung vor Ort zurückkehren.

Wenn in dieser Einöde hier tatsächlich kein Schuss zu hören war, dann hatte der Täter der Waffe einen Schalldämpfer aufgesetzt. Diese These behalte ich bis auf weiteres im Hinterkopf.

Diesmal möchte ich das Opfer lieber selbst untersuchen. Doch ich komme gar nicht dazu, denn die Botschaft des Prepaid-Handys ertönt aus der Manteltasche, bevor ich den Toten überhaupt angefasst habe.

»Hier Polytechnikum. Hier Polytechnikum. Hier spricht der Radiosender der freien und kämpfenden Studenten, der freien und kämpfenden Griechen.« Dann folgt eine Pause, bevor eine Stimme fortfährt: »Brot, Bildung, Freiheit! Nur Bildung haben wir keine.«

Ich versuche mich zu erinnern, ob die Stimme dieselbe ist wie bei Demertsis. Doch ich kann mir keine Meinung bilden, denn kaum ist die Botschaft verklungen, erhebt sich ein Tuscheln und Raunen unter den Zaungästen, und im Anschluss erklingt sogar Beifall.

»Genau!«, schreit eine Stimme. »Was wir brauchen, ist ein neuer Aufstand am Polytechnikum!«

»Ioannidis' Junta lebt!«, ruft ein anderer.

»Heute ist die Troika die Junta«, mischt sich eine Frauenstimme ein.

»Nieder mit der Sparpakt-Junta!«, skandieren ein paar im Takt.

Plötzlich schießt mir der Gedanke durch den Kopf, der Anrufer könnte sich in der Menge befinden. Wo wäre er sicherer? Obwohl wesentlich wahrscheinlicher ist, dass er die Nummer gewählt hat und danach einfach davonspaziert ist.

Am liebsten würde ich die Zuschauer filzen lassen, um sicherzugehen, dass er mir nicht durch die Lappen geht. Ich zähle die Beamten, die ich zur Verfügung habe. Es sind, alles in allem, acht. Wenn ich die versammelte Menschenmenge mit acht Mann einer Leibesvisitation unterziehen möchte, bricht hier das Chaos aus, und mittendrin liegt der wehrlose Tote. Zwar könnte ich Verstärkung holen, aber bis die eintrifft, haben sich alle aus dem Staub gemacht, Tatgehilfe inklusive. Und der Mörder selbst ist sowieso schon längst über alle Berge.

Noch einmal lasse ich meinen Blick rundherum schweifen. Der Campus ist weitläufig und schlecht beleuchtet. Ein Komplex befindet sich etwas weiter entfernt, ein kleinerer Bau auf der anderen Straßenseite, daneben die Kirche. Der Anrufer könnte sich in einem der umliegenden Gebäude aufhalten und uns jetzt bequem beobachten. Oder er hat den Schauplatz in aller Seelenruhe verlassen, sobald er sicher war, dass die Botschaft angekommen war. Besser, ich schicke morgen meine Assistenten los, um systematisch und mit kühlem Kopf vorzugehen.

Die Sanitäter transportieren den Toten zum Krankenwagen. Zusammen mit ihm verlassen auch die Zaungäste den Tatort. Gerade will ich dem Rektor mitteilen, dass ich ihn nicht mehr brauche, als Dimitriou mit einem Lächeln auf den Lippen auf mich zukommt.

»Wir haben die Patronenhülse gefunden«, verkündet er freudig.

»Dann schicken Sie sie morgen früh der Ballistik.«

»Das Handy mit der Parole des Polytechnikums ist dasselbe Fabrikat wie im Fall Demertsis. Ansonsten haben wir bei ihm nur seine Brieftasche mit dem Personalausweis und sein persönliches Handy gefunden.«

Wenn Theologis ein Seminar abgehalten hat, muss er eine Tasche oder eine Aktenmappe dabeigehabt haben. Ich werfe einen Blick in den Alfa Romeo hinein: Tatsächlich liegt auf dem Beifahrersitz eine Tasche. Er hat also seinen Wagen aufgeschlossen, die Tasche auf den Beifahrersitz gelegt und wollte gerade einsteigen, als ihm sein Mörder zuvorkam.

Mehr gibt es im Moment nicht zu tun. Ich rufe meinen

Mitarbeitern zu, dass wir morgen weitermachen, und gehe zum Seat. Erneut schalte ich mein Navi ein, da ich keine Lust habe, mitten in der Nacht in dieser gottverlassenen Gegend herumzuirren. Schließlich bin ich nur ein Bulle und kein hervorragender Wissenschaftler.

21

Am nächsten Morgen treibt mich auf meiner Fahrt zur Dienststelle die Frage um, ob Demertsis und Theologis seit ihrer Zeit am Polytechnikum Freunde oder zumindest Bekannte waren. Wenn ja, könnte hier ein Motiv für die beiden Morde verborgen liegen. Wenn nicht, dann kehren wir entweder wieder zur These vom Serienmörder oder zur Lesart vom Terrorakt zurück.

Ich nehme mir vor, diese Frage mit Gikas und Gonatas zu besprechen. Doch als ich aus dem Fahrstuhl steige, laufe ich der Journalistenmeute in die Arme, die mir vor dem Büro auflauert.

Beim Mord an Demertsis hatte man sich auf eine Kurzmeldung beschränkt – die Tötung eines Bauunternehmers ist keine Schlagzeile wert, wenn man sie nicht mit Schwarzgeld und ähnlichen Skandalen in Verbindung bringen kann. Im Gegensatz dazu hat der Mord an Theologis die Reporter mächtig in Aufregung versetzt, da seit dem Ausbruch der Krise die Universitätsprofessoren den Reigen der selbsternannten Experten anführen.

»Na so was, Leute! Auch mal wieder hier?«, frage ich mit einem spöttischen Lächeln auf den Lippen. »Es muss schon mindestens ein Professor dran glauben, damit ihr gesprungen kommt.«

»Sie wissen ja, wie das ist, Herr Kommissar. Bei den vielen Meldungen, die bei uns jeden Tag über den Ticker laufen, muss die Redaktion eine Vorauswahl treffen«, erläutert die Kurze mit den rosa Strümpfen, die heute in Stiefeln stecken.

»Sie werden uns schon die Zusammenfassung liefern«, sagt der junge Mann, der sommers wie winters T-Shirts trägt.

»›Zusammenfassung‹ trifft es ganz gut, weil die beiden Fälle tatsächlich miteinander zu tun haben.«

»Aha, und wie?«, fragt mich Merikas, der Ersatzmann für Sotiropoulos, ein langer und hagerer Typ. Da er es trotz seines Studiums der Forensik nur zum Polizeireporter gebracht hat, fühlt er sich von aller Welt verkannt.

»Zunächst einmal hat uns der Mörder in beiden Fällen auf genau dieselbe Art und Weise verständigt. Außerdem handelt es sich bei beiden Taten vermutlich um dieselbe Waffe. Und: Beide Opfer gehören der sogenannten Generation Polytechnikum an und haben sich an der Besetzung der Hochschule unter der Militärjunta beteiligt.«

»Gibt es Hinweise auf einen Terrorakt?«, fragt eine zänkische Dürre, die bis zu Merikas' Auftauchen die einzige Bohnenstange unter den Reportern war.

»Nein, wir haben es wohl eher mit einem Serienmörder zu tun, der die Generation Polytechnikum ins Visier genommen hat. Bei einem Terrorangriff wäre ein Bekennerschreiben zu erwarten, was aber bislang noch nicht vorliegt.«

»Und wie erklären Sie sich die Botschaft, die bei beiden Opfern hinterlassen wurde und die auf das Polytechnikum verweist?«, fragt die Dürre.

»Botschaft? Was für eine Botschaft?«, murmelt die Runde überrascht.

Mir ist klar, dass die Bohnenstange mit einem der Zaungäste von gestern Abend gesprochen haben muss. Daher hat es keinen Sinn, weiter um den heißen Brei herumzureden.

»Der Mörder oder sein Mittäter hat bei beiden Opfern ein Prepaid-Handy hinterlegt. Bei Anruf ertönt die Parole des studentischen Radiosenders am Polytechnikum«, erläutere ich ihnen, ohne weiter ins Detail zu gehen.

»Woher hast du das überhaupt?«, fragt Merikas die Dürre.

»Wer sucht, der findet. So funktioniert unser Job«, antwortet sie mit einem selbstgefälligen Lächeln.

»Offenbar hat Ihre Kollegin mit einem der Schaulustigen gesprochen, die gestern Abend am Tatort waren und die Handy-Botschaft mit angehört haben«, erkläre ich eilig, weil ich den Eindruck vermeiden möchte, einer von uns hätte geplaudert.

»Und das stufen Sie als Stellungnahme des Mörders ein?«

»Ja, aber nicht unbedingt als Bekenner-Statement. Wahrscheinlich hat der Täter die Parole hinterlassen, um klarzumachen, dass er Personen tötet, die der Generation Polytechnikum angehören.«

Erst als ihnen die Fragen ausgehen, lassen sie mich in mein Büro durch. Ich bitte Koula, mir die Privatadresse von Nikos Theologis herauszusuchen. Im Anschluss rufe ich Stella wegen eines Termins mit Gikas und Gonatas an. Bevor ich gehe, schaue ich im Büro meiner Assistenten vorbei und beauftrage sie mit ersten Ermittlungen auf dem Campus des Polytechnikums.

Gikas erhebt sich bei meinem Eintreffen, aber nicht aus Höflichkeit, sondern weil er meinen Besuch als willkommene Gelegenheit ansieht, Dampf abzulassen.

»Ausgerechnet jetzt, wo nur ein Interimsminister im Amt ist, muss das alles passieren«, meint er. »Das heißt, dass wir jetzt voll im Kugelhagel stehen.«

Darauf gibt es nichts zu entgegnen. Vor lauter Besorgnis gibt sich Gikas ganz formell und bittet Gonatas und mich zum Konferenztisch. Ich berichte über die beiden Morde und die Aspekte, die sie miteinander verbinden.

»Was erwarten Sie von der ballistischen Untersuchung?«, fragt Gikas.

»Die Bestätigung, dass die beiden Morde mit derselben Tatwaffe begangen wurden«, erwidere ich. »Wenn alles nach demselben Schema abläuft, von der Art der Benachrichtigung bis hin zu der bei den beiden Opfern deponierten Botschaft, wäre es nur logisch, dass auch die Waffe übereinstimmt.«

»Was meinen Sie, Notis?«, wendet sich Gikas an Gonatas.

»Vor ein paar Tagen habe ich noch zu Kostas gesagt, dass es sich beim Mord an Demertsis bestimmt nicht um einen Terrorakt handelt. Jetzt aber kommen mir Zweifel. Es gibt eine Menge Berührungspunkte zwischen den beiden Taten, und das könnte durchaus auf einen terroristischen Hintergrund hinweisen. Sollte die Waffe auch noch übereinstimmen, wie Kostas glaubt, dann erhöht sich die Wahrscheinlichkeit eines Terrorakts.«

»Können wir die Botschaften, die bei den Opfern hinterlassen wurden, als Bekennerschreiben werten?«, fragt ihn Gikas.

»Ein solches Schreiben ist nicht zwingend notwendig. Es ist üblich, aber nicht die Regel. Man kann nicht ausschließen, dass der Mörder diese Handy-Botschaft im Sinne eines politischen Statements einsetzt. Genauso wenig ist jedoch, wie von Kostas erwähnt, die These vom Serienmörder von der Hand zu weisen.«

»Und wie gehen wir am besten vor?«, fragt Gikas.

»Wir ziehen an einem Strang und verfolgen beide Optionen«, entgegne ich.

»Ich nehme mir erst einmal die bisherigen Ermittlungsergebnisse vor und schaue, wohin sie mich führen«, ergänzt Gonatas.

»Meinen Sie, dass hier die Anarchisten am Werk sind?«, fragt Gikas, obwohl dieser Begriff längst seine Bedeutung eingebüßt hat, da sich halb Griechenland heutzutage anarchistisch gebärdet.

»Das kann schon sein. Andererseits passt der Angriff auf die Generation Polytechnikum viel eher zur extremen Rechten. Die haben noch ein Hühnchen mit den Gewinnern von damals zu rupfen, da sie ihnen nach der Junta die Posten weggeschnappt haben. Bis vor kurzem hatten wir ja noch keinen rechtsextremen Terrorismus. Vielleicht kommt das jetzt auf uns zu.«

»Ich möchte noch etwas zu bedenken geben«, sage ich zu den beiden. »Die Botschaft hat bei beiden Morden einen ähnlichen, aber nicht ganz denselben Wortlaut.«

»Was wollen Sie damit sagen?«, fragt mich Gikas.

»Der erste Teil, also der Aufruf des Radiosenders, ist

genau gleich. Im zweiten Teil ändert sich jedoch die Aussage. Beide Male sagt die Stimme: ›Brot, Bildung, Freiheit.‹ Auf Demertsis' Telefon endet die Handy-Botschaft mit: ›Nur Brot haben wir keins.‹ Auf dem bei Theologis gefundenen Gerät hört man stattdessen: ›Nur Bildung haben wir keine.‹«

»Und was schließen Sie daraus?«, fragt mich Gikas.

»Dass uns der Satz mit ›Freiheit‹ noch bevorsteht. Das heißt, es wird noch ein drittes Opfer geben.«

Die anderen blicken mich sprachlos an.

»Ich hoffe nur, Sie werden Lügen gestraft«, lautet Gikas' abschließender Kommentar.

Ein Handy-Anruf hält mich davon ab, gleich zu meinem Büro hinunterzufahren und Koula nach Theologis' Adresse zu fragen.

»Wollen Sie die ersten Ergebnisse meiner Nachforschungen hören?«, vernehme ich Spyridakis' Stimme.

»Schießen Sie los!«

»Petrakos hat neben seinem Job als Finanzdirektor der Domotechniki auch noch eine eigene Speditionsfirma, die Balkan Transports. Offenbar trägt sie diesen Namen, weil sie den größten Teil ihres Umsatzes in den Balkanländern, vor allem in Albanien und Bulgarien, macht. Teilhaberin ist eine gewisse Eleni Lefkaki, ihres Zeichens Ehefrau von Exminister Thanassis Lakodimos.«

Da haben wir sie, die Verbindung zwischen Lakodimos und Demertsis, sage ich mir. Petrakos fungiert demnach als Bindeglied.

»Und da ist noch etwas, das meine Neugier geweckt hat«, fährt Spyridakis fort.

»Was denn?«

»Die beiden Jahre vor der Olympiade, vor allem in der Zeit kurz davor, hat die Firma ausschließlich Aufträge von und nach Albanien durchgeführt.«

»Was wurde da transportiert? Baumaterialien?«

Spyridakis lacht auf. »Wohl kaum, vermutlich haben sie Arbeiter für Demertsis' Baustellen rangekarrt. Aber bevor ich Ihnen das eindeutig bestätigen kann, brauche ich noch mehr Belege dafür.«

Der Kontakt zwischen Demertsis, Petrakos und Lakodimos war also nicht so unschuldig, wie die beiden Letzteren behaupten. Und vermutlich waren dies auch nicht die einzigen Tricksereien von Demertsis bei der Errichtung der olympischen Sportanlagen, für die Petrakos' Speditionsfirma als Fassade diente. Ich bin überzeugt, dass Spyridakis fündig wird.

Koula empfängt mich vor meinem Büro mit einem Notizzettel in der Hand. »Theologis' Wohnhaus liegt in der Kavaloti-Straße, in der Nähe der Dionysiou-Aeropagitou.«

»Kommen Sie mit, wir fahren zusammen hin.«

Bevor ich das Büro verlasse, läutet noch einmal mein Handy.

»Papa, weißt du, wer Theologis' Tochter ist? Loukia, erinnerst du dich an sie?«

»Nein.«

»Das ist die junge Frau, die uns auf unserem Rundgang durch das Obdachlosenheim begleitet hat.«

»Ich will sie sprechen.«

»Sie nimmt gerade an einer europaweiten Protestveranstaltung junger Arbeitsloser in Madrid teil. Von Pavlos erfahre ich heute, wann sie zurückkommt, und gebe dir dann Bescheid.«

Als Demertsis umgebracht wurde, saß Kyriakos im Gefängnis. Als Theologis getötet wurde, hielt sich seine Tochter in Spanien auf. Kann sein, dass das alles reiner Zufall ist. Wenn nicht, verfolgt unser Mörder einen ausgeklügelten Plan.

22

Wenn man in die Gegend am Fuße der Akropolis gelangen will, hat man bei der Fahrtroute keine große Auswahl. Ich persönlich bevorzuge die Strecke, die nicht über den Syntagma-Platz führt, denn man weiß nie, welche Kundgebung man gerade vor dem Parlament antrifft und wie oft man im Streifenwagen beleidigt wird. Zwar glaubt kein einziger Grieche ernsthaft daran, dass Protestveranstaltungen das eigene Leid lindern könnten. Wer demonstriert, tut es bloß, um nicht tatenlos zu Hause zu sitzen. »Not macht erfinderisch«, sagten schon unsere antiken Vorfahren. Heutzutage treibt uns die Not auf die Straßen, was gar nicht so erfinderisch ist, denn Demos gibt es inzwischen fast jeden zweiten Tag.

Wir bringen die Strecke schweigsam und gedankenversunken hinter uns. Spyridakis' erste Untersuchungsergebnisse zeigen, dass Demertsis auf jeden Fall über Petrakos mit Lakodimos geschäftlich verbandelt war. Das allein bringt uns jedoch noch keinen Zentimeter weiter, da es nicht über die übliche Vetternwirtschaft zwischen Unternehmertum und Staat hinausgeht.

Mal angenommen, dass es aus der Zeit, als Demertsis auf den Baustellen der olympischen Sportstätten illegale Arbeitskräfte einsetzte, noch offene Rechnungen gibt, stellt sich dennoch die Frage: Wer lässt zehn Jahre verstreichen, bevor er Demertsis um die Ecke bringt? Aber die Hauptfrage ist: Weshalb sollte er Demertsis umbringen und nicht Petrakos?

Dazu kommt, dass diese Erkenntnisse in keinem Zusammenhang zu Theologis' Ermordung stehen. Zwischen den beiden Opfern gab es weder eine Geschäftsbeziehung noch einen Interessenkonflikt noch konkrete biographische Berührungspunkte. Folglich kehren wir wieder zur Ursprungsthese zurück: Wir haben es entweder mit einem Serienmörder oder mit einer terroristischen Vereinigung zu tun.

»Eine verzwickte Geschichte«, fasst Koula meine Gedanken zusammen.

»Ja, wir haben es mit identischen Morden zu tun, ohne dass die Opfer etwas miteinander zu tun hatten.«

»Könnte es sich um Rache handeln, Herr Charitos?«, fragt Koula.

»Kann sein. Dann hätten wir es mit einem Serienmörder zu tun.«

»Ja, allerdings mit einem, der seine Morde kalt berechnet und nicht aus einem Impuls heraus handelt. Solange wir keine geschäftliche oder andere Beziehung zwischen den Beteiligten feststellen, ist das Polytechnikum der einzige Anhaltspunkt.«

Das stimmt, sage ich mir. Unser Mann wählt bisher keine namenlosen Opfer aus, ist also kein Triebtäter. Es trifft genau diejenigen, die sich an der Besetzung des Polytechnikums beteiligt haben. Wenn Koulas Gedankengang zutrifft, macht das die Ergreifung des Mörders nicht leichter. Aber wenn wir nach jemandem suchen müssen, der sich nach vierzig Jahren an den Besetzern des Polytechnikums rächen will, kommt das einer Suche nach einer – nach so langer Zeit sicher verrosteten – Stecknadel im Heuhaufen gleich.

Theologis wohnte in einem renovierten zweistöckigen Haus aus dem vorigen Jahrhundert, wie man sie überall im alten Athener Zentrum zwischen Theseustempel und Akropolis finden kann.

Eine Asiatin öffnet uns die Tür.

»Treten Sie ein, Madame erwartet Sie schon«, sagt sie, nachdem wir uns vorgestellt haben.

Sie führt uns ins Wohnzimmer im Erdgeschoss und fragt, ob wir etwas trinken möchten. Als wir dankend ablehnen, verschwindet sie. Das Wohnzimmer ist klein, so wie alle Räume in diesen alten Häusern. Es passt gerade mal eine kleine Sitzgruppe mit Sofa und zwei Sesseln und gegenüber ein Fernsehgerät hinein. Hinter dem Fernseher stehen zwei halbhohe Bücherregale voll mit Vasen, Obstschalen und antiken Statuetten.

Fünf Minuten später erscheint in der Wohnzimmertür Madame Christine Lagarde: dieselbe Haarfarbe, dieselbe Frisur, dieselbe Nase. Nur, dass ihre griechische Ausgabe schwarz gekleidet ist und Trauermiene trägt.

»Es tut mir sehr leid, dass wir Sie befragen müssen«, sage ich, nachdem wir uns vorgestellt haben. »Aber wir müssen dringend bestimmte Punkte klären, um in den Ermittlungen voranzukommen.«

»Kein Thema«, entgegnet sie gefasst und mit fester Stimme. »Es ist auch mein Wunsch, dass Nikos' Mörder so schnell wie möglich gefasst wird.«

»Ihr Ehemann ist auf dieselbe Weise ums Leben gekommen wie vor ein paar Tagen der Bauunternehmer Jerassimos Demertsis. Die Polizei wurde genauso zum Tatort gerufen, die bei den Opfern hinterlassene Botschaft ist nahezu deckungsgleich, und wir können davon ausgehen, dass dieselbe Waffe zum Einsatz kam. Wissen Sie vielleicht, ob Ihr Mann Jerassimos Demertsis kannte?«

»Nein, sie kannten sich nicht.«

»Ich frage deshalb, weil beide der Generation Polytechnikum angehörten und beide an der Besetzung der Hochschule teilgenommen haben.«

»Wissen Sie, ich bin auch Juristin, und mein Mann und ich hatten zusammen eine Kanzlei. Er übernahm die Straf-, ich die Zivilprozesse. Ich kann Ihnen versichern, dass Demertsis keiner unserer Mandanten war und dass wir ihn auch nicht persönlich kannten. Abgesehen davon macht es für mich auch keinen Sinn, dass jemand Menschen tötet, die in ihrer Jugend gegen die Junta gekämpft haben. Wo doch die einen schon in den Folterkellern für ihren politischen Kampf bezahlt haben und die anderen ihr Studium opfern und – wie mein Mann – in den Untergrund gehen mussten.«

Ihre Antworten sind klar und durchdacht, und ihre Verwunderung ist nachvollziehbar.

Ich versuche nochmals woanders anzusetzen. »Wissen Sie, ob Ihr Mann auch gewaltbereite Mandanten übernommen hat? Angelegenheiten, in denen es beispielsweise um Schwarzgeld ging oder um Geldwäsche?«

Sie blickt mich kurz nachdenklich an. »Als Jurist, Herr Kommissar, würden Sie wissen, dass Rechtsanwälte, die sich mit Schwarzgeld oder Geldwäsche befassen, in der Szene bekannt sind«, meint sie schließlich. »Derartige Mandanten werden direkt an diese Kollegen weiterempfohlen.«

»Ich hoffe, Sie nehmen mir meine Fragen nicht übel«, sage ich höflich. »Wir tappen noch im Dunkeln und versuchen, Anhaltspunkte zu finden. Daher ermitteln wir in alle möglichen Richtungen.«

»Nein, keineswegs«, erwidert sie ruhig. »Mir geht es ja auch nicht anders. Mir ist unbegreiflich, wer einen Grund oder ein Interesse gehabt haben könnte, Nikos zu töten.«

Ich habe nur noch eine Frage: »Wissen Sie vielleicht, ob Ihre Tochter aus dem Ausland zurückgekehrt ist und wo ich sie finden kann? Ich würde gern auch mit ihr sprechen.«

»Ich wusste gar nicht, dass sie im Ausland ist«, antwortet sie, als wäre das nichts Ungewöhnliches. »Meine Tochter will nichts mehr mit uns zu tun haben, Herr Kommissar. Ab und zu ruft sie im Sekretariat der Kanzlei an, um zu sagen, dass es ihr gutgeht. Das ist der einzige Kontakt, den sie noch zulässt. Ich kann Ihnen ihre Handynummer geben. Ich hoffe nur, sie geht ran. Auf meine Anrufe reagiert sie nicht.«

Ich frage nicht nach, warum die Tochter mit der Familie gebrochen hat. Das ist ihre Privatangelegenheit und geht mich nichts an. Loukia kommt als Mörderin ihres Vaters sowieso nicht in Frage. Ich notiere mir die Handynummer und verabschiede mich zusammen mit Koula.

»Das ist doch kein Zufall«, sagt Koula, als wir in den Seat steigen.

»Was meinen Sie?«

»Dass beide Kinder ganz woanders waren, als ihre Väter getötet wurden. Der Sohn saß im Gefängnis, und die Tochter war im Ausland.«

»Was denn sonst, Koula? Glauben Sie, die haben die Ermordung ihrer Väter organisiert und sich ein Alibi für die Tatzeit verschafft? Und wie sollte das gehen? Haben sie einen Killer angeheuert? Das ist ja hanebüchen.«

»Okay, es ist ein bisschen weit hergeholt. Trotzdem müssen Sie zugeben, dass das schon ein verdammter Zufall ist.«

»Richtig. Beten Sie bloß, dass uns auch bald so ein verdammter Zufall zu Hilfe kommt, denn sonst sehen wir alt aus.«

Ich rufe die Nummer an, die mir Loukias Mutter gegeben hat, und ich habe Glück: Sie geht sofort ran.

»Hier Kommissar Charitos. Ich muss mit Ihnen reden.«

»Ich bin im Obdachlosenheim. Wollen wir uns hier treffen? Oder soll ich zur Polizei kommen?«

»Nicht nötig. Ich bin gleich bei Ihnen.«

»Schön, bis dann.«

Sie tut so, als ginge es bei unserem Treffen um irgendeine belanglose Angelegenheit. Diese Familie gewinnt den ersten Preis in Coolness, sage ich mir.

Bevor ich losfahre, läutet mein Handy.

»Ich weiß nicht, wo Sie gerade sind, Herr Kommissar. Aber fahren Sie nicht über den Syntagma-Platz, denn der ist gesperrt. Sonst sitzen Sie fest«, höre ich Papadakis' Stimme.

»Vielen Dank«, antworte ich, erfreut über so viel Hilfsbereitschaft. Da sich in der letzten Zeit in allen Bereichen ein gewisser Schlendrian breitgemacht hat, ist jemand, der mitdenkt, nicht oft anzutreffen. Erneut umfahre ich also den Platz vor dem Parlament und erreiche über die Tritis-Septemvriou-Straße das Obdachlosenheim in Kypseli.

Loukia wartet im Freizeitraum auf mich. Ich nehme ihr

gegenüber Platz, und sie heftet ihren Blick auf mich. Dann stelle ich Koula vor, die »hallo« zu ihr sagt, worauf Loukia mit einem »Hey« antwortet. Nach wie vor ruht ihr Blick auf mir. Offensichtlich will sie mich möglichst schnell wieder loswerden.

»Wer hat Sie vom Tod Ihres Vaters benachrichtigt?«, leite ich das Gespräch ein.

»Zuerst haben mich Freunde angerufen, dann meine Mutter.«

»Ihre Mutter hat erzählt, dass Sie ihre Anrufe nicht beantworten. Haben Sie diesmal eine Ausnahme gemacht?«

Diese etwas indiskrete Frage bringt sie überhaupt nicht in Verlegenheit, sondern sie antwortet prompt und entschieden:

»Es ist kein Geheimnis, dass ich mit meiner Familie nichts mehr zu tun haben will. Der Bekanntenkreis meiner Eltern und alle meine Freunde wissen das. Daher hat Ihnen meine Mutter nichts Besonderes verraten.«

»Wieso haben Sie den Kontakt zu Ihrem Elternhaus abgebrochen?« Da dies schon die zweite persönliche Frage ist, füge ich hinzu: »Sie müssen verstehen, Loukia, dass wir so viele Informationen wie möglich sammeln müssen, um den Mord an Ihrem Vater aufzuklären. Daher die vielen Fragen.«

»Ich habe kein Problem damit, Herr Kommissar. Ich wollte einfach mein Leben selbst in die Hand nehmen.«

»Das ist löblich, aber das hätten Sie doch auch tun können, ohne mit Ihrer Familie zu brechen.«

Zum ersten Mal wird sie etwas lauter und antwortet mit Nachdruck: »Meine Eltern wollten mir die Privilegien weiterreichen, die ihre Generation durch den Kampf gegen die Junta erworben hatte. Und das wollte ich nicht. Das ist alles.«

»Was für Privilegien meinen Sie?«, fragt Koula dazwischen. Die Frage ist ihr spontan herausgerutscht.

»Ich hätte alle Prüfungen an der Uni bestehen können, ohne ein einziges Buch aufzuschlagen«, erwidert sie. »Ich hätte mit minimalem Aufwand den Masterabschluss oder den Doktor machen können. Und all das nur, weil ich Theologis' Tochter bin, der zu der Generation gehört, die sich damals gegen die Militärregierung erhoben hat.«

Sie macht eine Pause und wendet sich wieder an mich.

»In meiner Kindheit erzählte mir meine Mutter bei jeder Gelegenheit vom heldenhaften Widerstand meines Vaters und seiner Weggefährten – oder auch die Geschichte, wie sie meinen Vater nach der Erstürmung des Polytechnikums versteckte, wie sie sich verliebten und schließlich heirateten. Für meine Mutter war die Beziehung zu meinem Vater so etwas wie die Liebe in den Zeiten der Cholera. Doch als ich mein Studium an der Uni anfing, erzählten mir meine Kommilitonen ganz andere Dinge über meinen Vater.«

»Nämlich?«, ermuntere ich sie.

»Dass er überall seine Finger im Spiel hatte. Dass er eng mit den gewerkschaftlich organisierten Studenten verbandelt war, die bei ihm Seminarscheine bekamen, ohne auch nur eine Vorlesung besucht zu haben, weil er ihnen die Fragen vorab zusteckte.«

»Und das haben Sie geglaubt?«, fragt Koula dazwischen.

»Ja, denn mein Vater hatte den Ehrgeiz, Rektor zu werden. Und dafür brauchte er die Stimmen der Gewerkschafter. Die älteren Kommilitonen, die schon ziemlich gut Bescheid wussten, wie die Wahl von Universitätsrektoren läuft, haben mir gesagt, dass in den universitären Einrichtungen nichts ohne die Zustimmung meines Vaters lief.«

Sie holt tief Luft, um die innere Spannung loszuwerden, und wendet sich wieder an mich.

»Vielleicht halten Sie die Universität für den Tempel der Weisheit, Herr Kommissar. Das stimmt zwar, aber sie ist auch ein Tempel der Heuchelei. Mit jeder Stufe, die mein Vater höherstieg, tat er einen Schritt vom politischen Widerstand hin zur Heuchelei. Ich wollte mit alldem nichts zu tun haben. Hier und am Nachhilfeinstitut arbeite ich ohne Entgelt.« Sie verstummt, und ihr Blick sagt mir, dass ein gewisser Zweifel an ihr nagt. »Wissen Sie, was ich mich immer wieder frage, Herr Kommissar? Ob ich all das tue, weil ich es als meine Pflicht ansehe, in der derzeitigen Situation ehrenamtlich tätig zu sein, oder ob es einfach eine Reaktion auf meinen Vater ist. Ich hoffe sehr, es ist das Erste.«

»Ja, aber was hat Ihre Mutter mit dem Ganzen zu tun?«, fragt Koula.

»Meine Mutter ist stolz auf meinen Vater und klatscht ihm Beifall«, entgegnet sie. »In den Augen meiner Mutter tut mein Vater immer das Richtige.«

Erneut spricht sie mich an. »Eine Etage höher ist ein Freund von Ihnen, auf den das ganze Heim Lobeshymnen singt, Herr Kommissar. Seine Generation hat jahrelang bezahlt und tut es heute noch. Die Generation meines Vaters hat immer nur kassiert. Das ist der Unterschied.«

Das Motiv für Theologis' Ermordung könnte hier liegen. Doch wie soll ich im Tempel der Heuchelei, wie Loukia die Hochschule nennt, an die Leute herankommen? Wer wird sich auf ein Gespräch einlassen? Diejenigen, die zur gleichen Spezies wie Theologis gehören, werden seinem Heiligenbild nur weitere Pinselstriche hinzufügen. Und die Übrigen werden – aus Angst, ins Fettnäpfchen zu treten – den Mund halten.

»Kennen Sie jemanden, der mir Genaueres über die Laufbahn Ihres Vaters erzählen kann?«, frage ich Loukia.

»Ja, Stelios Kasantsis«, antwortet sie prompt.

»Wo kann ich ihn finden?«

»Unter den Obdachlosen, die sich am Flughafen aufhalten«, erwidert sie und genießt meine überraschte Reaktion sichtlich. »Es gibt eine Gruppe Wohnungsloser, die am Flughafen Unterschlupf gefunden hat«, erklärt sie mir. »Eine Art blinde Passagiere.«

»Und woran erkenne ich ihn?«, hake ich nach, während ich mir den Namen notiere.

»Wenn Sie in die große Eingangshalle kommen, wo die ganzen Einkaufsläden sind, gehen Sie zu den beiden Selbstbedienungsrestaurants. Das eine ist Grigoris, und gegenüber liegt das Rizzata. Auf den Sitzen zwischen den beiden Lokalen werden Sie einen älteren Herrn sehen, der einen altmodischen Zweireiher mit Krawatte trägt. Das ist Herr Safiris. Dem sagen Sie, dass Sie von mir kommen, dann führt er Sie zu Kasantsis.«

Ich spiele mit dem Gedanken, eine Etage höherzugehen und Sissis hallo zu sagen. Doch ich verwerfe die Idee gleich wieder. Könnte sein, dass es Loukia falsch versteht und meint, ich möchte im Hotel herumschnüffeln.

Mit jedem Schritt, den ich vorankomme, entdecke ich

etwas Neues – und zwar nicht über den Mörder, sondern über die Schwierigkeit, das Kind einer einflussreichen Persönlichkeit zu sein. Dass ich nur ein einfacher Bulle bin, hat auch sein Gutes: Wenigstens kann meine Tochter im Radio verkünden, dass es noch Hoffnung gibt. Obwohl ihr Vater das bezweifelt. Doch das behält er für sich.

»Warum nehmen Sie mich eigentlich mit, Herr Charitos?«, wundert sich Koula, als wir aus dem Obdachlosenasyl treten. »Im Präsidium vor dem Bildschirm fühle ich mich viel wohler.«

»Sie bringen mir das Recherchieren am Computer bei und ich Ihnen die ganze andere Polizeiarbeit«, lautet meine Antwort.

23

Polytechnikum, das: höhere technische Lehranstalt; Ingenieurschule; technische Hochschule. Vgl. Nationales Metsovio-Polytechnikum in Athen, umfasst auch die Hochschule für Kunst, gegr. 1836 als älteste griechische Schule für technische Berufe, ab 1843 Hochschulstatus, ab 1873 Hauptgebäude an der Patission-Straße, Namensgebung durch die aus Metsovo stammenden Gründerväter und Stifter.

Polytechniker, der: Student an einer technischen Fachschule, (veraltet:) vieler Künste kundig, kunstreich.

polytechnisch: viele Künste und Gewerbe betreffend, viele Zweige der Technik umfassend.

Die Frage ist, ob Theologis als trockener Wissenschaftler unter »vieler Künste kundig« eingestuft werden kann. Man könnte sagen: Sein Fach ist die Juristerei, und die Künste, die er als Dozent und Advokat beherrscht, sind zwei: die Hochschullehre und der Anwaltsberuf. Dazu kommt, falls seine Tochter recht hat, die Kunst des Ränkespiels an der Universität.

Die politische Intrige hat sich in Griechenland auf allen möglichen Gebieten etabliert – wenn nicht als Kunst, so doch zumindest als Handwerk. Die beruflichen Seilschaften funktionieren gewerbsmäßig und auf verschiedenen Ebenen – in den Ministerien, bei der Polizei und an den Universitäten

Weitere Beispiele für professionell betriebene Günstlingswirtschaft wären Demertsis, Lakodimos und – als Bindeglied – Petrakos, die sich heimlich zusammengetan hatten, um sich gegenseitig Aufträge für die olympischen Sportanlagen zuzuschanzen.

Bis in die sechziger Jahre musste einer, der nicht wie ich im öffentlichen Dienst war, vieler Künste kundig sein, da er zwei bis drei Jobs brauchte, um sich über Wasser zu halten. Heute hilft auch das nicht mehr. Auch mit drei Jobs kann man in einem Obdachlosenheim landen, wenn man die Kunst der Tricksereien und Mauscheleien nicht beherrscht.

»Seit wann bist du wach?«, fragt mich Adriani, als sie das Wohnzimmer betritt.

»Seit sechs.«

»Kostas, setz dich doch nicht so unter Druck. Noch haben wir Geld, wir müssen niemanden anpumpen.«

Ich sage ihr nicht, dass ich seit sechs auf den Beinen bin, weil mir dieser neue Fall den Schlaf raubt. Stattdessen lächle ich sie an. Es steht ihr ins Gesicht geschrieben, dass sie noch immer guter Laune ist, weil sie gestern Katerina im Radio gehört hat. Da möchte ich jetzt die Stimmung nicht verderben.

Gestern Abend setzte ich mich gleich nach der Arbeit an den Computer. Fanis hatte sich um den Internetanschluss gekümmert. Dann tat ich das Einzige, was ich bisher gelernt hatte: Ich klickte das Symbol des Radiosenders an. Da ich keine Kopfhörer habe, hörte ich die Sendung über Lautsprecher. Katerinas Stimme drang aus dem Gerät. Zu meiner Überraschung erzählte sie den Zuhörern von ihrem Entschluss, nach Afrika auszuwandern, um für das UN-Flüchtlingskommissariat zu arbeiten. Doch schließlich habe ihre Familie sie davon abgebracht, meinte sie dann. Sie zog alle Register, um die Zuhörer zum Bleiben und zum Weiterkämpfen zu motivieren.

Das war der Moment, als Adriani ins Zimmer trat.

»Was, Katerina redet über dieses Ding mit dir?«, fragte sie perplex.

Als ich ihr die Sache erklärte, nahm sie neben mir Platz.

»Ach, ich bin ja so stolz auf sie«, sagte sie immer wieder, bis ihr vor Rührung die Tränen kamen.

»Zum ersten Mal höre ich, dass du stolz auf Katerina bist«, necke ich sie, um die emotionsgeladene Stimmung zu entspannen.

»Da irrst du dich gewaltig. Ich habe immer schon viel von ihr gehalten.«

»Du kritisierst sie doch ständig.«

»Nur weil du immer nur Süßholz raspelst.«

Als Katerina eintraf, fiel sie ihr um den Hals und gratulierte ihr zu dem Beitrag.

»Wenn ihr mich schon zum Bleiben überredet habt, muss ich mich doch auch nützlich machen«, meinte Katerina.

Sie hatte Uli für meine erste Lektion am Computer mitgebracht. Als ihm Katerina erklärte, dass auch Adriani Radio Hoffnung hören wollte, holte er sie gleich dazu. Er zeigte ihr, wie man den Computer anwirft, und richtete es dann so ein, dass der Radiosender – ganz ohne Einsatz der Maus – durch bloßes Drücken der F3-Taste angeht.

Das genügte Adriani, und sie zog ab. Nun war ich an der Reihe. Wofür ich allein zwei Wochen gebraucht hätte, brachte mir Uli in zwei Stunden bei: wie man Texte schreiben und speichern kann, wie man sein Postfach öffnet und sich Daten aus dem Internet herunterlädt. Dabei lobte er höflich meine Auffassungsgabe, statt seine eigenen Fähigkeiten hervorzukehren.

Zum Lohn bekam er gefüllte Zucchini mit Zitronensoße, die er hinunterschlang. Dabei murmelte er mit vollem Mund vor sich hin: »*Delicious!*«

Eigentlich hätte ich mich heute Morgen an den Computer setzen und allein weiterüben können. Doch da ich seit Jahren meine Schlaflosigkeit mit dem Dimitrakos-Wörterbuch bekämpfe, wäre alles andere Verrat gewesen.

Jetzt fahre ich auf die Attika-Autobahn. Das Gute an dieser Umgehungsstraße ist, dass sie nur selten verstopft ist. Bis zum Flughafen brauche ich eine gute halbe Stunde. Dort lasse ich den Seat auf dem Parkplatz stehen und nehme die Rolltreppe zur Abflughalle hoch.

Beim Betreten der Wartehalle fällt mein erster Blick auf Herrn Safiris. Er muss an die achtzig sein. Hoch aufgerichtet sitzt er in seinem Zweireiher auf einem der Wartestühle zwischen den zwei Selbstbedienungsrestaurants und blickt zum Kontrollschalter hinüber, an dem die Reisenden die Bordkarten vorweisen müssen. Selbst im Sitzen überragt er die anderen Wartenden um ein ganzes Stück. Ich gehe zu ihm hinüber und frage ihn, ob er Herr Safiris sei.

»Ja, der bin ich«, entgegnet er.

»Ich möchte Sie um einen Gefallen bitten.«

Mit flackerndem Blick schaut er sich um. Offenbar möchte er prüfen, ob ich allein oder in Begleitung gekommen bin. Schließlich steht er auf und tritt an mich heran.

»Ich bin Kommissar Charitos. Loukia Theologi schickt mich zu Ihnen«, stelle ich mich vor. »Ich möchte Stelios Kasantsis sprechen. Loukia hat mir gesagt, dass Sie mich zu ihm führen können.«

Er beruhigt sich augenblicklich, fordert mich auf, ihm zu folgen, und führt mich in die Ankunftshalle hinunter.

»Wir sind etwa fünfzehn Wohnungslose, denen der Flughafen als Behausung dient«, sagt er auf seine etwas seltsame, altmodische Art, während wir die Rolltreppe hinunterfahren. »Wir leben über die Hallen verstreut, um keine Aufmerksamkeit zu erregen. Wir sind hier ungebetene Gäste, und die Flughafenbehörde setzt alles daran, uns von hier fortzuschicken.«

Auf einem der Wartestühle gegenüber von einem Gemischtwarenladen, der von Zeitungen über Süßwaren und Fast Food alles Mögliche verkauft, sitzt ein bärtiger Typ mit Brille und Sportjacke. Safiris beugt sich zu ihm hinunter und flüstert ihm etwas ins Ohr. Nachdem mich der Mann taxiert hat, erhebt er sich und kommt auf mich zu.

»Sie kommen von Loukia?«, fragt er, um sich zu vergewissern.

»Ja, Herr Kasantsis. Und ich möchte Ihnen ein paar Fragen über Nikos Theologis stellen. Wo können wir einen Kaffee trinken und uns unterhalten?«

»Kommen Sie.«

Safiris übernimmt seinen Sitzplatz, während mich Kasantsis zu einer Cafeteria hinter dem Postamt lotst. Nachdem ich bestellt habe, nehmen wir an einem Tischchen Platz.

»Was wollen Sie über Nikos Theologis wissen?«, fragt er mich, nachdem er einen Schluck von seinem Tee genommen hat.

»Sie wissen vermutlich, dass er ermordet wurde.«

»Hab davon gehört.«

»Waren Sie gar nicht betroffen?«, frage ich aufs Geratewohl.

»Nein, Herr Kommissar. Für mich ist Nikos seit vierzig Jahren so gut wie tot.«

»Was wollen Sie damit sagen?«, frage ich erstaunt.

Er macht eine Pause, um seine Gedanken zu ordnen, und erklärt:

»Ich habe mit Nikos an derselben Fakultät studiert. Wir waren damals unzertrennlich, Herr Kommissar. Er hatte einen scharfen Verstand und war ein mustergültiger Student. Gemeinsam haben wir uns an der Besetzung der juristischen Fakultät und an den Aktionen am Polytechnikum beteiligt. Mich haben sie erwischt, aber er wurde von Thekla, seiner späteren Frau, versteckt und ist davongekommen. Als wir nach dem Fall der Junta an die Uni zurückkehrten, war Nikos wie ausgewechselt.«

»Inwiefern?«

»Nikos hat keinen Finger mehr gerührt fürs Studium und dennoch alle Prüfungen bestanden. Aber nicht als der gute Student, der er früher war, sondern in seiner Eigenschaft als Widerstandskämpfer. Er hatte keinerlei Hemmungen. Als ich mich darüber wunderte, meinte er: ›Komm schon, Alter. Wir konnten unser Studium nicht abschließen, ich war im Untergrund, du bist bei der Militärpolizei gefoltert worden. Das Land ist uns etwas schuldig. Die Uni ist uns etwas schuldig. Durch unsere Opfer hat sie gesellschaftliche Anerkennung gewonnen. Sollte sie sich da nicht erkenntlich zeigen?‹«

Er pausiert, um seine Beherrschung wiederzuerlangen und einigermaßen ruhig sprechen zu können.

»Nikos glaubte, dass ihm für seinen politischen Kampf alle zu Dank verpflichtet waren, Herr Kommissar. Mit derselben Logik verteilte er später Seminarscheine an die gewerkschaftlich organisierten Studenten, weil er glaubte, dass er ihnen etwas schuldig war. Nicht, weil sie Widerstandskämpfer waren, sondern weil sie ihn als Gewerkschafter unterstützten. Selbst seine Doktorarbeit hat er zusammengestohlen.«

»Zusammengestohlen?«, frage ich, obwohl mir diese Bemerkung wenig Eindruck macht, da mir aus der Zeit von Katerinas Studium bekannt ist, wie viele Doktoranden ohne jeden Skrupel aus fremden Arbeiten abschreiben.

»Haben Sie einen Zettel?«, fragt mich Kasantsis.

Ich ziehe mein Notizbuch heraus und schiebe es ihm hinüber. Dort schreibt er mir einen Link auf. Uli hat mir zum Glück gerade den Begriff erklärt.

»Ein Student, der sich an ihm rächen wollte, weil er ihn mehrmals durchfallen ließ, hat die Doktorarbeit, die Nikos als Vorlage diente, ausfindig gemacht und die betreffenden Stellen ins Internet gestellt. Ich weiß nicht, ob der Link immer noch aktuell ist. Aber auch wenn Sie kein Jurist sind, werden Sie sich angesichts dieses frechen Plagiats die Augen reiben. Sein Doktorvater und die Prüfungskommission müssen davon gewusst haben, doch sie haben beide Augen zugedrückt.«

Ich werde Katerina den Link weitergeben und sie bitten, ihn zu prüfen. Man kann nie wissen, vielleicht stellt sich heraus, dass Theologis' Plagiat etwas mit seiner Ermordung zu tun hat.

»Der Gerechtigkeit halber muss ich sagen, dass er nicht der Einzige war, Herr Kommissar. Viele, die sich gegen die Junta gestellt hatten, wandelten ihr politisches Engagement später in bare Münze um. Weil ich mich daran nicht beteiligen wollte, stellten sie mich als Trottel und als Strohkopf hin, ja man hat mich sogar grob beschimpft. Schließlich war ich es leid und habe mein Studium an den Nagel gehängt. Ich fand eine Stelle in der Privatwirtschaft und habe den Kontakt zu meinen ehemaligen Kommilitonen abgebrochen. In der Krise ging das Unternehmen allerdings pleite, und ich wurde arbeitslos. Heute bin ich ausgesteuert und lebe hier. Das ist meine kleine Lebensgeschichte«, fügt er mit einem Lächeln hinzu. Er beschränkt sich auf die Tatsachen, ohne verbittert zu wirken.

»Glauben Sie, dass die Details aus Nikos Theologis' Vergangenheit, die Sie mir geschildert haben, der Grund für seine Ermordung gewesen sein könnten?«, will ich von ihm wissen.

»Hm, da fragen Sie mich zu viel. Mit Sicherheit sind nicht alle, die sich nach der Juntazeit überall bedient haben, zur Verantwortung gezogen worden. Wenn jetzt Nikos einer der wenigen sein sollte, die dafür bezahlen mussten, dann war das keine göttliche Gerechtigkeit, sondern eher nur eine unglückliche Fügung.«

Aufgrund seiner Aussage und seiner persönlichen Biographie käme Kasantsis für den Mord an Theologis in Frage. Doch warum sollte er vierzig Jahre lang warten, bevor er ihn umbringt? Hier liegt das Kernproblem bei beiden Morden, wenn man sie mit dem Polytechnikum in Verbindung bringt. Wieso sollte ein Mörder vierzig Jahre lang stillhalten und ausgerechnet jetzt zuschlagen? Da es keine Antwort auf diese Frage gibt, kehren wir notgedrungen zur Variante des Serientäters zurück.

»Wie haben Sie seine Tochter kennengelernt?«, frage ich – weniger, weil die Antwort für die Vernehmung relevant wäre, als aus persönlicher Neugier.

»Loukia ist damals, als ich noch Arbeit hatte, eines Tages zu mir gekommen. Sie hat mich gebeten, ihr die ganze Wahrheit über ihren Vater zu sagen. Das habe ich getan – genauso wie Ihnen eben. Als ich fertig war, sagte sie bloß: ›Meine Kommilitonen hatten also recht.‹ Seit damals besucht sie mich regelmäßig.«

»Hat sie Ihnen nicht vorgeschlagen, ins Obdachlosenheim zu ziehen?«

»Doch, aber ich wollte den Zusammenhalt, der sich hier gebildet hat, nicht aufgeben.« Er lacht auf. »Sehen Sie, wir sind mittlerweile so viele, dass man von einer richtigen Gemeinschaft sprechen kann.« Er wird wieder ernst. »Wenn Sie mich des Mordes verdächtigen, Herr Kommissar, dann kann ich nur sagen, dass ich Nikos schon dadurch bestraft habe, dass ich seiner Tochter die Augen geöffnet habe. Was er weiter getrieben hat, interessiert mich längst nicht mehr.«

Wir kehren zu dem Gemischtwarenladen zurück. Safiris sitzt immer noch auf demselben Platz. Als ich mich von Kasantsis verabschiede, erhebt sich Safiris, um mich zum Ausgang der Ankunftshalle zu begleiten.

»Wäre es zu viel verlangt, Herr Kommissar, wenn ich Sie um tausend Drachmen bäte?«, sagt er zu mir an der Tür. »Das ist der genaue Gegenwert einer Spanakopitta.«

So weit sind wir schon: Ein Armer gibt dem noch Ärmeren Almosen. Ich ziehe einen Tausender heraus.

»Der Anzug, den ich trage, stammt aus der Zeit, als ich noch Arbeit hatte«, erklärt er mir. »Ein paar Jahre habe ich ihn nicht mehr angehabt, aber mittlerweile ist das Betteln ein weitverbreiteter Beruf, also trage ich meine frühere Arbeitskleidung wieder. Meine Aufgaben habe ich stets mit Würde und Anstand verrichtet, mein Herr. Nochmals besten Dank.«

Er drückt mir die Hand und wendet sich um, während ich auf den Parkplatz zusteuere.

24

Auf dem Korridor treffe ich Dermitsakis, der mir zur Begrüßung fast in die Arme fällt.

»Was zahlen Sie für eine gute Neuigkeit?«, ruft er begeistert.

»Zahlen, Dermitsakis? Hellas ist das Land der unerfüllten Wünsche und der uneingelösten Versprechen. Wer zahlt heutzutage noch?«

»Der Staat! Unser Gehalt!«, sagt er, versetzt meiner Freude jedoch gleich einen Dämpfer. »Das heißt, erst mal für zehn Tage. Nur, dass die zehn Arbeitstage nur noch einen Wochenlohn wert sind. Vielleicht entspricht die Bezahlung auch nur noch fünf Arbeitstagen.«

»Wieso?«, wundere ich mich.

»Weil die Drachme gestern schon wieder abgewertet wurde. Jetzt kostet ein Euro nicht mehr fünfhundert, sondern sechshundert Drachmen.«

Zwar gilt der Spruch: »Bei Dürre ist auch der Hagel ein Segen«, doch wenn wir pro Monat bloß das Gehalt für zehn Tage – oder in Wahrheit einen Wochenlohn – bekommen, sind die Aussichten düster. Der Euro, von dem wir einst so begeistert waren, hat sich in einen Teuro verwandelt, der unsere gesamten Rücklagen verschlingt. Dennoch beschließe ich, nicht in Gejammer zu verfallen und mich stattdessen darüber zu freuen, dass wenigstens das Gehalt für zehn Tage auf meinem Konto eingeht. Eine milde Gabe sozusagen, mit der ich überhaupt nicht gerechnet habe.

Dann rufe ich Katerina an, gebe ihr den Link durch und bitte sie, im Internet nach Theologis' abgekupferter Arbeit zu suchen. Das könnte ich zwar auch selbst tun – jetzt, da ich dank Ulis deutscher Gründlichkeit Rückenwind beim Surfen im Internet verspüre. Doch ich habe einfach mehr Vertrauen in Katerinas juristische Kenntnisse.

Das neue Zweiergespann Dermitsakis und Papadakis erstattet mir Bericht über seine gestrigen Ermittlungen auf dem Campus des Polytechnikums.

»Niemand hat einen Schuss gehört«, sagt Papadakis, »obwohl zur Tatzeit in den Vorlesungssälen Unterricht stattfand. An dem Abend war es kalt, wie Sie sich erinnern werden, und die Gegend lädt nicht gerade zu Spaziergängen ein. Kann sein, dass der Mörder eine Waffe mit Schalldämpfer benutzt hat. Andererseits ist auch denkbar, dass der Schuss einfach überhört wurde.«

Seine Schlussfolgerung ist überzeugend und fügt diesem nach wie vor undurchsichtigen Fall ein weiteres Mosaiksteinchen hinzu. Möglicherweise ist der Täter psychisch krank, vielleicht ist er ein Terrorist. Kann sein, dass er sich an den Vertretern der Generation Polytechnikum rächt. Genauso gut könnten die beiden Opfer aber auch in üble Machenschaften verstrickt sein, die schließlich zu ihrem Tod führten. Womöglich hatte die Waffe einen Schalldämpfer, vielleicht aber auch nicht. Das alles lässt uns, in Verbindung mit der kalten Witterung, nur wenig Hoffnung, dass irgendein Zeuge einen Unbekannten oder etwas Verdächtiges in der Umgebung des Neubaus bemerkt hat. Nichtsdestotrotz stelle ich meine Frage und erhalte die erwartete Antwort.

»Nein, Herr Kommissar, keiner hat irgendetwas gesehen«, erwidert Dermitsakis.

Da unterbricht ein Anruf von Gonatas unser Gespräch. »Können Sie in mein Büro kommen?«

»Gibt's was Neues?«

»Vielleicht, vielleicht auch nicht«, sagt er und bestätigt damit meinen Eindruck von vorhin. »Das besprechen wir besser persönlich.«

Bevor ich mich auf den Weg zu Gonatas' Büro mache, ruft auch noch Spyridakis an. »Wann kann ich Sie sprechen?«

»In circa einer halben Stunde hätte ich Zeit.«

»Schön, dann komme ich vorbei.«

Erst in Gonatas' Büro in der vierten Etage komme ich wieder zu Atem.

»Da bin ich ja mal gespannt«, sage ich, nachdem ich ihm gegenüber Platz genommen habe.

»Erhoffen Sie sich nicht allzu viel«, erwidert er und bringt mich auf den Boden der Tatsachen zurück. »Wir haben einen Albaner gefasst, der aus dem Gefängnis ausgebüxt ist. Er ist uns nach einem Bankraub ins Netz gegangen, den er mit drei Mittätern begangen hat, die einer terroristischen Vereinigung angehören. Wir vernehmen ihn gerade, aber bisher streitet er alles ab.«

»Glauben Sie, er könnte der Täter sein?«

»Es gibt zwei Dinge, die ihn verdächtig machen: seine Verbindung zu den Terroristen und die Waffe, die beim Bankraub zum Einsatz kam, eine 9-mm-Pistole.«

»Hat man die Waffe gefunden?«

»Ja. Er hat einen Fluchtversuch unternommen und dabei einen unserer Kollegen mit einer solchen Waffe angeschossen. Aber das will noch nichts heißen. Eventuell hatte er von seinem Waffenlieferanten noch eine weitere Pistole. Räuber und Berufskiller verwenden ja, um sicherzugehen, in der Regel immer denselben Waffentyp.«

»Wurden die anderen drei gefasst?«

»Nein. Sie haben eine Bankangestellte als Geisel genommen und konnten entkommen.«

»Und was sagt der Albaner?«

»Dass er seither nicht mehr mit ihnen in Kontakt war und dass er keine Ahnung hat, wo sie sich verstecken. Aber selbst wenn er es wüsste, würde er nichts anderes sagen, weil er befürchten muss, dass wir sie bereits im Visier haben.«

»Womöglich sagt er die Wahrheit.«

»Kann sein, aber diese Leute haben tausend Möglichkeiten, um miteinander in Kontakt zu treten. Jedenfalls fahren wir mit der Vernehmung fort und halten Sie auf dem Laufenden.«

»Wäre es nicht sinnvoll, wir setzen einen Termin mit Gikas an, damit er auf dem letzten Stand ist? Ich könnte da auch ein paar Informationen beisteuern, und Spyridakis von der Steuerfahndung kommt gleich mit seinen neuesten Ergebnissen rüber.«

»Gut, ich geh gleich zu ihm. Mal sehen, ob er Zeit hat. Ich melde mich bei Ihnen.«

Wer weiß, vielleicht haben wir gleich das Rätsel gelöst, und Gikas kann sich freuen, denke ich mir, als ich in mein Büro zurückkehre.

Spyridakis wartet bereits auf mich. Er hat einen aufgeschlagenen Aktenordner auf den Knien und blättert seine Unterlagen durch. Gleich nach der Begrüßung nimmt er Anlauf und will loslegen.

»Moment«, unterbreche ich ihn. »Gikas sollte besser dabei sein.«

Fünf Minuten später ruft er uns in sein Büro. Gonatas ist schon vor Ort und berichtet als Erster von dem festgenommenen Albaner. Dann bin ich an der Reihe. Ich erzähle von meinen Besuchen bei Theologis' Witwe und bei der Tochter und auch von der Zusammenkunft mit Kasantsis am Flughafen.

»Na so was, pickt er sich Leute heraus, die sich mit ihren Kindern überworfen haben?«, fragt mich Gikas.

»Das ist nicht auszuschließen, aber es könnte auch Zufall sein«, entgegne ich.

Spyridakis haben wir uns für den Schluss aufgehoben, da seine Informationen für uns alle neu sind. Mit einem Lächeln auf den Lippen öffnet er sein Dossier.

»Jetzt führe ich Ihnen vor, wie eine Firma vollkommen legal Schwarzarbeiter einsetzen kann«, sagt er. Schon die Einleitung klingt vielversprechend. »Beim Bau der olympischen Sportanlagen waren in der Firma Domotechniki nur die Ingenieure, Bauführer und Facharbeiter griechischer Herkunft. Das ganze übrige Personal bestand aus Ausländern. Teils hatten sie eine Aufenthaltserlaubnis, teils waren es Illegale. Keiner der ausländischen Arbeiter, egal, ob legal oder illegal im Land, hatte eine Arbeitserlaubnis. Keiner war bei der Sozialversicherungsanstalt IKA angemeldet. Und all das war absolut zulässig. «

»Wie ist das möglich?«, fragt ihn Gonatas.

»Weil die Anstellung nicht über die Domotechniki lief. Demertsis hat die Leute von Petrakos' Unternehmen als Leiharbeiter gestellt bekommen. Darüber gab es Verträge, das lief absolut korrekt. Die Domotechniki hat Petrakos regelmäßig die vertraglich vereinbarte Gebühr für das Personalleasing überwiesen. Ob die Leute bei ihrem Arbeitgeber Petrakos angemeldet waren, interessierte die Domotechniki nicht. Doch Petrakos' Transportunternehmen hatte nur die Fahrer und das eigene Firmenpersonal angemeldet. Keiner hat je hinterfragt, ob die Leute, die er Demertsis beschaffte, Papiere hatten oder nicht.«

»Und Lakodimos' Ehefrau war an Petrakos' Unternehmen beteiligt«, füge ich hinzu.

»Genau. Daraus erklärt sich, warum das nie geprüft wurde«, bekräftigt Spyridakis.

»Nicht genug damit, dass diese Leute mich und meine Truppen jedes Jahr am Polytechnikum-Gedenktag bei ihren Demonstrationen vor der amerikanischen Botschaft auf Trab gehalten haben. Jetzt muss ich auch noch den Mord an einem von ihnen aufklären, und das ohne Geld«, bemerkt Gonatas.

»Behalten Sie noch etwas im Hinterkopf: Petrakos war ein ehemaliger Militärpolizist, der auch seine Verbindungen hatte«, stellt Spyridakis fest.

»Und worauf läuft das alles hinaus?«, fragt Gikas.

»Auf gar nichts. Die Sache wird immer konfuser«, erwidert Gonatas.

»Wieso?«

»Also, noch mal langsam: Zunächst haben wir da den

Fall mit dem Albaner. Wenn sich diese Spur erhärtet, dann haben wir es mit einer terroristischen Vereinigung zu tun.«

Als er innehält, fahre ich fort.

»Genauso gut könnte es aber auch sein, dass jemand die Angehörigen der Generation Polytechnikum umbringt, die abkassiert haben oder ihren Erfolg üblen Machtspielchen und Klüngeleien zu verdanken haben. Spyridakis' Bericht öffnet jedoch noch eine dritte Tür.«

»Was für eine dritte Tür? Er passt doch haargenau zur zweiten Option«, widerspricht Gikas.

»Vergessen Sie die Botschaft nicht.«

»Welche Botschaft?«

»Den letzten Satz der Nachricht, die aus dem Prepaid-Handy kam, das bei Demertsis gefunden wurde. Er lautete: ›Nur Brot haben wir keins.‹ Das könnte auf die ausländischen Arbeiter gemünzt sein, die Petrakos' Firma der Domotechniki verschafft hat. Der Mörder sagt, sie haben den Griechen das Brot weggeschnappt.«

»Und wer jagt die Ausländer und alle, die welche beschäftigen? Weil sie den Griechen das Brot wegschnappen? Die Rechtsextremen!«, ergänzt Gonatas. »Bisher gab es bei uns keinen rechten Terror. Wenn es sich tatsächlich um Ultrarechte handelt, dann werden die Karten neu gemischt.«

»Und das alles mit einem Übergangsminister!«, kommentiert Gikas frustriert. Das scheint seine größte Sorge zu sein.

25

Es ist dringend ein zweiter Besuch bei Petrakos geboten, nun, da ich von Spyridakis mehr über die Klüngelwirtschaft mit Demertsis und Lakodimos' Ehefrau erfahren habe. Vielleicht kommt ja etwas dabei heraus.

Als ich gleich nach Demertsis' Ermordung zum ersten Mal die Zentrale der Domotechniki besuchte, stand Entsetzen in den Gesichtern. Diesmal hingegen ist die Stimmung gedrückt. Die junge Mitarbeiterin am Empfang reagiert kaum, als ich meinen Namen nenne. Sie schickt mich, ohne den Blick von ihrem Computer zu heben, in die zweite Etage hoch.

Die Hälfte der Schreibtische in dem großen Saal vor Petrakos' gläsernem Büro ist leer. Petrakos empfängt mich mit einem trockenen »Tag!« und signalisiert damit, dass ihm mein Besuch lästig ist. Ich komme gleich zur Sache: »Bei unserem letzten Treffen haben Sie nicht erwähnt, dass Sie neben Ihrer Tätigkeit bei der Domotechniki auch noch eine eigene Spedition betreiben, die Balkan Transports.«

»Sie haben mich nicht danach gefragt. Außerdem konnte ich mir nicht vorstellen, inwiefern meine Firma etwas mit Demertsis' Ermordung zu tun haben sollte. Und daran hat sich nichts geändert.«

Ich behalte mir vor, später darauf zurückzukommen, und fahre erst mal fort: »Ihr Unternehmen bedient Transportrouten im ganzen Balkanraum. Gibt es denn einen so regen Warenverkehr mit den Balkanstaaten?«

»Je nachdem. Aus Bulgarien und Rumänien kommt der Großteil der Lieferungen, andere Länder sind weniger stark vertreten.«

»Ja, aber die meisten Beförderungen fanden, wie wir festgestellt haben, aus Albanien statt. Ist der Warenaustausch zwischen Griechenland und Albanien so groß, dass ein ganzes Unternehmen davon leben kann?«

Er wirft mir einen gelangweilten Blick zu und sagt:

»Hören Sie, Herr Kommissar. Ganz offensichtlich haben Sie meine Firma durchleuchten lassen. Dann können Sie mir doch sagen, was Sie konkret wissen wollen, damit ich Ihnen auch ganz gezielt antworten kann.«

»Ich soll es also auf den Punkt bringen? Nun gut: Über Ihr Unternehmen sind Immigranten aus den Balkanländern eingeschleust worden, die als Arbeitskräfte für Demertsis' Baustellen benötigt wurden.«

»Das ist Ihre weltbewegende Entdeckung?«, spottet er. »Welche Baufirma hat damals keine Arbeitskräfte aus Albanien, Bulgarien oder Rumänien eingesetzt? Wie, glauben Sie, wurden die olympischen Sportanlagen errichtet? Von griechischem Personal mit Achtstundentag? Die Leiharbeiter passten sich nicht nur an die flexiblen Arbeitszeiten an, die uns die EU aufgedrückt hat, bevor es mit uns bergab ging, die arbeiteten auch rund um die Uhr. Wie sonst hätten die Baufirmen der Forderung der damaligen Regierung nach zeitgerechter Fertigstellung entsprechen sollen? Der Zuschlag für die öffentlichen Aufträge erfolgte mit großer Verspätung, und dann standen wir unter Zeitdruck.«

»Anders ausgedrückt waren Sie also gezwungen, ausländische Arbeiter ins Land zu holen, weil die griechische Bürokratie die Bauarbeiten verzögert hat?«

Erneut zeichnet sich auf seinem Gesicht ein spöttisches Lächeln ab.

»Die griechische Bürokratie, Herr Kommissar? Die zuständigen Minister mussten doch bloß entscheiden, wie sie die Aufträge gerecht unter ihre Gefolgsleute verteilen. Zugegebenermaßen war Jerassimos Demertsis einer davon, aber nicht der Einzige.«

»Nein, aber einer der größten Günstlinge. Denn die Frau des für die olympischen Sportanlagen zuständigen Vizeministers war und ist an Ihrer Firma beteiligt.«

Diesmal erstirbt ihm das Lächeln auf den Lippen. Schweigend blickt er mich an.

»Herr Petrakos, ich komme weder von der Steuerfahndung noch vom Finanzministerium«, stelle ich klar. »Deshalb interessieren mich weder die illegalen Aktivitäten und steuerlichen Regelverstöße Ihres Unternehmens noch die der Domotechniki. Ich bemühe mich, den Mord an Demertsis aufzuklären, und meine Fragen dienen ausschließlich dazu, zielführende Hinweise zu sammeln.«

»Bei beiden Firmen gibt es nichts, das Sie zu Jerassimos Demertsis' Mörder führen könnte, Herr Kommissar. Das sage ich aus voller Überzeugung. Wir haben nur das getan, was alle anderen Firmen auch taten. Damals hatte keiner Angst vor behördlichen Kontrollen, denn die olympischen Sportanlagen mussten einfach rechtzeitig fertig sein. Da wurde alles durchgewinkt.«

Dann verstummt er. Und auch ich schweige, da ich weiß,

dass er recht hat. Warum sollte jemand Demertsis töten, wenn doch ausnahmslos alle vom System profitierten?

»Wenn jetzt die Steuerfahndung oder das Finanzamt noch nachbohren will, bitte sehr. Demertsis ist tot, sein Sohn hat uns vor zwei Tagen über seine Anwältin – das heißt Ihre Tochter – erklärt, dass er die Erbschaft ausschlägt, und seine Ehefrau, die zweite Erbin, liegt im Krankenhaus und ist nicht ansprechbar. Es ist nur noch eine Frage von Tagen, bis die Domotechniki Insolvenz anmeldet.«

»Insolvenz?«, wundere ich mich.

»Tja, ohne Bauvorhaben? Die Firma ist vollkommen verschuldet und kann die Kredite nicht bedienen. Sie kann nicht einmal mehr die Personalkosten decken. Und kein Investor will sie übernehmen. Was bleibt uns da noch übrig?«

Jetzt begreife ich die depressive Stimmung, die mir entgegenschlug, als ich die Firma betrat, und mir wird bewusst, dass ich Kyriakos Demertsis unbedingt einen Besuch abstatten muss. Die Stimme der Vernunft rät mir, Spyridakis mitzunehmen. Doch ich fürchte, dass Kyriakos dann die Schotten dicht macht.

Als ich die Büros der Domotechniki verlasse, bin ich um keinen Deut klüger geworden. Ich rufe Koula an. Sie soll das Korydallos-Gefängnis informieren, dass ich Kyriakos Demertsis besuchen möchte.

Mit einem Stoßgebet mache ich mich auf den Weg, aber zum Glück dauert die weite Fahrt dorthin weniger lang, als ich befürchtet habe. Der Direktor erwartet mich in seinem Büro. »Kyriakos erteilt seinen jungen Mitgefangenen gerade Unterricht. Ich lasse ihn sofort holen«, sagt er.

»Warten Sie einen Augenblick, Herr Direktor. Zuerst würde ich gern hören, was für einen Eindruck Sie von Kyriakos gewonnen haben. Jetzt kennen Sie ihn ja schon besser.«

»Nun, Herr Kommissar, er macht einen untadeligen Eindruck. Nicht nur als Gefangener, sondern auch als Mensch. Er unterhält sich mit den jungen Häftlingen, hört sich ihre familiären Probleme an und steht ihnen mit Rat und Tat zur Seite. Die Auseinandersetzungen unter den Inhaftierten haben nachgelassen, Kyriakos ist ein Geschenk des Himmels. Stellen Sie sich vor, wir haben alle jungen Häftlinge in seinen Flügel verlegt. Das Einzige, was er sich ausbedungen hat, ist, dass man ihn zwei Stunden täglich allein lässt, damit er in Ruhe lesen und nachdenken kann.«

Ein vorbildlicher Gefangener also, der das Talent hat, junge Menschen innerhalb und außerhalb des Gefängnisses zu organisieren. Warum ist Kyriakos ins Gefängnis gegangen? Die Frage treibt mich um – nicht, weil sie unmittelbar mit der Ermordung seines Vaters zu tun hätte, sondern weil ich keine Antwort darauf finde.

Sobald er mir gegenüber Platz genommen hat, stelle ich sie.

»Warum fragen Sie? Sie kennen doch den Grund. Ich war als Drogendealer ein blutiger Anfänger, und Ihre Leute haben mich erwischt«, erwidert er lächelnd. »Soll ich Ihnen etwas sagen? Es ist gar nicht so schlimm hier. Ich würde sogar sagen, dass mein Leben hier drin mehr Sinn hat als in Freiheit. Ich leite hier sozusagen eine Zweigstelle unseres Nachhilfeinstituts zur Unterstützung der Gefangenen«, fügt er hinzu.

»Ich habe von Petrakos gehört, dass Sie Ihr Erbe ausgeschlagen haben«, sage ich.

»Hätte ich die Firma übernehmen wollen, dann hätte ich das Angebot meines Vaters angenommen. Da ich weder meinen Vater noch seine Firma besonders mochte, werde ich keine Vermögenswerte meines Vaters übernehmen. Es wäre unmoralisch, das Erbe anzutreten.«

»Die Firma ist ohnehin kurz vor der Pleite. Das hat mir Petrakos erklärt.«

»Na hoffentlich«, lautet sein trockener Kommentar.

»Wir haben entdeckt, dass Lakodimos mit Petrakos' Hilfe von den Geschäften Ihres Vaters profitiert hat.«

Er lacht auf. »Nur Lakodimos? Bei dieser Generation profitierten alle von allen, Herr Kommissar. Wer da nicht mitgemacht hat, der konnte einpacken.«

»Kyriakos, ich brauche Ihre Hilfe. Kennen Sie jemanden, der mehr über die Geschäfte Ihres Vaters weiß? Ich habe den Verdacht, dass dort das Mordmotiv zu suchen ist.«

»Ich habe Ihnen ja gesagt, dass ich mit den Angelegenheiten meines Vaters nichts zu tun haben wollte. Daher weiß ich nicht, in welche Geschäfte er verstrickt war. Die Einzige, die Ihnen vielleicht helfen könnte, ist meine Mutter.«

»... die nicht ansprechbar ist.«

»Gestern hat man erneut versucht, sie zu Bewusstsein zu bringen. Ich wollte sie sehen, aber man sagte mir, ihr Zustand sei noch nicht stabil und sie müsse jede Aufregung vermeiden.«

Also wieder eine Sackgasse. Das ist zwar ärgerlich, doch daran trägt Kyriakos keine Schuld.

»Dann will ich Sie nicht weiter aufhalten«, sage ich zum Abschied.

»Wissen Sie, was ein Freund einmal zu mir gesagt hat, Herr Kommissar?«, fügt er noch hinzu, bevor er wieder abgeführt wird. »Verbrecher landen alle früher oder später im Knast. Ich sehe hier jedoch nicht mehr Verbrecher als draußen. Denken Sie nur an meinen Vater und Lakodimos.«

26

Obwohl ich dringend mit Frau Demertsi sprechen möchte, verschiebe ich mein Telefonat mit dem Krankenhaus auf morgen. Wenn man selbst ihrem Sohn keine Besuchserlaubnis gegeben hat, wird man mir auch keine Vernehmung gestatten. Außerdem bin ich hundemüde und fahre deshalb besser nach Hause. Wenigstens wird mein Kopf dadurch wieder klar.

Auf dem Nachhauseweg beschließe ich, kurz bei der Bank anzuhalten und nachzusehen, ob der Zehntage- beziehungsweise Wochenlohn auf meinem Konto eingegangen ist oder ob – wie so oft in den letzten drei Jahren – im letzten Augenblick etwas dazwischengekommen ist.

Die teilweise Gehaltszahlung ist tatsächlich eingetroffen, doch als ich meinen Kontostand mit dem neuen Umrechnungskurs von Drachmen in Euro berechne, bekomme ich weiche Knie. Okay, sage ich mir, die Kürzungen setzen sich fort, nur die Methode hat sich geändert. Aus diesem Grund treffe ich eine schwere Entscheidung, die schon seit einiger Zeit im Raum steht. Ich beschließe, den Seat einzumotten. Adriani hat recht: Ich kann auch mit dem Bus zum Präsidium fahren und für meine Dienstfahrten einen Streifenwagen benutzen.

Das Handy reißt mich aus meinen Gedanken.

»Papa, kannst du bei mir im Büro vorbeikommen? Ich

habe etwas über Theologis herausgefunden. Und ich habe eine Überraschung für dich.«

Noch eine Überraschung? Die unverhoffte Gehaltsüberweisung tut's doch erst mal. Andererseits will ich Katerina nicht enttäuschen oder mit meiner schlechten Laune anstecken. Sie hat schon genug Sorgen.

»Ich bin gerade unterwegs. Ich komme gleich vorbei.«

Den Seat besteige ich mit dem bitteren Gefühl, dass das Büro meiner Tochter die erste Station auf seiner – für unbestimmte Zeit – letzten Fahrt sein wird.

Als ich das Büro betrete, erblicke ich vier ältere Herren, von denen mir zwei aus dem Obdachlosenheim bekannt sind. Sie rufen wie aus einem Mund: »Guten Abend, Herr Kommissar.«

Katerina empfängt mich mit einem Lächeln und drückt mir einen Kuss auf die Wange.

»Darf ich dir meine Leibwächter vorstellen? Onkel Lambros hat sie mir geschickt.«

»Lambros sorgt dafür, dass wir uns nicht mehr unnütz vorkommen«, sagt der eine zu mir. »Er findet für jeden von uns eine Aufgabe. Uns ist egal, ob der Job bezahlt ist oder nicht. Hauptsache, wir zählen nicht zum alten Eisen.«

»Hat Lambros sie noch alle?«, protestiere ich empört, als wir im Arbeitszimmer meiner Tochter sind. »Diese alten Knacker sollen dich beschützen? Wenn das die angekündigte Überraschung ist, dann gute Nacht.«

»Das sind die besten Leibwächter, die ich haben kann, meint Lambros, denn keiner wird es wagen, die Hand gegen alte Leute zu erheben.«

»Wenn man sie für Albaner oder Georgier hält, wird

man sie trotzdem angreifen. Die machen keinen Unterschied zwischen alt oder jung. Die schlagen auf jeden ein, der ihnen in die Quere kommt.«

»Er hat allen Klarsichthüllen besorgt, damit sie ihren Personalausweis mit einer Schnur um den Hals tragen können. Niemand kann dann behaupten, dass sie keine Griechen sind.«

Das nimmt mir den Wind aus den Segeln, und ich muss zugeben, dass die Idee zwar völlig absurd, aber wirksam ist. Wer könnte Katerina besser beschützen als diese Rentner? Die einzige Alternative wären professionelle Bodyguards gewesen. Aber das Geld reicht mir ja nicht mal fürs Benzin.

»Was hast du über Theologis herausbekommen?«, frage ich, um das Thema zu wechseln.

»Papa, der Student, der seine Doktorarbeit geprüft hat, hat ins Schwarze getroffen. Theologis hat aus einer Publikation eines deutschen Professors für Strafrecht abgeschrieben. Er hat ganze Passagen wortwörtlich übernommen.«

»Und das hat keiner gemerkt?«

»Die einfachere Erklärung dafür ist, dass man ihm den Titel sowieso geben wollte und seine Arbeit deshalb nicht mal gelesen wurde. So etwas passiert nicht zum ersten Mal. Als ich Uli davon erzählt habe, hat er einen Lachanfall bekommen und gesagt: ›Weißt du, wie viele solcher Dissertationen in Deutschland gerade auffliegen?‹ Aber das ist noch nicht alles.«

»Ja? Was denn noch?«

»Der Professor, der die Arbeit damals begutachtet hat, ist ein gewisser Stefanidis. Diese Tatsache finde ich bemerkenswert. Ich habe zwar nicht bei ihm studiert, aber er gilt als Koryphäe seines Fachs. Wie konnte er ein solches Plagiat durchgehen lassen?«

»Weißt du vielleicht, wie ich ihn finden kann?«

»Er muss seit Jahren emeritiert sein, aber im Sekretariat der juristischen Fakultät kann man dir sicher weiterhelfen.«

Sofort betraue ich Koula telefonisch mit der Adresssuche und bitte sie, mir bis morgen früh Bescheid zu geben. Ein Besuch bei Stefanidis lohnt sich bestimmt. Ich hoffe nur, dass er noch unter den Lebenden weilt. Möglicherweise lässt sich ihm etwas Interessantes entlocken. Das Motiv in Theologis' Fall könnte ja auch zur Aufklärung des Mordes an Demertsis führen.

»Kommst du zum Essen?«, frage ich Katerina.

»Klar, und Onkel Lambros auch. Ich habe ihn eingeladen, weil er mir diese tolle Leibgarde besorgt hat.«

Ihr helles Auflachen ist wie eine frische Brise, die den dichten Nebel aus Frust und Mutlosigkeit, der auf mir lastet, kurzerhand auflöst und die Sorgenfalten von meiner Stirn vertreibt.

»Herr Jannis, Herr Christos, Herr Stefanos, Herr Antonis, vielen Dank!«, sagt sie zu den vier Gentlemen. »Heute brauche ich Sie nicht länger. Mein Vater wird mich begleiten.«

»Dann kommen wir morgen früh wieder hierher?«, fragt einer.

»Nicht nötig, da bin ich die ganze Zeit im Büro, aber übermorgen. Da habe ich um acht Uhr früh einen Gerichtstermin.«

Als die vier aufbrechen, frage ich Katerina nach Mania.

»Sie ist gerade auf Sendung. Heute ist sie an der Reihe.«

Die Strecke von Katerinas Büro zu uns nach Hause bildet den zweiten Teil meiner Abschiedsfahrt mit dem Seat. Als wir in der Wohnung ankommen, ist Adriani nirgends zu sehen.

»Mama!«, ruft Katerina, während ich mir schon denken kann, wo sie ist.

»Komm mit«, sage ich zu Katerina und führe sie in ihr altes Zimmer.

Dort sitzt Adriani vor dem Computer und hört Manias Sendung. Sie lauscht so andächtig, dass sie uns zunächst gar nicht bemerkt.

Als sie den Computer ausmacht, fragt sie Katerina verwundert: »Ihr habt ein Jobcenter eröffnet?« Auch ich werfe meiner Tochter einen erstaunten Blick zu.

»Nein, aber Pavlos und seine Freunde. Sie haben zwei Beratungsstellen für junge Arbeitslose eingerichtet: die eine im Obdachlosenheim, die andere im Nachhilfeinstitut. Um sie vom Auswandern abzuhalten, schlagen sie den Leuten verschiedene Alternativen vor, was sie hier vor Ort machen können.«

»Hoffnung ist wirklich ein passender Name für euren Sender«, meint Adriani. »Obwohl die Lage ausweglos erscheint, tut ihr alles, um eure Hörer zu überzeugen, dass man die Hoffnung nicht aufgeben darf. Das ist toll!«

Katerina strahlt befriedigt, da sie von ihrer Mutter nicht allzu oft ein Lob zu hören kriegt.

Das Süßholzraspeln wird von Sissis' Eintreffen unterbrochen. Zuerst küsst er Adriani, dann Katerina. Mich fertigt er mit einem »'n Abend« ab.

»He, Lambros, wie soll das gehen, dass diese Senioren meine Tochter beschützen?«, frage ich ihn, als Adriani in der Küche verschwunden ist. Wir haben ihr nichts von der Drohung gegen Katerina gesagt, damit sie sich nicht Tag und Nacht Sorgen macht.

»Zu ihrem Schutz gab's nur zwei Möglichkeiten – entweder Schlägertypen oder Rentner«, entgegnet mir Sissis augenzwinkernd. »Diese Pseudo-Nationalisten sind zwar Hohlköpfe, aber auch nicht so blöd, dass sie vier alte Männer attackieren und so die Öffentlichkeit gegen sich aufbringen. Mach dir keine Sorgen, Katerina ist in den besten Händen.«

Fanis ist heute Abend nicht dabei, da er Nachtdienst hat. Somit sind wir vollzählig, nehmen am Tisch Platz, und Adriani trägt die Bohnensuppe auf. Als Beilage serviert sie geräucherte Makrele, Oliven und Radieschen.

»Deine Bohnensuppe ist ein Gedicht, Adriani«, sagt Sissis nach dem ersten Löffel. In der Zwischenzeit sind die beiden nämlich zum Du übergegangen. »Lass dir das von einem gesagt sein, der sich zeit seines Lebens in erster Linie von Bohnensuppe ernährt hat. Wäre jede verspeiste Bohne ein Geldstück, säße ich jetzt in einer Villa in Ekali.«

»Drachmen und Bohnen verhalten sich umgekehrt proportional zueinander«, sage ich zu Sissis. »Sinkt der Kurs der Drachme, steigt der Wert der Bohnensuppe. Dementsprechend habe ich jetzt beschlossen, den Seat aus dem Verkehr zu ziehen und mit dem Bus zur Arbeit zu fahren.«

Adriani und Katerina blicken auf, während Sissis unbeeindruckt weiterisst.

»Schau nicht so, es war doch deine Idee«, wende ich

mich an Adriani. »Und du hast ja recht, wir müssen den Gürtel noch enger schnallen.«

»Immerhin hast du noch Arbeit und musst nicht ins Jobcenter zur Beratung. Also hör auf zu jammern«, lautet ihr trockener Kommentar.

»Richtig, Kommissar. Es wird dir nicht schaden, mit öffentlichen Verkehrsmitteln zu fahren. Mein ganzes Leben lang bin ich schon so unterwegs, und wenn ich kein Geld für die Fahrkarte habe, gehe ich eben zu Fuß.«

Ich weiß nicht, ob es das Fehlen jeglichen Mitgefühls ist, was mich verletzt, oder ob mich der Verzicht auf den Seat schmerzt, der mir etliche Jahre treu gedient hat. Wenigstens ist es nicht der Mirafiori, den ich einmotten muss. Denn das hätte mich noch härter getroffen.

»Hat dir Katerina von der Beratungsstelle erzählt, die Pavlos und seine Freunde aufgemacht haben?«, fragt Adriani Sissis.

»Klar, ich seh die ja täglich, da sie im Obdachlosenheim untergebracht ist. Die jungen Berater setzen auf die Schaffung von Arbeitsplätzen und haben eine ellenlange Liste angelegt mit allen nur erdenklichen Berufsfeldern, von der biologischen Landwirtschaft über Rentenberatung bis hin zur Energiegewinnung mit Hilfe von Fotovoltaik-Anlagen und Windparks. Die meisten Jobs sagen mir nichts, da es sie zu meiner Zeit noch nicht gab. Obwohl sie wenig Konkretes zu bieten haben, setzen sie alles daran, ihre Altersgenossen davon zu überzeugen, im Land zu bleiben.«

»Not macht erfinderisch, Onkel Lambros«, erwidert Katerina.

»Du kannst die Armut nur bekämpfen, wenn du sie akzeptierst«, hält ihr Sissis entgegen. »Nachdem du sie angenommen hast, kannst du etwas dagegen tun. Die jungen Leute um Pavlos haben diesen Schritt getan. Aus diesem Grund sind sie handlungsfähig. Genau dasselbe tut auch dein Vater. Er hat akzeptiert, dass er sich den Luxus eines Privatwagens nicht mehr leisten kann. Die meisten Griechen trauern immer noch ihrem verlorenen Reichtum hinterher, der ohnehin nur eingebildet war. Solange sie das tun, werden sie ihrer Armut nicht entkommen können.«

»Lass den Wagen jedenfalls nicht vor der Tür stehen«, sagt Adriani zu mir. »Stell ihn lieber in der Garage des Präsidiums ab. Hier wissen alle Nachbarn, dass du bei der Polizei bist. Morgen schon könnte dir einer die Scheiben einschlagen, weil er bei einer Demo Tränengas abbekommen hat.«

Adriani Charitou. Spezialgebiet: gesunder Menschenverstand.

27

Ich stelle den Seat bis auf weiteres in der Garage des Präsidiums ab, hole mir zum Trost einen Kaffee und fahre in die dritte Etage hoch.

Auf meinem Schreibtisch liegt der ballistische Untersuchungsbericht. Die für Theologis' Ermordung verwendete Waffe ist, wie ich darin lese, dieselbe wie bei Demertsis. Also haben wir es mit zwei in jeder Hinsicht deckungsgleichen Taten zu tun. Dadurch scheint ein Terrorakt immer wahrscheinlicher.

»Haben Sie Stefanidis' Adresse herausgefunden?«, frage ich Koula.

»Ja, er wohnt in der Krinon-Straße in Psychiko, gleich neben der chinesischen Botschaft.«

»Papadakis soll einen Streifenwagen anfordern. Und kündigen Sie dort unseren Besuch an.«

Die Anfahrt geht zügig vonstatten. Über die Vassileos-Pavlos-Straße gelangen wir in den Stadtteil Psychiko und fahren bis zum Evkalypton-Platz.

Innerhalb kürzester Zeit stehen wir vor einem Wohnhaus, das während des Wirtschaftswunders in den fünfziger Jahren entstanden sein muss. Dieses griechische Wirtschaftswunder zog einen Bauboom nach sich, der an der Provinz spurlos vorbeiging und sich nur auf Athen beschränkte. Auf dem Klingelschild steht »Stefanidis, 2. Etage«.

Eine Dame mit weißem Haar und eleganter Kleidung öffnet uns die Tür.

»Ich bin die Schwester von Professor Stefanidis«, stellt sie klar und führt uns zu seinem Arbeitszimmer – ein riesiger Raum, fast so groß wie ein Vorlesungssaal, mit Bücherregalen an den Wänden, einem altmodischen Schreibtisch aus Nussbaumholz und zwei Ledersesseln. Vor einer Bücherwand steht eine Bibliotheksleiter, die es Stefanidis erlaubt, zu den oberen Regalbrettern hochzuklettern.

Prompt erscheint auch die unerlässliche Asiatin, um nach unseren Wünschen zu fragen. In den fünfziger Jahren kamen die Hausmädchen noch aus der griechischen Provinz nach Athen – in der Hoffnung, einen braven Mann zu finden. Und bis der brave Mann gefunden war, arbeiteten sie umsonst. Leider ging die angehende Braut dann aber oft leer aus. Ich sehe schwarz für die Asiatinnen, denn wie es im Moment aussieht, werden wir zum Brauch mit den Hausmädchen aus der griechischen Provinz zurückkehren.

Stefanidis ist ein kleiner, beleibter Glatzkopf um die siebzig. Obwohl er zu Hause arbeitet, trägt er Anzug und Krawatte. Er hat zwar gehört, dass seine Schwester uns als Polizeibeamte vorgestellt hat, lässt sich jedoch nicht stören und kritzelt weiter auf das auf seinem Schreibtisch liegende Blatt Papier.

»Entschuldigen Sie die Störung, Herr Professor, aber wir benötigen ein paar Auskünfte über Nikos Theologis«, sage ich einleitend. »Sie haben bestimmt gehört, dass er ermordet wurde.«

Er sieht ein, dass er uns nicht länger ignorieren kann, und lässt den Kugelschreiber sinken.

»Ja, ich weiß. Was wollen Sie genau wissen?«, sagt er mit gefasster, sachlicher Miene. An seiner Mimik ist nicht abzulesen, ob Theologis' Ermordung bei ihm Schadenfreude oder Bestürzung auslöst.

»Bei unseren Ermittlungen sind wir auf einen Link im Internet gestoßen, wo nachgewiesen wird, dass die Doktorarbeit des Opfers ein Plagiat ist. Nun fragen wir uns, ob sich dahinter ein Mordmotiv verbergen könnte.«

»Nach so vielen Jahren?«, wundert sich der Hochschullehrer.

»Die Rache ist ein Gericht, das am liebsten kalt gegessen wird, Herr Professor«, meint Papadakis.

»Handelt es sich denn tatsächlich um ein Plagiat?«, frage ich Stefanidis.

»Vom ersten bis zum letzten Wort«, erwidert er, ohne zu zögern.

»Das soll jetzt keine Anschuldigung sein, aber unseres Wissens waren Sie der Doktorvater. Haben Sie nicht gemerkt, dass die Dissertation abgeschrieben war?«

»Doch«, versetzt er ohne Umschweife.

»Und Sie haben sie trotzdem angenommen?«

Mit einem nachsichtigen Lächeln blickt er uns zum ersten Mal direkt in die Augen.

»Ich bin ein Konservativer, Herr Kommissar. Ich war kein Anhänger der Junta, stand aber immer politisch rechts. Wissen Sie, was es hieß, nach dem Fall der Junta an der Universität zum rechten Lager zu gehören? Auch nur der kleinste, gänzlich unbegründete Vorwurf konnte einen den Kopf kosten. Theologis war ein Held des Widerstands, er hatte an der Besetzung des Polytechnikums teilgenommen und lebte danach im Untergrund. Alle waren fest entschlossen, ihn zu promovieren. Hätte ich mich als Einziger dagegengestellt, wäre das einem beruflichen Selbstmord gleichgekommen. Also habe ich den Mund gehalten und die Arbeit angenommen. Und ich würde lügen, wenn ich behauptete, dass ich mich dafür schäme.«

Ich merke, dass es Papadakis kaum mehr auf dem Ledersessel hält. Auch Stefanidis bleibt das nicht verborgen, und er blickt ihn mit einem spöttischen Lächeln an.

»Wären Sie zu meiner Studienzeit an der Polizeischule gewesen, hätten Sie ein schriftliches Bekenntnis zu Ihrer nationalen Gesinnung ablegen müssen«, sagt er zu ihm. »Nach der Junta wurde das abgeschafft, stattdessen musste man seine linke Weltanschauung vor sich hertragen. Theologis hatte sich auf die Entgegennahme solcher Bekenntnisse spezialisiert. Deshalb hat er auch so schnell Karriere gemacht.«

»Ja, aber was war mit der Prüfungskommission?«, will Papadakis wissen.

»Die Mitglieder wollten ihn um jeden Preis promovieren. Daher haben sie sich gar nicht die Mühe gemacht, die Arbeit zu lesen.« Er holt tief Luft und wendet sich an mich. »Theologis war im besten Fall akademisches Mittelmaß, Herr Kommissar. Sein Einfluss basierte nicht auf seiner wissenschaftlichen Leistung, sondern auf den Jugendorganisationen der Parteien und den Studentenverbänden, in denen seine Anhänger organisiert waren. An der juristischen Fakultät lief ohne seine Zustimmung gar nichts.«

»Bei so vielen Anhängern muss er doch auch Feinde gehabt haben«, halte ich ihm entgegen.

»Ja, schon. Aber niemand wagte es, das offen auszusprechen. Sehen Sie, man fürchtete den Konflikt mit Theologis' ›Massenbewegung‹.« Zufrieden mit seiner Pointe, blickt er mich an. Als er merkt, dass ich nicht darauf eingehe, fährt er fort: »Die Leute halten die Universität für einen Tempel der Weisheit, Herr Kommissar«, sagt er. Das erinnert mich an Theologis' Tochter, die genau dasselbe behauptete. »Das stimmt zwar, doch wie in jedem Tempel geht es auch an der Uni um die Verteilung von Macht und Einfluss. Dabei wird nichts dem Zufall überlassen. Es bilden sich vielmehr unheilige Allianzen, es regiert Gemauschel, und im Mittelpunkt steht nur der eigene Vorteil.«

»Die Möglichkeit besteht jedenfalls, dass einer von denen, die offiziell nichts zu sagen wagten, schließlich doch zugeschlagen hat.«

»In dem Fall tun Sie mir ehrlich leid.«

»Warum?«

»Weil keiner den Mund aufmachen wird. Wie groß auch der Hass oder die Feindseligkeiten sein mögen, es gilt als Frevel, solche Dinge außerhalb des Tempels zu verhandeln. Auch auf uns trifft das Sprichwort zu: ›Wenn du dein Haus nicht lobst, fällt es dir auf den Kopf.‹ Daher befürchte ich, dass Sie auf eine Mauer des Schweigens stoßen.«

Er hat mir zwar das Herz schwergemacht, doch seine Argumente leuchten mir ein. Am besten wäre es, einen ehemaligen Unimitarbeiter aufzutreiben, der entlassen wurde oder der angeekelt ausgestiegen ist. Der würde mir bestimmt reinen Wein einschenken.

»Eine Frage stellt sich mir immer wieder, Herr Kommissar«, sagt Stefanidis.

»Und die wäre?«

»Nicht nur an der Universität, sondern im gesamten Bildungswesen hatte vor dem Militärputsch und bis zum Ende der Junta die politische Rechte das Sagen. Wie ist es möglich, dass die größte Zahl der Studenten, die bei uns zur Schule gegangen sind, bei der politischen Linken gelandet ist?« Er verstummt – entweder, weil er auf meine Entgegnung wartet, oder aber auch, weil er sich selbst die Antwort zu geben versucht. »Manchmal tröstet mich der Gedanke, dass wir unseren Studenten trotz allem keine Gehirnwäsche verpasst haben. Dann wieder sage ich mir, dass sie vielleicht als Reaktion auf uns oder aus Widerstand gegen die Diktatur bei der Linken gelandet sind. Vermutlich ist es eine Kombination aus beidem. So hätte es, glaube ich, auch Marx begründet, dessen Lehre ich persönlich natürlich ablehne.«

Auf der Suche nach Theologis' Mörder bin ich nun also bei Marx gelandet. An der Polizeischule hatte uns unter der Junta kein Mensch von Marx erzählt. Alle redeten nur von den roten Socken, die in unserem Vaterland die Macht übernehmen wollten. Später sollte ich Sissis als Musterbeispiel dieser Spezies kennenlernen. Marx hat sich gegen Stefanidis durchgesetzt wie Sissis gegen die Betonköpfe der Junta. Fazit: Ich stehe mit leeren Händen da.

»Um Theologis Gerechtigkeit widerfahren zu lassen, muss ich Ihnen noch etwas erzählen«, sagt Stefanidis, der inzwischen in Plauderstimmung zu sein scheint. »Er hat sich für meinen Gefallen revanchiert, indem er mich immer unterstützt hat, wenn mir Studenten Schwierigkeiten machen wollten. Dann hat er sie sofort zur Ordnung gerufen.«

Abschließend erhebt er sich, um zu signalisieren, dass das Treffen zu Ende ist.

»Ich wünsche Ihnen viel Glück, Herr Kommissar. Das werden Sie brauchen, denn das Gelände, auf das Sie sich vorgewagt haben, ist vermint.«

»Entschuldigung, aber machen Sie das mit Absicht, Herr Kommissar?«, meint Papadakis auf dem Weg zum Streifenwagen.

»Was soll ich mit Absicht machen?«

»Jedes Mal, wenn Sie mich mitnehmen, um mir Vernehmungstechnik beizubringen, stellen sich Männer, die ich für seriös und kultiviert gehalten habe, als korrupt und verdorben heraus.«

Ich komme nicht dazu, ihm zu antworten, weil uns, sobald wir im Streifenwagen sitzen, eine Funkmeldung erreicht.

»Nachricht an Kommissar Charitos: Herr Kommissar, gerade haben wir einen anonymen Anruf erhalten. Eine Männerstimme war dran und sagte: ›Benachrichtigen Sie Kommissar Charitos, dass Dimos Lepeniotis im Laden Ecke Acharnon- und Magnissias-Straße auf ihn wartet.‹«

Das heißt, es gibt ein neues Opfer. Das Schlimmste daran ist, dass mich der Mörder namentlich informiert. Das heißt, dass er mich persönlich einbezieht, um mein Vorgehen zu beeinflussen.

»Gib Koula Bescheid«, sage ich zu Papadakis, »sie soll Informationen zu diesem Lepeniotis zusammentragen und unverzüglich die Spurensicherung und die Gerichtsmedizin verständigen.«

»Und was machen wir?«

»Wir fahren zur angegebenen Adresse. Dermitsakis bestellt einen Streifenwagen vom örtlichen Revier dorthin, Treffpunkt vor Ort.«

Brot, Bildung, Freiheit. Das erste Opfer war ein Bauunternehmer, der illegal Immigranten beschäftigte. Das erklärt das Schlagwort »Brot«. Das zweite war ein Universitätsprofessor. Das erklärt die Parole »Bildung«. Doch wozu passt »Freiheit«? Zu einem Politiker? Zu einem alten Juntaanhänger? Oder gar zu einem hochrangigen Polizeibeamten oder zu einem Militär?

Diese Frage geht mir während der ganzen Fahrt zur Acharnon-Straße nicht aus dem Kopf.

28

An der besagten Straßenecke liegt ein aufgelöstes Geschäft, eines von unzähligen, die wir auf unserer Fahrt durch die Acharnon-Straße gesehen haben. An den blinden Schaufensterscheiben kleben nur ein paar billige Plakate. Das eine wirbt für einen albanischen Schlagersänger, das zweite für polnische Lebensmittel und das dritte für einen Asialaden. Das ungepflegte einstöckige Wohnhaus, in dem das Ladengeschäft untergebracht ist, vervollständigt den Eindruck einer sterbenden Geschäftsstraße.

Vor dem Laden unterhalten sich Leute verschiedenster Herkunft mit gesenkter Stimme. Neben der angelehnten Eingangstür steht die Besatzung eines Streifenwagens. Ich weiß nicht, ob man die Tür so vorgefunden hat oder ob hier Dimitrious Spurensicherung am Werk war, die offenbar vor uns eingetroffen ist.

Das Opfer ist genau in der Mitte des Ladens vornübergestürzt. Ich bezweifle, dass den Mann jemand wiedererkennen würde, denn der Mörder hat ihn aus unmittelbarer Nähe erschossen. Sein Hirn ist auf den Boden und an die gegenüberliegende Wand gespritzt. Bis auf den förmlich weggepusteten Kopf ist der Körper allerdings unversehrt. Selbst mir geht der Anblick an die Nieren, obwohl ich mich mit den Jahren an solche Anblicke gewöhnt habe. Vom Körperbau her muss er um die sechzig gewesen sein.

Nachdem Papadakis einen Blick auf die Leiche geworfen hat, eilt er zur Eingangstür. Dort ringt er erst mal nach Luft.

»Zum Glück hat uns der Mörder den Namen des Opfers genannt. In dem Zustand hätte ihn sonst keiner erkannt«, meint er, als er zurückkehrt.

Dimitriou kommt auf mich zu.

»Stand die Tür offen, oder haben Ihre Leute sie aufgebrochen?«, frage ich ihn.

»Sie war zu, aber problemlos aufzukriegen. Es gab nur ein einfaches Türschloss.«

Ich werfe einen ersten, kurzen Blick auf den Laden. Er ist ziemlich groß und schmutzig. Wie viele Geschäfte aus der unmittelbaren Nachkriegszeit hat er einen Holzboden, auf dem Papierfetzen und zerborstene Balken herumliegen. Die Dielen sind an vielen Stellen eingebrochen, so dass man aufpassen muss, sich nicht den Knöchel zu verstauchen. Der Raum ist bis auf ein paar Wandregale vollkommen unmöbliert. Er muss jahrelang leer gestanden haben, denn Wände und Decke sind mit Spinnweben überzogen.

Als Stavropoulos eintrifft, steuert er direkt auf mich zu.

»Also, haben Sie jetzt die Losung ausgegeben, dass alle nur noch aus unmittelbarer Nähe erschossen werden?«, fragt er mich.

»Hören Sie, Stavropoulos, wir stecken ganz schön im Schlamassel. Behalten Sie Ihre miesen Scherze doch für sich«, entgegne ich barsch. Wenn er mir einmal seine Nörgeleien erspart, kommt er mit dummen Sprüchen.

Mein Tonfall überrascht ihn, da ich ihm gegenüber sonst nicht so schnell unfreundlich werde. Wortlos zieht er seine

Latexhandschuhe an und beugt sich über den Toten. Doch ehe er ihn überhaupt berührt hat, ertönt schon der bekannte Klingelton.

»Hier Polytechnikum …« Dann folgt die Parole des studentischen Radiosenders, die ich nicht weiter beachte, da ich sie schon zur Genüge kenne. Voller Ungeduld warte ich auf den letzten Satz. »Brot, Bildung, Freiheit. Freiheit finden wir nur in der Emigration.«

»Diesmal hat er aber schnell angerufen«, bemerkt Dimitriou.

»Weil er keinen Blickkontakt zu uns hat. Die vorigen beiden Opfer lagen ja draußen. Da konnte er uns gut beobachten. Hier liegt der Tote im Laden, und durch diese dreckigen Schaufenster sieht er uns nicht. Also hat er kurz abgewartet und gleich, nachdem Stavropoulos das Geschäft betreten hat, angerufen.«

Die dritte Botschaft gibt mir einen neuen Anhaltspunkt in die Hand, den ich bis jetzt noch nicht berücksichtigt habe. Für wen bedeutet Emigration den Weg in die Freiheit? Für die jungen Leute. Sie wandern aus, weil sie in ihrer Heimat keine Arbeit finden. Bisher haben wir nach jemandem aus der Generation der Opfer gesucht, der sich aus irgendeinem Grund an Demertsis und Theologis rächen wollte. Vielleicht stammt der Täter und seine Komplizen jedoch gar nicht aus Demertsis' oder Theologis' Altersgruppe, sondern es sind zornige junge Leute, die ihre Existenzängste der Generation Polytechnikum zur Last legen und sie dafür zur Verantwortung ziehen wollen.

Wem war diese Gruppe immer schon verhasst? Den Rechtsextremen. Für sie war dieser Klüngel stets ein rotes

Tuch. Und das führt uns wieder zu Gonatas' These vom rechtsextremen Terror.

Ich rufe ihn umgehend an und berichte von den neuesten Entwicklungen.

»Stimmt«, sagt er, als ich geendet habe. »Die Aussage ›Freiheit finden wir nur in der Emigration‹ verweist auf arbeitslose junge Menschen. Und gewaltbereit sind am ehesten rechtsextreme junge Männer.«

»Ja, aber Lepeniotis kann kein Zufallsopfer sein. Er muss irgendetwas mit dem Spruch des Klingeltons zu tun gehabt haben.«

»Ich kriege raus, was Lepeniotis beruflich gemacht hat, und halte Sie auf dem Laufenden«, erwidert er.

Was bei seinem Vorgänger Stathakos auf größten Widerstand gestoßen wäre, bietet Gonatas von sich aus an. Ja, er übernimmt sogar Koulas Aufgaben.

Der Zusammenhang zwischen den Morden wird immer deutlicher. Demertsis setzte auf seinen Baustellen Zuwanderer ein. Wer behauptet, dass die Ausländer den Griechen die Butter vom Brot nehmen? Die Ultrarechten. Theologis hatte sich an der Uni mit den linken Parteijugendorganisationen und Studentenverbänden eine solide Machtbasis geschaffen. Wiederum sind es die Rechtsextremen, die auf dieser Ebene außen vor bleiben. Dasselbe gilt für die Arbeitssuche. Die Ultrarechten würden am ehesten die Schuld für ihre Arbeitslosigkeit bei der Generation Polytechnikum suchen. Wie man die drei Morde auch dreht und wendet, man landet jedes Mal in dieser ideologischen Ecke.

Nachdem sich der Nebel in meinem Hirn gelichtet hat, führt ein Gedanke zum nächsten. Ich lasse Stavropoulos und Dimitriou ihre Arbeit tun und gehe mit Papadakis zum Ladeneingang. Noch immer stehen Schaulustige davor, die sich über den Vorfall unterhalten.

»Hat jemand unter Ihnen Dimos Lepeniotis gekannt?«, frage ich in die Menge.

»Ja, ich!«, ruft eine Frau Anfang sechzig, während noch drei weitere Arme in die Höhe schnellen.

Ich reserviere die Erste für mich und überlasse die anderen drei Papadakis.

»Wo können wir in Ruhe reden?«, frage ich die Frau.

»Bei mir zu Hause.«

Sie wohnt drei Häuser von dem Ladengeschäft entfernt in einem zweistöckigen Bau in der Magnissias-Straße. Dort angekommen, führt sie mich in die zweite Etage hoch.

»Die erste Etage habe ich an russische Pontusgriechen vermietet«, erläutert sie mir und nickt bekräftigend. »Dieses Haus war immer schon offen für Flüchtlinge und Zuwanderer.«

»Wie heißen Sie?«

»Eleni Tsombanoglou. Meine Familie ist aus Kleinasien nach Griechenland geflohen.«

Die Erklärung ist überflüssig, die ganze Einrichtung lässt erkennen, dass hier Vertriebene wohnen. Alles ist alt, vom Holztisch und den Stühlen mit der Bastlehne, den Kaffeetischchen neben den Sesseln bis hin zum Vitrinenschrank mit dem bisschen Familiensilber. Am auffälligsten sind die Stickdeckchen, die überall ausgebreitet liegen: auf dem Tisch, auf den Arm- und Rückenlehnen der Sessel sowie auf den Beistelltischchen. Dabei beeindruckt nicht nur die Anzahl, sondern vor allem der Reichtum an Mustern. Eine Unzahl von Stickereien schmückt das gesamte Zimmer. Ganz so, als hätte eine Frau ihr ganzes Leben bis zu ihrem letzten Atemzug nur mit Handarbeiten verbracht.

Die Tsombanoglou quittiert meine verwunderten Blicke mit einem Lächeln.

»Hier sehen Sie die Fleißarbeit zweier Generationen, Herr Kommissar: die Stickereien meiner Großmutter und meiner Mutter. Ich wurde davon befreit, weil ich studieren sollte.«

»Was haben Sie studiert?«

»Anglistik. Meinen Lebensunterhalt habe ich mit Englischunterricht an Nachhilfeinstituten verdient.«

»Woher kannten Sie Lepeniotis?«

»Wir waren Nachbarskinder und sind zusammen zur Grundschule gegangen. Der Laden gehörte seinem Vater. Er hatte Bettwäsche und Badtextilien im Angebot. Das ganze Viertel hat bei Herrn Sotiris eingekauft. Er war sehr beliebt, ein netter Mensch, immer mit einem Lächeln auf den Lippen. Wenn ein Nachbar in finanziellen Schwierigkeiten war, ist er ihm mit dem Preis entgegengekommen. Mit diesem Laden hat er Dimos das Studium finanziert.«

»Welches Studium?«

»Wirtschaftswissenschaften. Ehrlich gesagt habe ich nie verstanden, warum Herr Sotiris unbedingt wollte, dass Dimos studiert. Er hätte so gern gesehen, dass sein Sohn das Geschäft übernimmt. Vermutlich wollte er, dass sein Sohn ein Diplom in der Tasche hat, auch wenn er es dann gar nicht braucht. Für Herrn Sotiris' Generation war ein Universitätsabschluss so etwas wie eine Lebensversicherung. Wahrscheinlich dachte er: ›Schaden kann's nicht.‹ Aber Dimos hat sich dann mit ganz anderen Dingen beschäftigt.«

»Und zwar?«

»Zuerst hat er sich dem Widerstand gegen die Junta angeschlossen. Dann hat er sich in der Gewerkschaft engagiert, er war Mitglied in der PASKE. Da hatte er keinen Kopf mehr fürs Geschäft.«

Lepeniotis' gewerkschaftliche Tätigkeit liefert eine mögliche Erklärung für die Handy-Botschaft. Doch auch seine Aktivitäten im Widerstand gegen die Junta weisen ihn als Vertreter der Generation Polytechnikum aus.

»Wissen Sie, wo ich seinen Vater finden kann?«

»Er lebt nicht mehr. Zuerst ist Stavroula, seine Frau, heimgegangen, und ein Jahr später ist er ihr nachgefolgt. Er hat den Kummer mit ins Grab genommen, dass sein Sohn das Geschäft nicht wertgeschätzt hat, das die ganze Familie ernährt und ihm das Studium ermöglicht hat. Nach seinem Tod hat Dimos den Laden an einen Nachbarn vermietet, einen Möbelhändler. Aber in der Krise ging das Geschäft pleite, und seit damals steht der Laden leer. Die einzigen Interessenten waren Asiaten. Aber Dimos wollte nicht an sie vermieten, weil er befürchtete, dass sie ihn eines Tages mit einem Haufen Mietschulden sitzenlassen. Er wartete ab, ob sich ein Grieche meldete. Aber wer macht heutzutage schon einen Laden in der Acharnon-Straße auf? Nur, um gleich Konkurs anzumelden?«

Die Tsombanoglou ist ein wahrer Segen für den Kriminalisten. Man braucht ihr gar keine Fragen zu stellen, alles sprudelt ganz von allein aus ihr heraus.

»Wissen Sie vielleicht, wo Dimos Lepeniotis gearbeitet hat?«, frage ich sie.

»Er war im öffentlichen Dienst, aber was und wo … da bin ich überfragt. Sehen Sie, man traf Dimos in unserem Viertel gar nicht mehr an. Solange seine Eltern noch lebten, ist er ab und zu mit seinem Sohn vorbeigekommen, damit die Großeltern ihren Enkel auch mal sehen. Als die Eltern dann starben, hatte er keinen Grund mehr herzukommen.«

»War er verheiratet?«

»Geschieden. Böse Zungen sagen, seine Frau wäre mit dem Jungen abgehauen. Aber die Nachbarn reden viel. Und am liebsten über die Leute, die weggezogen sind. Was davon wahr ist, weiß niemand.«

Da mir meine Fragen ausgegangen sind, erhebe ich mich.

»Vielen Dank, Frau Tsombanoglou.«

»So ein schlimmes Ende, abgeknallt wie ein tollwütiger Hund!«, sagt sie zu mir, als wir an der Haustür stehen. »Ja gut, vielleicht war da eine gewisse Großmannssucht. Manchmal haben wir ihn im Fernsehen gesehen, wenn er bei Demos oder nach Ministertreffen Erklärungen abgegeben hat. Und da hat er den Mund ganz schön voll genommen. Mein seliger Vater hat ihm damals den Vogel gezeigt und ihn einen ›eingebildeten Lackaffen‹ genannt. Trotzdem, so einen Tod hat er nicht verdient.«

Auf dem Weg die Treppe hinunter wird mir klar: Keiner der drei – weder Demertsis noch Theologis noch Lepeniotis – war ein großer Sympathieträger.

Als ich in den Laden zurückkehre, um von Stavropoulos den Todeszeitpunkt zu erfahren, tritt mir Papadakis in den Weg.

»Ich habe einen Augenzeugen gefunden.«

»Für den Mord?«

»Das nicht, aber er hat Lepeniotis zusammen mit einem anderen Typen in den Laden gehen sehen.«

»Na dann, nichts wie hin.«

Nachdem wir um die Ecke gebogen sind, führt er mich zwei Türen weiter in ein Kafenion. Ganz hinten sitzt ein Mann um die fünfzig vor einer Tasse Mokka. Papadakis übernimmt die Vorstellung, und ich nehme gegenüber von Argyris Nikopoulos Platz.

»Erzählen Sie mir, was Sie genau beobachtet haben«, fordere ich ihn auf.

»Ich bin seit einem Jahr arbeitslos. Bis die Firma dichtgemacht hat, war ich als Parkettleger beschäftigt. Zum Glück wohne ich im Haus meiner Eltern und bezahle keine Miete.«

»Wo liegt Ihr Elternhaus?«

»In der Magnissias-Straße, genau gegenüber von Lepeniotis' Geschäft. Da ich in der letzten Zeit morgens früh aufwache, sitze ich jeden Tag ab sechs am Fenster und beobachte die Passanten. Das ist mein vormittäglicher Zeitvertreib. Ich schaue mir ihren Gang und ihre Haltung an und versuche zu erraten, wer von ihnen Arbeit hat und wer nicht. Heute Morgen ist mir aufgefallen, dass Lepeniotis mit einem Begleiter hergekommen ist.«

»Wissen Sie die Uhrzeit noch?«

»Ich habe nicht auf die Uhr geschaut, aber so gegen sechs beziehe ich meine Stellung am Fenster. Da ich meinen ersten Kaffee schon getrunken hatte, muss es acht oder halb neun gewesen sein.«

»Und was haben Lepeniotis und sein Begleiter getan?«

»Sie haben sich vor dem Laden unterhalten.«

»Sind Sie sicher, dass sie sich nur unterhalten und nicht gestritten haben?«

»Ja, sie haben ganz freundschaftlich geplaudert.«

»Aha. Und was passierte dann?«

»Lepeniotis hat aufgesperrt und ist in den Laden vorangegangen. Dann fiel die Tür hinter den beiden zu.«

»Können Sie mir vielleicht Lepeniotis' Begleiter beschreiben?«, frage ich Nikopoulos und hoffe dabei inständig, dass unser Zeuge tatsächlich ein guter Beobachter ist.

»Er war etwa im gleichen Alter wie Lepeniotis, nur kleiner, mit grauem Bart und angegrauten Schläfen.«

»Was hatte er an?«

»Eine Sportjacke. Auf den Rest habe ich nicht geachtet.«

»Wissen Sie noch, wann er wieder gegangen ist?«

»Nein, da habe ich mir gerade meinen zweiten Mokka gemacht.«

Das wäre ja auch zu schön gewesen, wenn er ihn auch beim Verlassen des Geschäfts beobachtet hätte. Die Theorie mit den rechtsextremen Tätern ist schön und gut, aber der Mann, den Nikopoulos mit Lepeniotis gesehen hat, ist kein junger, kahlgeschorener Kraftmeier, sondern ein ganz normaler grauhaariger Typ mit Bart um die sechzig, der eine Sportjacke trug. Also alles andere als der Prototyp eines Rechtsextremen.

Immer wenn wir uns gerade eine These zurechtgezimmert haben, fällt sie uns wieder auseinander. Die Handy-Botschaft und die Auswahl der Opfer passen zur ultrarechten Szene, doch Lepeniotis' Mörder fällt aus dem Rahmen.

Außer, sie setzen bei jedem Mord einen anderen Killer ein. Zwar kriegt man in Griechenland auf jedem Wochenmarkt Kalaschnikows, aber Killer sind da keine anzuheuern. Bis jetzt jedenfalls noch nicht.

Ich bitte Papadakis, Argyris Nikopoulos zur offiziellen Vernehmung ins Präsidium zu fahren, und beordere Dermitsakis und Koula her, damit sie das Viertel nach Augenzeugen abklappern, die Lepeniotis' Begleiter beim Verlassen des Geschäfts eventuell gesehen haben.

Dann kehre ich in den Laden zurück. Stavropoulos ist mit seiner Arbeit fertig und wartet bereits auf mich.

»Der Mord muss zwischen sieben und zehn Uhr morgens passiert sein«, verkündet er mir. »Genaueres kann ich nach der Obduktion sagen.«

»Er muss zwischen acht und neun geschehen sein. Es gibt einen Augenzeugen, der beobachtet hat, wie das Opfer mit seinem mutmaßlichen Mörder den Laden betreten hat.«

»Na gut, alles Übrige lesen Sie dann im Autopsiebericht«, meint er kühl. Offenbar will er mich seinen Unmut spüren lassen.

Doch davon lasse ich mich nicht beeindrucken und melde mich erneut bei Gonatas, um ihm von dem Augenzeugen zu berichten.

»Tut mir leid, dass unsere schöne Theorie damit zunichte ist.«

»Wieso?«, wundert er sich.

»Weil der Täter vom Typ her nicht zur rechtsextremen Szene passt.«

»Jetzt kommen Sie aber. Wenn die Rechten so eine alte

Parole aufgreifen, können sie genauso gut auch einen Mörder mit dem heutigen Look der Generation Polytechnikum einsetzen.«

Diese Erklärung ruft bei mir eine zwiespältige Reaktion hervor. Einerseits könnte ich mich ohrfeigen, weil ich darauf nicht selbst gekommen bin. Andererseits bin ich froh, dass meine ursprüngliche Theorie immer noch gültig bleibt.

»Wir haben übrigens herausgefunden, was Lepeniotis in seinem Leben machte«, ergänzt Gonatas.

»Was denn?«

»Er war beim Amt für Schulbauplanung angestellt, aber das war nur sein Broterwerb. Seine Hauptbeschäftigung war etwas anderes.«

»Und was?«

»Er war Vorstandsmitglied im Dachverband der Gewerkschaften im öffentlichen Dienst.«

Ach so, denke ich. Ein erfolgreicher Geschäftsmann, ein erfolgreicher Universitätsdozent und ein erfolgreicher Gewerkschaftsfunktionär. Und bei allen Mordopfern dringt die Studentenparole von damals aus dem Handy.

Ich ersuche Papadakis, beim gewerkschaftlichen Dachverband einen Termin zu vereinbaren. In der Zwischenzeit sind Koula und Dermitsakis eingetroffen und haben die Ochsentour von Tür zu Tür begonnen.

Mich interessiert Manias Einschätzung des Ganzen, deshalb rufe ich sie an und gebe ihr eine Zusammenfassung unserer Ermittlungen zu den Morden und dem mutmaßlichen Täter durch.

»Und was wollen Sie genau von mir wissen, Herr Charitos?«, fragt sie.

»Erstens, ob diese Vorgangsweise zur rechtsextremen Szene passt. Und zweitens, ob es in ideologischer und taktischer Hinsicht glaubhaft ist, dass Rechtsextreme einen Killer einsetzen, der wie der Prototyp der Generation Polytechnikum aussieht.«

Sie verspricht mir, darüber nachzudenken und mir Bescheid zu geben. Dann beschließe ich, mir zuerst den gewerkschaftlichen Dachverband und danach das Amt für Schulbauplanung vorzuknöpfen.

29

Jetzt, da ich den Seat in der Garage des Präsidiums untergebracht habe und mich wie einer jener mittellosen Väter fühle, die ihre Kinder beim griechischen Wohlfahrtsverband abgeben müssen, lerne ich die Vorteile des Streifenwagens schätzen. Mit eingeschalteter Sirene ist Papadakis in zehn Minuten bei der Zentrale des gewerkschaftlichen Dachverbandes angelangt.

Vor dem Verlassen des Tatorts habe ich noch kurz Gikas Bericht erstattet. Dass die Opfer alle oben auf der Karriereleiter standen, verursachte ihm gewaltige Bauchschmerzen. Und das Ende seiner Leiden ist noch gar nicht abzusehen. Er hat es höchstpersönlich übernommen, den Gewerkschaftsvorstand zu verständigen, der nun Gewehr bei Fuß auf unser Eintreffen wartet.

Die Anspannung wird spürbar, als wir das Gebäude betreten. Ein Mann in den Vierzigern unterbricht sein unruhiges Hin- und Hertigern und eilt auf uns zu.

»Guten Tag, Herr Kommissar. Kommen Sie mit, Sie werden schon erwartet.« Auf dem ganzen Weg murmelt er vor sich hin:

»Was für ein Schlag … Was für ein schlimmer Schlag …«

Der Typ führt uns in einen großen Raum, offenbar das Besprechungszimmer des Vorstands. Um den Sitzungstisch stehen vier Männer, abgesehen von einem sind alle ungefähr im selben Alter. Auch der Gesichtsausdruck ist ähnlich, denn alle zeigen sich gleichermaßen betroffen.

»Setzen Sie sich, Herr Kommissar«, sagt einer der Anwesenden zu mir, der sich mit dem Namen Velissaridis vorgestellt hat. »Können Sie uns sagen, was passiert ist?«

Ich gebe einen kurzen Überblick über die bislang bekannten Fakten. Es liegt ja nichts vor, was ich ihnen verschweigen müsste.

»Haben Sie einen Hinweis darauf, wer der Mörder sein könnte?«, fragt mich Velissaridis.

»So weit sind wir noch nicht. Aller Wahrscheinlichkeit nach steht der Mord an Lepeniotis mit zwei anderen Fällen in Verbindung. Kürzlich sind ein Bauunternehmer und ein Universitätsprofessor getötet worden. Aber die Beweise reichen noch nicht aus, um einen eindeutigen Zusammenhang herzustellen.«

»Ihr Polizisten könnt nur eins gut: bei Demos die Chemiekeule schwingen«, meint das jüngste Vorstandsmitglied feindselig. »Und Schattenboxen.«

Papadakis späht zu mir herüber und wartet ab, wie ich darauf reagiere.

»Ich bin Chef der Mordkommission«, entgegne ich dem Typen ruhig, »und nicht Einsatzleiter der MAT-Sondereinheit. Wenn Sie der Einsatz chemischer Mittel mehr interessiert als die Ermordung Ihres Kollegen, ziehe ich gerne Herrn Esperoglou hinzu, der dafür zuständig ist. Dann können Sie das mit ihm besprechen, und ich kann ungestört weiterarbeiten.«

»Komm schon, Jorgos, nicht schon wieder diese Diskussion! Wenn sich deine Partei so brennend für die MAT-Einsätze interessiert, dann soll sie direkt bei der Leitung der Sondereinheit protestieren«, meint Velissaridis ungehalten, während die anderen beiden den Jüngsten mit strafenden Blicken bedenken. Angesichts des Gegenwinds hält er jetzt den Mund.

»Der Mord an Dimos Lepeniotis ist die dritte Tat in Folge, die alle nach demselben Muster ablaufen«, erläutere ich ihnen. »Deshalb hat auch meine erste Frage gar nichts mit seiner aktuellen Tätigkeit zu tun, sondern mit der Vergangenheit. Gehörte Dimos Lepeniotis zur Generation Polytechnikum?«

»Na klar«, erwidert der Bärtige, der mir gegenübersitzt. »Ich weiß nicht, ob er an der Besetzung der Hochschule teilgenommen hat, aber er war führendes Mitglied der Panhellenischen Antidiktatorischen Front.«

Langsam sehe ich, was für eine strenge Hierarchie in der Generation Polytechnikum herrscht – fast wie in der orthodoxen Kirche. Genauso, wie man dort als Diakon beginnen und es bis zum Bischof bringen kann, fing man in der Generation Polytechnikum als einfacher Widerstandskämpfer an, um schließlich Unternehmer, Universitätslehrer oder Gewerkschaftsfunktionär zu werden. Nur, dass man in der Generation Polytechnikum die einzelnen Stufen viel schneller durchlaufen konnte als in der Kirchenhierarchie.

Da auch Dimos Lepeniotis dieser Generation angehörte, muss ich wieder dieselben Fragen stellen wie in den anderen Fällen, obwohl ich mir die Antworten schon ausrechnen kann.

»Weiß vielleicht jemand von Ihnen, ob es Feindschaften

oder Auseinandersetzungen gab, die auf Lepeniotis' Zeit als Student oder sein Engagement im Widerstand zurückgehen, aber bis heute virulent waren?«

»Fragen Sie das jetzt im Ernst, Herr Kommissar?«, protestiert der Bärtige. »Bei uns auf dem Dorf gibt's den Spruch: ›Der Kadaver stinkt gleich, nicht erst ein Jahr später.‹ Wer kommt denn nach mehr als vierzig Jahren auf so etwas? Nur, weil wir zur Drachme zurückgekehrt sind, heißt das noch lange nicht, dass wir auch uralte Fehden wieder ausgraben.«

Genau so wurde mir auch in den Fällen Demertsis und Theologis geantwortet, viel weiter bringt mich das also nicht.

»Na, dann ziehen wir die Sache anders auf. Gab es vielleicht kürzlich Konflikte und Reibereien im beruflichen oder gewerkschaftlichen Umfeld, die ihm Sorge bereiteten?«

Velissaridis lacht auf. »Bei uns stehen Streitigkeiten auf der Tagesordnung, Herr Kommissar. Wir stammen alle aus verschiedenen Berufsgruppen mit unterschiedlichen Interessen und aus verschiedenen Parteien mit unterschiedlichen politischen Haltungen. Bei uns kommt es häufig zu großen Meinungsverschiedenheiten. Doch die überwinden wir auf zwei Arten: entweder mit einem Kompromiss, dem wir alle zustimmen, oder mit einer Abstimmung, bei der die Meinung der Mehrheit den Ausschlag gibt. Solange diese beiden Lösungsmöglichkeiten bestehen, brauchen wir uns nicht gegenseitig umzubringen«, fügt er spöttisch hinzu.

»Vielleicht liegt ja das Motiv auch in seinem Privatleben«, sagt der Jüngste.

»Wirkte er denn in den letzten Tagen bedrückt oder beunruhigt?«

»Ganz im Gegenteil«, erwidert der Bärtige. »Er war sogar besonders gut gelaunt, weil sich ein Grieche gefunden hatte, der den Laden seines Vaters übernehmen wollte, der seit anderthalb Jahren leer stand. Anfangs versuchte er noch, ihn zu verkaufen, aber wo findet sich mitten in der Krise ein Kaufinteressent? Dann beschloss er, ihn zu vermieten, aber nicht an Migranten, weil er Angst hatte, dass sie sich irgendwann absetzen und nur unbezahlte Rechnungen zurücklassen würden. Schließlich hat sich ein griechischer Mieter gefunden, und Dimos war sehr froh darüber.«

Das heißt, der Mörder hat sich ihm als Interessent für den Laden seines Vaters vorgestellt, ein simpler und naheliegender Vorwand. Als Lepeniotis ihm das Geschäft zeigte, hat er ihn umgebracht. Bis hierhin ist alles gut und schön. Die schwierige Frage ist, wie der Täter darauf kam. Woher wusste er, dass Lepeniotis auf der Suche nach einem Gewerbemieter war? Entweder wusste er davon, weil er ihn persönlich kannte, oder er hatte Nachforschungen angestellt und war so auf den unvermieteten Laden gestoßen.

»Hat er Ihnen eventuell den Namen des potentiellen Mieters genannt oder irgendetwas über ihn erzählt?«

»Nein, er hat mir nur gesagt, dass er einen Besichtigungstermin mit ihm vereinbart hat«, antwortet der Bärtige.

Lepeniotis dürfte der Name, mit dem sich der mutmaßliche Mörder bei ihm angemeldet hat, nichts gesagt haben. Sonst hätte er ihn seinen Freunden gegenüber erwähnt oder, wenn sich der Mietinteressent als einer ihrer Verwandten oder Bekannten vorgestellt hätte, sie darauf angesprochen. Da Lepeniotis jedoch nichts Derartiges erwähnt hat, dürfte er seinen Mörder beim Besichtigungstermin zum ersten Mal gesehen haben.

»Glauben Sie, dass der Mann, der den Laden besichtigt hat, den Mord begangen hat?«, fragt mich Velissaridis.

»Das ist, auf den ersten Blick jedenfalls, naheliegend«, antworte ich ohne Umschweife. »Es muss jemand sein, der die Generation Polytechnikum ins Visier genommen hat, wir können bloß sein Motiv noch nicht nachvollziehen.«

»Was ist da so schwer nachzuvollziehen?«, fragt mich der Mann mit Schnauzer, gestreiftem Hemd und rotem Pullover neben mir. »Wenn du dich jahrelang an den Fleischtöpfen satt gefressen hast und plötzlich eine Krise ausbricht, wird es immer jemanden geben, der dich dafür zur Rechenschaft ziehen will.«

»Schon gut, Thomas«, meint Velissaridis genervt. »Die Generation Polytechnikum hat sich an den Fleischtöpfen bedient. Ihr von der Lehrergewerkschaft DAKE hattet nichts mit dem Polytechnikum zu tun. Aber wurdet ihr ungerecht behandelt? Habt ihr Grund, euch zu beschweren? Kann sein, dass ihr euch nicht gerade an die Fleischtöpfe gedrängt habt, aber beim Dessert habt ihr ordentlich zugelangt.«

»Die beiden Fraktionen, die Griechenland ruiniert haben, streiten sich, wer mehr abgesahnt hat«, spottet der Jüngste.

»Ihr steht doch an der Seite des Volkes«, stichelt Thomas. »Deshalb habt ihr eine alte Volksweisheit aufgegriffen.«

»Welche alte Volksweisheit?«, wundert sich Velissaridis.

»Bei den Demos getrennt, beim Fressen vereint«, entgegnet ihm Thomas.

Das Gespräch ist von Lepeniotis abgeschweift und hat sich in internes Gezänk verwandelt. Da ich mir ausrechnen kann, dass keine Informationen mehr für mich herausspringen, und ihr Geplänkel mich nicht interessiert, entschließe ich mich zum Aufbruch.

»Jedenfalls sollten Sie solchen Zoff nicht nach außen tragen«, sage ich, als ich aufstehe und mit Papadakis im Gefolge hinausgehe.

»Keine Sorge, wir wissen schon, wie wir das Ansehen des Dachverbandes wahren«, beruhigt mich Velissaridis.

»Das Ansehen des Dachverbandes kratzt mich nicht, aber wenn Sie Ihre Konflikte nach außen tragen, wird es bald noch mehr Opfer geben. Mir aber reichen die drei, die wir bis jetzt haben, vollauf.«

Grußlos gehe ich hinaus. Papadakis folgt mir schweigend, doch als wir am Streifenwagen ankommen, bricht es aus ihm heraus.

»Das also war die Generation Polytechnikum?«

»Frag mich nicht, was die Generation Polytechnikum war, Papadakis, denn ich weiß es nicht. Damals war ich an der Polizeischule und danach Gefängniswärter bei der Sicherheitspolizei. Für mich bestand die Generation Polytechnikum aus lauter Kommunistenschweinen, die uns zu einem Satellitenstaat der Sowjetunion machen wollten. So zumindest hatten es uns unsere Vorgesetzten erklärt. Und jetzt ist mir das alles genauso rätselhaft wie dir.«

»Alles wird mit der Zeit fadenscheinig und schäbig, Herr Kommissar«, philosophiert Papadakis. »Nicht nur Klamotten und Wäsche, auch die Worte der Menschen und der Mythos ganzer Generationen … ›Es ist alles eitel‹, heißt es schon in der Bibel.«

Papadakis könnte bei Adriani eine Weiterbildung in weisen Sprüchen machen, sage ich mir. Der Junge hat Talent dazu.

Dann lasse ich ihn Kurs auf Lepeniotis' Arbeitsplatz, das Amt für Schulbauplanung, nehmen.

Als wir uns ausweisen, schickt man uns in einen Raum in der zweiten Etage, in dem vier Schreibtische stehen. Drei davon sind verwaist, während am vierten eine Frau in den Vierzigern sitzt, die mit der Nase am Bildschirm ihres Computers klebt.

Sie empfängt uns mit einem flüchtigen, gleichgültigen Blick. Papadakis legt ihr dar, wer wir sind und warum wir uns in ihrem Büro befinden. Ihre einzige Reaktion ist ein lahmes »Ah, ja«.

»Haben Sie nicht mitbekommen, dass Lepeniotis ermordet wurde?«, fragt Papadakis sie.

»Doch.«

»Und das lässt Sie völlig kalt?«, wundert er sich.

Die Frau blickt von ihrem Computer auf.

»Ich will Ihnen lieber sagen, welche Dinge mir wirklich wichtig sind. So zum Beispiel die Tatsache, dass ich in diesem Land noch immer Arbeit habe«, erwidert sie. »Und dass ich immer noch die Nachhilfe für meinen Sohn bezahlen kann. Ich danke dem Herrgott jeden Tag, dass meine Eltern mit ihrer zusammengestrichenen und abgewerteten Rente immer noch über die Runden kommen. Alles andere lässt mich kalt.«

»Wir hätten gern ein paar Auskünfte über Lepeniotis«, schalte ich mich in das Gespräch ein.

Die Frau steht auf und schließt die Tür.

»Wollen Sie die Wahrheit hören, oder soll ich Ihnen erzählen, was für ein toller Kollege Dimos war?«, fragt sie uns.

»Die Wahrheit«, antwortet Papadakis.

»Dann müssen Sie einen anderen Ort für unser Gespräch vorschlagen. Hier drin, wo die Wände Ohren haben, mache ich den Mund nicht auf.«

»Dann laden wir Sie offiziell zur Vernehmung vor«, sage ich zu ihr. »Wie lautet Ihr Name?«

»Vassiliki Petrojanni.«

»Frau Petrojanni, noch im Verlauf des heutigen Tages erhalten Sie die Vorladung ins Präsidium für morgen früh.«

»Gut«, antwortet sie mit einem Lächeln.

Ihre Andeutungen klingen vielversprechend, und ich hoffe sehr, dass sie mir auch wirklich weiterhelfen.

30

Koula warnt mich per Handy, dass mir die Journalistenmeute bereits auflauert. »Wenn Sie ihnen ausweichen wollen, machen Sie besser einen Bogen um Ihr Büro«, sagt sie.

Meine erste Reaktion ist, ihrem Rat zu folgen und unterzutauchen. Andererseits kann man seinem Schicksal ohnehin nicht entrinnen. Morgen früh, wenn die Befragung von Vassiliki Petrojanni ansteht, werden sie bestimmt wieder vor meiner Bürotür stehen. Dann ist alles noch schlimmer. Außerdem muss ich morgen auch noch Gikas Bericht erstatten.

»Sagen Sie ihnen, dass ich gleich da bin«, weise ich Koula an.

Sie haben ihren gewohnten Posten auf dem Korridor bezogen. Sobald ich die Tür öffne, stürmen sie das Büro und gehen zum Angriff über.

»Zuerst ein Unternehmer, dann ein Universitätsprofessor und jetzt ein führender Gewerkschafter. Ich glaube, die Sache ist eine Nummer zu groß für Sie, Herr Kommissar«, meint die lange Dürre.

Ich unterdrücke den Impuls, sie entnervt zum Teufel zu jagen, und entgegne gelassen: »Es ist wie immer, wenn es sich um einen Einzeltäter handelt, eine komplexe Angelegenheit. Wir sind einer Reihe von Hinweisen nachgegangen, konnten den Täter jedoch noch nicht aufspüren. Die Nachforschungen gehen weiter.«

»Bis das nächste Opfer zu beklagen ist«, bemerkt Merikas, Sotiropoulos' Nachfolger, mit einer Miene, die alles andere als betroffen wirkt. Dabei könnte er durchaus geknickt sein, da ihm die lange Dürre ständig eine Nasenlänge voraus ist.

»Halten Sie es für möglich, dass die Morde das Werk einer rechtsextremen Organisation sind?«, fragt mich der junge Mann, der jahrein, jahraus T-Shirts trägt.

»Momentan sind alle Möglichkeiten offen. Wir können nichts ausschließen.«

Ich versuche, keine konkreten Erkenntnisse preiszugeben, da ich dem Mörder sonst ungewollt Informationen zuspiele.

»Ist damit zu rechnen, dass es noch weitere Opfer geben wird?«, beharrt Merikas.

»Auf so eine Frage hätte Ihnen Ihr Vorgänger, Herr Sotiropoulos, erklärt, dass sich bei laufenden Ermittlungen immer und jederzeit neue und auch unerfreuliche Wendungen ergeben können. Deshalb tun wir alles Menschenmögliche, um sie rasch abzuschließen.«

Ich merke, wie Merikas das Gesicht verzieht, weil ich ihn auf Sotiropoulos angesprochen habe, der bis vor kurzem als der Papst der Polizeireportage galt. Auch das spöttische Lächeln, das ihm daraufhin die lange Dürre schenkt, entgeht mir nicht.

Da ich keine Lust habe, mir die Konkurrenzkämpfe unter Journalisten weiter mit anzusehen, versuche ich, die Diskussion zu beenden. »Mehr kann ich Ihnen vorläufig nicht sagen. Wenn sich etwas Neues ergibt, hören Sie von mir.«

»Können Sie oder wollen Sie uns nichts sagen?«, fragt mich die Kurze mit den rosa Strümpfen.

»Ich kann Ihnen wirklich nichts sagen. Die Nachforschungen sind genau auf dem Stand, den ich Ihnen referiert habe.«

Sie räumen das Feld, und ich schaue ihnen erleichtert nach. Es war richtig, sie schon heute abzufertigen. Als endlich wieder Ruhe eingekehrt ist, rufe ich Koula und Dermitsakis herein.

»Habt ihr was rausgefunden?«, frage ich sie.

»Nein, nichts, Herr Kommissar«, antwortet Dermitsakis. »Die meisten Nachbarn kannten Dimos Lepeniotis, haben ihn heute Morgen aber nicht gesehen. Die Zuwanderer wollen nichts gehört und nichts gesehen haben. Nur einer erzählte, dass er den Laden für einen Orientshop anmieten wollte. Aber Lepeniotis hätte ihm eine Abfuhr erteilt, und damit war die Sache erledigt.«

»Allerdings ist gerade eine Eilmeldung hereingekommen, wie die Nachrichtenagenturen immer sagen«, informiert mich Koula.

»Was denn?«

»Man hat aus dem Yjia-Krankenhaus angerufen und Bescheid gegeben, dass wir Frau Demertsi vernehmen können. Aber wir sollen uns vorher mit der behandelnden Ärztin, einer gewissen Dr. Fokidou, in Verbindung setzen.«

Gleich darauf rufe ich im Krankenhaus an, und zu meinem Glück ist Dr. Fokidou gerade im Dienst.

»Wir wurden benachrichtigt, dass Frau Demertsi vernehmungsfähig ist.«

»Ja, aber es darf nicht mehr als ein Beamter zu ihr, und nicht länger als eine halbe Stunde. Am besten nach elf, wenn die Arztvisite vorbei ist. Und ich möchte Sie ersuchen, vorher bei mir im Ärztezimmer vorbeizukommen, damit ich Ihnen erklären kann, worauf Sie achten müssen.«

Beschwingt und glücklich, als hätte ich im Lotto gewonnen, lege ich auf und blicke Koula an. »Besorgen Sie mir die Adresse von Lepeniotis' Frau und Sohn.«

Koula lacht. »Immer kriege ich die harten Nüsse.«

Jetzt steht mir noch die Berichterstattung bei Gikas bevor. Bei seiner Sekretärin kündige ich an, dass Gonatas und ich den Kriminalrat dringend sprechen müssen.

Gikas macht, als wir bei ihm eintreffen, einen fahrigen und verkniffenen Eindruck.

»Diese Geschichte hat sich zu einem Alptraum ausgeweitet, und wir kommen einfach nicht voran«, sagt er zu uns, sobald wir Platz genommen haben. »Das ist ein gefundenes Fressen fürs Fernsehen. Es ist nur noch davon die Rede. Sogar unser Herr Übergangsminister hat Interesse gezeigt und bei mir nachgefragt, wie es mit der Sache steht.«

Ich bin Adriani ja so dankbar, dass sie uns eine TV-Diät verordnet hat und ich so nicht mehr jeden Abend vor der Glotze sitzen und mich über die Berichterstattung ärgern muss.

»Kommen die Ermittlungen denn gar nicht vom Fleck?«, fragt uns Gikas mit der Miene eines Schiffbrüchigen, der sich an die letzte Planke klammert.

»Doch«, entgegnet ihm Gonatas. »Mittlerweile gehen

wir mehr oder weniger davon aus, dass wir die Morde der rechtsextremen Szene zuordnen können. Ich habe bereits mit Vernehmungen begonnen, aber auf einen Tatverdächtigen sind wir noch nicht gestoßen.«

»Und bis wir ihn finden, müssen wir eventuell noch ein paar Morde in Kauf nehmen«, hält ihm Gikas verbittert entgegen.

»Es wird keine weiteren Opfer geben«, sage ich zu ihm.

»Wie können Sie da so sicher sein?«

»Ich weiß, was Sie meinen«, sagt Gonatas. »Die Parole.«

»Welche Parole?«, wundert sich Gikas.

»›Brot, Bildung, Freiheit‹«, erwidere ich. »Der Mord an Demertsis bezog sich auf ›Brot‹, der an Theologis auf ›Bildung‹ und der an Lepeniotis auf ›Freiheit‹. Da alle Elemente des Spruchs abgehakt sind, sollte es keine weiteren Opfer geben.«

Gikas seufzt halb genervt, halb erleichtert. »Ihr Wort in Gottes Ohr.«

»Es gibt noch eine gute Nachricht. Das Yjia-Krankenhaus hat uns mitgeteilt, dass Demertsis' Witwe befragt werden kann. Das tue ich morgen.«

»Dann gibt es ja Grund zur Hoffnung«, bemerkt Gikas versöhnlich.

Ich verabschiede mich und beschließe, noch in Katerinas Büro vorbeizuschauen. Wenn alles weiter so gut läuft, dann hat vielleicht auch Mania interessante Neuigkeiten für mich.

Es juckt mich in den Fingern, den Seat aus der Garage zu holen, aber ich widerstehe der Versuchung mit dem Spruch »Weiche, Satan« und nehme den Bus. Um zu Katerinas

Büro oder auch zu uns nach Hause zu gelangen, muss ich zweimal umsteigen. Doch ich bin fest entschlossen, mich davon nicht unterkriegen zu lassen.

Katerina sitzt in ihrem Arbeitszimmer über einer Akte.

»Ich wollte Mania sprechen«, sage ich zu ihr. »Ich hatte sie um einen Gefallen gebeten.«

»Sie erwartet dich in ihrem Büro.«

»Ist sie heute nicht auf Sendung? Habt ihr euren Radiosender wieder eingestellt? Wie willst du das deiner Mutter erklären?«

Sie lacht auf. »Die heutige Sendung macht Uli.«

Mir bleibt die Spucke weg. »Hat Uli so schnell Griechisch gelernt, dass er eine Radiosendung moderieren kann?«

»Nein, er macht sie auf Deutsch. Wir haben uns gedacht, dass es gut wäre, wenn seine Landsleute von einem ganz normalen Bürger hören, was in Griechenland los ist, und nicht nur von Auslandskorrespondenten, Diplomaten und den deutschen Mitgliedern der Troika.«

»Gute Idee!«, sage ich beeindruckt.

»Uli ist darauf gekommen. Und hat gleich alle seine Freunde angeschrieben, dass sie die Sendung hören sollen. Das nennt man Verbesserung der deutsch-griechischen Beziehungen«, sagt sie und fügt hinzu: »Was Liebe nicht alles bewirkt!«

»Es hat eine Weile gedauert, aber jetzt haben Sie den Richtigen gefunden«, sage ich zu Mania, als ich in ihr Arbeitszimmer trete.

»Tja, Herr Charitos, früher habe ich bei jedem Mann, den ich kennenlernte, zuerst die Fehler gesehen. Bei Uli kann ich keinen finden. Vermutlich werde ich irgendwann auch bei ihm fündig werden, aber er spannt mich ganz schön lange auf die Folter.«

Man sieht ihr an, wie glücklich sie ist. Doch dann wird ihre Miene wieder ernst und sachlich. »Ich habe mir über den Fall, den Sie mir geschildert haben, Gedanken gemacht.«

»Und?«

»Rechtsextreme Täter sind nicht vollkommen auszuschließen, aber die Wahrscheinlichkeit ist gering, Herr Kommissar.«

»Wie kommen Sie darauf?«

»Weil Rechtsextreme einfach drauflosprügeln, Dinge kaputthauen, wild um sich schlagen, aber nicht nachdenken, Herr Charitos. Und hinter diesen Verbrechen steht jemand, der sie von langer Hand geplant hat. Dass die Parole des antidiktatorischen Studentensenders und vor allem die drei Schlagworte ›Brot, Bildung, Freiheit‹ in Zusammenhang mit den drei Morden verwendet wurden, deutet vielmehr auf einen intellektuellen Täter.«

»Glauben Sie, dass es junge Leute sein könnten?«

»Ich weiß es nicht. Klar, die Taten zielen gegen die Generation Polytechnikum. Da denkt man zuerst einmal an junge Leute, doch genauso gut könnten es enttäuschte Altersgenossen sein. Mit Sicherheit aber sind sie gebildet und im politischen Denken geschult. Rechtsextreme denken nicht politisch, wie Sie wissen, Herr Charitos. Rechtsextreme machen nur mit Randale und Zerstörung Politik.«

»Vielen Dank, Mania«, sage ich zu ihr. »Sie haben mir wie immer sehr weitergeholfen.«

»Gar nicht wahr, ich habe es Ihnen noch schwerer gemacht«, erwidert sie ernst. »Genauso leicht, wie es für die Rechtsextremen ist, einfach draufzuhauen, ist es für uns, ihnen alles anzulasten, was uns nicht in den Kram passt. Wir sind in ihren Augen Vaterlandsverräter, und sie sind für uns eine bequeme Lösung. Die zwar oft zutrifft, aber nicht immer.«

Da hat sie wohl leider recht. Und Gikas muss sich weiterhin gedulden.

Katerina und ich beschließen, zu Fuß nach Hause zu gehen. Unterwegs malt sie sich das überraschte Gesicht ihrer Mutter aus, wenn sie Uli im Radio Deutsch sprechen hört. Und als wir vor der Haustür anlangen und ich mich für den Fußmarsch entschuldige, meint sie: »Soll ich dir was sagen, jetzt, da wir unter uns sind? Anfangs war es mir peinlich, einen Bullen als Vater zu haben. Besonders in den ersten Jahren an der Uni habe ich darunter gelitten, dass einige Kommilitonen mir gegenüber sehr reserviert waren.«

»Und jetzt?«, frage ich.

»Jetzt bin ich stolz darauf, weil du immer geduldig mit mir warst und mich nie unter Druck gesetzt hast. Und du hast mir immer wieder Perspektiven aufgezeigt.«

Dann drückt sie mir einen Kuss auf die Wange.

Am liebsten würde ich jetzt drei Stufen auf einmal nehmen. Doch das Wohnhaus hat einen Fahrstuhl. Und der wahre Grieche geht nie zu Fuß die Treppe hoch. Wenn man es richtig bedenkt, waren wohl genau diese bequemen Lösungen der Anfang unseres Elends.

31

Als ich am nächsten Morgen ins Präsidium komme, wartet Vassiliki Petrojanni schon vor meiner Bürotür.

»Sie sind früh dran, Frau Petrojanni«, sage ich, als sie mir gegenüber Platz nimmt.

»Ich habe für die polizeiliche Vernehmung heute freibekommen, und ich müsste eigentlich gar nicht ins Büro. Aber ich gehe trotzdem zur Arbeit, sobald wir fertig sind.«

»Haben Sie so viel zu tun?«, wundere ich mich.

»Es gibt jede Menge Entlassungen, Herr Kommissar. Bis vor einem Jahr fühlten sich alle im öffentlichen Dienst noch sicher. Unsere Lage war so privilegiert, dass wir unsere Kollegen aus der Privatwirtschaft bemitleidet haben. Aber inzwischen sind auch wir betroffen, und die Entlassungen nehmen kein Ende.« Sie hält inne und schlägt das Kreuzzeichen. »Nach Dimos' Tod bin ich die letzte Sachbearbeiterin in unserer Abteilung. Heutzutage ist das ja ein Glück, denn da kann ich schwer entlassen werden. So weit sind wir schon: Des einen Freud ist des anderen Leid, Herr Kommissar«, ergänzt sie mit einem bitteren Lächeln.

»Wie lange hat Lepeniotis in Ihrer Abteilung gearbeitet?«

»Er ist vor drei Jahren zu uns gekommen, aber ›arbeiten‹ konnte man das nicht wirklich nennen. Dimos war Gewerkschafter. Und Gewerkschaftsfunktionäre im öffentlichen Dienst arbeiten nicht, sondern sie widmen sich voll und ganz ihrer Aufgabe, die Interessen und Rechte der Arbeitnehmer zu stärken.«

»Hatte er kein bestimmtes Aufgabengebiet?«

»Fangen wir bei seinen Arbeitszeiten an: Wenn er morgens kam, klapperte er entweder die Büros ab und plauderte mit den Kollegen, bis er beim Abteilungsleiter landete, der sein Parteifreund war – oft ging es um Personen, deren Einstellung er bei der Schulbaubehörde durchsetzen wollte, oder um Leute, die er auf dem Kieker hatte. Oder er ging nach einer Stunde unter dem Vorwand wieder, dass er beim Kreis- oder beim Dachverband Termine hätte. Dagegen kann man nicht viel einwenden, die meisten Gewerkschafter tun das. Doch Dimos ist noch einen Schritt weitergegangen.«

»Ja, und wie?«

»Wenn er morgens kam, hat er eingestempelt und ist dann gegen neun Uhr abends zurückgekommen, um auszustempeln. Die Zeit zwischen dem Ende seiner regulären Arbeitszeit und dem Ausstempeln hat er als Überstunden verrechnet.«

»Wer wusste alles davon?«

»Alle, vom kleinsten Angestellten bis zum obersten Chef. Aber keiner hat den Mund aufgemacht, weil niemand sich mit Dimos anlegen wollte. Der konnte einem nämlich richtig schaden. Zum Beispiel hätte er einen in eine andere Abteilung versetzen oder ihm die Überstunden streichen lassen können, ja selbst vor Kündigungen hätte er nicht zurückgeschreckt. Also haben alle stillgehalten und sich um ihre eigenen Angelegenheiten gekümmert.«

Eigentlich ist die von der Petrojanni geschilderte Situation für das Personal der Schulbaubehörde so unerträglich, dass man sich gut vorstellen kann, dass jemand mit Lepeniotis aneinandergeraten war und ihn daraufhin getötet hat. Doch aufgrund der bisherigen Ermittlungen müssen wir davon ausgehen, dass Lepeniotis seinen Mörder vorher vermutlich nicht gekannt hat.

»Wie wir gehört haben, war Lepeniotis geschieden.«

Sie schüttelt bedauernd den Kopf. »Anna und der kleine Lefteris hatten es nicht leicht. Um den Jungen kümmerte sich ausschließlich die Mutter. Dimos hatte weder Zeit für seine Frau noch für seinen Sohn. Parteiarbeit und Gewerkschaftspolitik waren sein Leben. Da blieb ihm keine freie Minute für die Familie. Irgendwann hatte Anna die Nase voll und ist mit Lefteris zu ihren Eltern nach Chalkida gezogen.« Sie hält kurz inne, redet dann aber weiter. »Es ist besser, Sie erfahren es von mir. Anna und ich waren befreundet, Herr Kommissar. Wir haben zusammen Jura studiert. Ihr habe ich es zu verdanken, dass Dimos mir die Stelle im öffentlichen Dienst verschafft hat. Als sie sich trennten, war Dimos sauer auf mich. Er glaubte, ich hätte Anna zur Trennung überredet, aber das stimmte nicht. Sie hat es einfach nicht mehr länger mit ihm ausgehalten und ihre alte Stelle in der Kanzlei aufgegeben, um mit Lefteris nach Chalkida zu ziehen.«

»Wissen Sie vielleicht, wie wir mit ihr Kontakt aufnehmen können? Es ist eine reine Formsache, aber wir müssen ihr ein paar Fragen stellen.«

»Ich kann Ihnen die Handynummer geben. Sie können ohne Weiteres erwähnen, dass Sie sie von mir haben. Ihr Nachname lautet Dermiri.«

Ich notiere mir die Nummer. Mir ist klar, dass die Petrojanni mich nicht zu dem dreifachen Mörder führen wird, doch die Auskünfte, die sie mir gegeben hat, vervollständigen das Gesamtbild: Der Täter wählt seine Opfer nicht zufällig aus – das steht fest. Er greift Personen heraus, die sich gegen die Junta eingesetzt haben und aus diesem politischen Engagement später Vorteile gezogen haben. Kyriakos Demertsis würde es so formulieren: Sie haben aus ihrer antidiktatorischen Haltung Kapital geschlagen.

Gleich nachdem die Petrojanni gegangen ist, rufe ich die Dermiri an und erkläre ihr, wer ich bin.

»Sie wissen bestimmt schon, dass Ihr geschiedener Mann ermordet wurde«, sage ich zu ihr.

»Ja, Herr Kommissar.«

»Es ist nur eine Formsache, aber wir müssen Ihnen trotzdem ein paar Fragen stellen.«

»Vasso wird Ihnen gesagt haben, dass ich etwas außerhalb von Chalkida, am Rand von Nea Lampsakos wohne. Wollen Sie lieber hierherkommen, oder soll ich in der Polizeiwache von Chalkida aussagen?«

»Besser, ich komme zu Ihnen raus.«

»Dann fragen Sie, sobald Sie in Nea Lampsakos sind, nach dem Haus von Dermiris. Das kennen alle, und man wird Sie herlotsen.«

Ohne meine Antwort abzuwarten, legt sie auf. Das ist mir nur recht, auch ich wollte das Gespräch kurz halten, da ich es eilig habe, mit Demertsis' Witwe zu sprechen.

Erneut sitze ich im Streifenwagen, nur diesmal in Begleitung von Dermitsakis. Am Krankenhausempfang beschreibt man mir den Weg zu Dr. Fokidous Büro.

Sie ist in den Vierzigern, mittelgroß, trägt Brille und einen Arztkittel. Als sie sieht, dass wir zu zweit sind, verfinstert sich ihre Miene.

»Ich dachte, ich hätte mich klar genug ausgedrückt. Es darf nur eine Person zu Frau Demertsi«, stellt sie fest.

»Ich warte unten am Empfang«, erklärt Dermitsakis schnell und verlässt das Arztzimmer.

»Wie ich schon am Telefon sagte, dürfen Sie maximal eine halbe Stunde zu ihr«, sagt Dr. Fokidou. »Und ich bitte Sie, das zu respektieren.«

»Keine Sorge, in einer halben Stunde ist die Sache erledigt.«

»Setzen Sie Frau Demertsi bitte nicht unter Druck, wenn sie bestimmte Fragen nicht beantworten möchte. Ihr Zustand hat sich noch nicht stabilisiert, und wenn Sie zu forsch vorgehen, kann es zu einem Rückfall kommen.«

Sie formuliert ihre Bitte höflich, aber bestimmt.

»Ich werde mich ganz nach Ihren Anweisungen richten«, versichere ich ihr.

»Der gestrige Besuch ihres Sohnes hat sie aufgebaut. Sie hatte den Eindruck, dass es ihm den Umständen entsprechend gutgeht. Kommen Sie, ich führe Sie zu ihrem Zimmer.«

Gut, dass Kyriakos vor mir da war. Einerseits, weil sie das gestärkt hat, andererseits, weil er sie bestimmt auf meinen Besuch vorbereitet hat, da er wusste, dass ich seine Mutter befragen wollte.

»Olga, Kommissar Charitos will Ihnen ein paar Fragen stellen«, sagt Dr. Fokidou zu Frau Demertsi, als wir das Zimmer betreten. »Er wird nicht lange bleiben. Wenn Sie müde sind, sagen Sie Bescheid. Dann wird er eine Pause machen.«

Mit einem freundlichen Nicken verlässt sie das Krankenzimmer.

Demertsis' Ehefrau hat sich in ihrem Bett aufgesetzt, auf dem lauter Tageszeitungen ausgebreitet sind. Sie muss zehn Jahre jünger sein als ihr Mann, doch am stärksten fällt die Ähnlichkeit mit ihrem Sohn ins Auge: Kyriakos ist seiner Mutter wie aus dem Gesicht geschnitten.

»Ich sehe zu, dass es nicht zu anstrengend für Sie wird, Frau Demertsi«, beginne ich unser Gespräch.

Sie reagiert mit der Andeutung eines Lächelns.

»Die Ärzte denken, dass meine gesundheitlichen Probleme mit Jerassimos' Tod zu tun haben, aber das stimmt nicht.«

»Womit dann?«, frage ich sie.

»Ich wollte meine Familie retten, Herr Kommissar, habe damit aber alles nur noch schlimmer gemacht. Indem ich Jerassimos erlaubte, nach seiner Affäre wieder zurück nach Hause zu kommen, habe ich Kyriakos vertrieben. Er ist ausgezogen – und die Ehe zwischen Jerassimos und mir war trotzdem kaputt.« Sie stößt einen Seufzer aus und unterdrückt ein Schluchzen. »Es ist meine Schuld, dass mein Sohn im Gefängnis sitzt, Herr Kommissar.«

Ich bemühe mich, ihr Mut zuzusprechen. »Es ist bestimmt nicht schön, im Gefängnis zu sitzen, aber Kyriakos macht das Beste draus. Er gibt den jungen Häftlingen Unterricht und steht ihnen mit Rat und Tat zur Seite. Es klingt vielleicht eigenartig, aber immer wenn ich ihn besuche, macht er einen zufriedenen Eindruck auf mich.«

»Auf mich auch, und das hat mich sehr erleichtert. Als ich ihn fragte, was er esse, sagte er, die ganz normalen Mahlzeiten, die alle anderen auch bekommen. Und als ich ihn fragte, ob er Geld brauche, um sich etwas Besseres zu kaufen, antwortete er mir, dass er die jungen Sträflinge nicht beraten und unterrichten und gleichzeitig etwas Besseres als sie essen kann.«

Mit jedem Besuch bei ihm und jedem Gespräch über ihn steigt meine Achtung vor Kyriakos. Nichtsdestotrotz muss ich zum ursprünglichen Thema der Befragung zurückkehren.

»War die Liebesaffäre Ihres Mannes der Ausgangspunkt für alles, was später passiert ist?«, frage ich sie, während ich ihr gleichzeitig versichere: »Sie müssen mir nicht antworten, wenn Sie nicht wollen.«

Sie umfasst ihr Gesicht mit beiden Händen, als wolle sie die Kontrolle über ihre Gefühle nicht verlieren.

»Ich will Ihnen antworten«, sagt sie sanft. »Sie haben nach der Affäre meines Mannes gefragt? Da gab es keine Liebesbeziehung, Herr Kommissar. Jerassimos war nicht verliebt in diese junge Frau. Auch mich hat er nie geliebt. Nicht mal Kyriakos. Mein Mann war nur in eine einzige Person verliebt.«

»Und in wen?«, frage ich neugierig.

»Jerassimos war nur in sich selbst verliebt. Er war verliebt in sein Engagement gegen die Diktatur, in seinen geschäftlichen Erfolg, in die Macht, die ihm seine politischen Beziehungen verliehen haben. Das war die Liebe seines Lebens. Die junge Frau hat er mit derselben Leichtigkeit verlassen, mit der er zu mir zurückgekehrt ist.«

Hinter ihren Worten entdecke ich eine weitere Gemeinsamkeit der drei Opfer: ihren Narzissmus. Sowohl Demertsis als auch Theologis und Lepeniotis waren, was ihre politische Tätigkeit unter der Junta und ihre darauffolgende Erfolgsgeschichte betraf, vollkommen selbstbezogen. Auf Papadakis' Frage, was die Generation Polytechnikum war, hätte ich jetzt eine gute Antwort parat: eine Generation von Narzissten.

Die Demertsi lässt die Hände von ihrem Gesicht sinken und zupft die Bettdecke zurecht.

»Kyriakos hat ihn als Einziger durchschaut«, fährt sie fort. »Wissen Sie, was er zu mir gesagt hat, als ich mich auf Jerassimos' Rückkehr eingelassen habe? ›Du schaufelst dir dein eigenes Grab. Damit will ich nichts zu tun haben.‹ Das waren seine Worte. Am nächsten Tag hat er seine Sachen gepackt und ist ausgezogen.«

»Wissen Sie, dass er das Erbe ausgeschlagen hat?«

»Er hat es mir gestern gesagt. ›Ich will von diesem Mann gar nichts haben‹, hat er gemeint. Aber ich habe nicht vor, auf mein Erbteil zu verzichten, Herr Kommissar. Schon allein die Immobilien und die Spareinlagen sichern mir ein bequemes Auskommen. Letztendlich war er mir das schuldig«, fügt sie bitter hinzu.

»Was wissen Sie über die Firma Ihres Mannes?«, frage ich. »Und über Petrakos, den Finanzdirektor der Domotechniki?«

»Über Firmenangelegenheiten, also mit wem er zu tun hatte oder auf welchem Gebiet er tätig war, weiß ich nicht Bescheid. Darüber hat er nie mit mir gesprochen. Ich weiß nur, dass es jemanden gab, vor dem er Angst hatte. Vielleicht war das der einzige Mensch, der ihn je eingeschüchtert hat.«

»Und wer war das?«, will ich sofort von ihr wissen.

»Ein gewisser Jannis. Fragen Sie mich nicht nach seinem Nachnamen, den kenne ich nicht. Und zu Gesicht bekommen habe ich diesen Jannis auch nie. Ich weiß nur, dass er eines Tages bei uns zu Hause angerufen hat, und als das Gespräch beendet war, murmelte Jerassimos vor sich hin: ›Was führt er bloß im Schilde?‹ Danach hat er ihn mir gegenüber nie wieder erwähnt. Doch dieser Jannis hat sich immer wieder bei ihm gemeldet. Jedes Mal, wenn Jerassimos mit ihm sprach, war er ganz aufgewühlt und versuchte, ihn mit allen Mitteln zu besänftigen. Und wenn das Gespräch zu Ende war, folgten zehn weitere Telefonate.«

»Hat er Ihnen gesagt, wer dieser Jannis war?«

»Nein, er war auch nie bei uns zu Hause. Die Anrufe kamen immer abends, wenn Jerassimos von der Arbeit kam. An seiner Nervosität konnte ich ablesen, dass er Angst vor ihm hatte. Er muss in seinem Alter gewesen sein. Diesen Eindruck habe ich zumindest aus den Gesprächsfetzen gewonnen, die ich mitbekommen habe.«

Gut, nun sind wir einen Schritt weiter. Wir suchen also einen gewissen Jannis, weitere Identität unbekannt. Die Nadel im Heuhaufen wieder mal. Da fällt mir ein, was Nikopoulos zu mir gesagt hat. Nämlich, dass auch Lepeniotis' Begleiter im Alter der Generation Polytechnikum war. Könnte das Jannis gewesen sein? Vielleicht habe ich mich getäuscht, und Lepeniotis kannte seinen Mörder doch?

Ich werfe einen Blick auf meine Uhr. Es sind schon fünfundzwanzig Minuten um, und ich will die Demertsi nicht weiter ermüden.

»Kyriakos hat mir erzählt, dass Ihre Tochter ihn vertritt«, meint sie beim Abschied.

»Ja, sie schätzt ihn sehr. Sie haben einen bemerkenswerten Sohn, Frau Demertsi.«

Zum ersten Mal lächelt sie ganz befreit.

»Vielen Dank für Ihre Worte. Man findet immer irgendwo Trost. Ich zum Beispiel bei dem Menschen, der mir am nächsten steht.«

Ich verabschiede mich und schaue dann im Arztzimmer von Dr. Fokidou vorbei, um ihr zu sagen, dass ich mich, wie vereinbart, kurz gehalten habe.

»Sie sind sehr zuverlässig, das ist selten geworden in Griechenland«, meint sie.

Als ich das Yjia-Krankenhaus verlasse, muss ich daran denken, dass Katerina, im Gegensatz zu Kyriakos, immer eine gute Beziehung zu ihrem Vater gehabt hat, und darauf bin ich sehr stolz.

32

Von Athen aus kommt man schneller nach Chalkida als vom Omonia-Platz in den Stadtteil Menidi. Die Autobahn ist selten verstopft, und sobald man Malakassa hinter sich gelassen hat, kann man fast durchwegs hundert fahren. Mit dem Streifenwagen geht's noch rascher. Kurz vor Chalkida wird der Verkehr zwar dichter, aber von hier bis Nea Lampsakos ist es nicht mehr weit.

Offenbar sind wir im Eldorado der Ouzoschenken gelandet. Der Ort muss ausschließlich von seinen Tavernen leben. Gleich an der ersten halten wir an und fragen nach dem Weg zum Haus der Familie Dermiris. Der Wirt würdigt uns keiner Antwort und zuckt nur gleichgültig die Schultern. Bei der nächsten Ouzoschenke haben wir mehr Glück.

»Wollt ihr zu Lefteris?«, fragt uns ein Gast, der unser Gespräch mit dem Kellner mitgehört hat.

»Ja, und zu seiner Mutter, Anna Dermiri.«

»Dachte ich mir. Es hat sich im Ort herumgesprochen, dass sein Vater umgebracht wurde. Fahren Sie diese Straße bis zum Ende des Dorfes. Das Haus der Familie Dermiris finden Sie fünfhundert Meter weiter auf der linken Seite.«

Seine Wegbeschreibung führt uns tatsächlich zu einem jener Bauernhäuser, die von den Kleinasienflüchtlingen der ersten Stunde erbaut wurden, als sie sich in Nea Lampsakos niederließen. Vor dem Eingang steht ein Pick-up, und dahinter erstreckt sich ein dichtbepflanzter, weitläufiger Garten, in dem ein junger Mann mit der Hacke den Boden beackert.

»Wir möchten zu Anna Dermiri«, sage ich zu dem jungen Burschen.

»Ja, ich weiß. Sie sind von der Polizei. Mama erwartet Sie schon.«

Daraus schließe ich, dass der junge Mann Lefteris sein muss. Demertsis' Sohn sitzt im Gefängnis, Theologis' Tochter gibt an einem Nachhilfeinstitut gratis Unterricht, und Lepeniotis' Sohn ist Landwirt geworden. Alle drei Kinder haben sich nach Kräften vom Lebensstil ihrer Väter entfernt.

»Mama, die Polizei ist da«, ruft er.

Eine Mittfünfzigerin kommt in einem einfachen Schürzenkleid auf uns zu. Ihr Haar ist ergraut und ihr Gesicht vollkommen ungeschminkt. Anna Dermiri ist, zusammen mit ihrem Sohn, zur Scholle ihrer Vorfahren zurückgekehrt.

»Zurück zur Natur«, flüstert mir Dermitsakis zu, der offenbar denselben Gedanken hatte.

»Was darf ich Ihnen anbieten?«, fragt mich die Dermiri, wie um ihre bäuerliche Herkunft noch einmal zu unterstreichen.

Da meine Mutter stets beleidigt war, wenn jemand die von ihr angebotene Gastfreundschaft zurückwies, nehme ich einen mittelsüßen Mokka, während sich Dermitsakis mit einem Glas Wasser begnügt.

Während sie den Mokka zubereitet, blicke ich mich ein

wenig um. Die Wohnküche besteht aus Herd, Kühlschrank und einem Wandregal mit akkurat gestapeltem Essgeschirr. Neben dem Regal steht – wie in jedem griechischen Bauernhaus – der klassische Vitrinenschrank mit bestickten Scheibengardinen. Eine weitere, geschlossene Tür führt wohl zu weiteren Räumen des Hauses.

»Hier haben meine Großeltern gewohnt«, erklärt uns Lefteris ganz unnötigerweise.

Die Dermiri serviert uns den Mokka und das Glas Wasser zusammen mit in Sirup eingelegten Früchten und nimmt dann auf dem frei gebliebenen Stuhl Platz. Ich mustere sie und wundere mich, dass diese Bäuerin einst eine Athener Rechtsanwältin gewesen sein soll.

»Die Entscheidung, auf dem Land zu leben, war ein Befreiungsschlag, Herr Kommissar«, sagt sie, als würde sie meine Gedanken erraten. »Für Lefteris und für mich.«

»Wie lange ist das her?«

Das hat zwar keine Bedeutung für unsere Ermittlungen, doch ich stelle die Frage, um ein gewisses Vertrauen zwischen uns herzustellen.

»Drei Jahre«, erwidert sie. »Lefteris war damals neunzehn. Ursprünglich wollte er Publizistik studieren, hat das Studium dann aber an den Nagel gehängt.« Sie hält inne und wirft ihrem Sohn einen Blick zu. »Mein Sohn versteht viel mehr von Landwirtschaft als ich. Nachdem er das Handwerkszeug von seinem Großvater gelernt hatte, wollte er nichts anderes mehr machen. Mein Vater ist vor einem Jahr gestorben. Wir bauen Bioprodukte an, die wir zu einem guten Preis verkaufen. Noch hat uns die Krise verschont«, fügt sie hinzu.

Ich folge ihren Augen. Lefteris ist in der Tat ein Bauernbursche mit kräftigen Armen und durchtrainiertem Körper. Als er meinen Blick bemerkt, lächelt er mir leichthin zu.

»Hatten Sie nach der Trennung gar keinen Kontakt mehr zu Ihrem Exmann?«, frage ich sie.

»Als er irgendwann auf einer längeren Parteitagung war, habe ich zwei Koffer mit dem Allernötigsten gepackt und bin mit Lefteris ausgezogen. Danach habe ich jeden Kontakt vermieden. Aber Dimos wusste, dass ich in meinem Elternhaus Zuflucht gefunden hatte, und kam her, um mich zur Rückkehr zu überreden. Schon allein meine Bauernkleidung hat ihm klargemacht, dass jede Diskussion zwecklos und alles zu Ende war.«

»Und wie hat er darauf reagiert?«

»Er ist zum Angriff übergegangen. Er sagte, ich könne ja machen, was ich wollte, aber ich hätte kein Recht, Lefteris' Leben zu ruinieren. Er schlug mir vor, ihn zu sich zu nehmen, was ich ablehnte. Dann drohte er mir, er würde vor Gericht ziehen. Aber da Lefteris volljährig war, war das nicht mehr möglich. So lange hatte ich nämlich abgewartet, sonst wäre ich schon viel früher gegangen. «

Sie pausiert kurz, um zu entscheiden, was sie mir noch alles erzählen will.

»Zwei Dinge konnte Dimos wirklich gut: attackieren und drohen. Er attackierte Partei- und Gewerkschaftsgremien, er trat bei Protestmärschen und Versammlungen vor die Kamera und stieß Drohungen aus. Um ihn zu besänftigen oder sein Wohlwollen zu erkaufen, schenkte man ihm alles Mögliche: Einmal waren es Auslandsreisen, ein andermal wurden EU-Fördergelder an ihn umgeleitet, dann wieder sprangen diverse Posten für seine Günstlinge heraus. Auf diese Art und Weise machte er Karriere.«

»Als er bei meiner Mutter nicht zum Ziel kam, hat er es bei mir versucht«, ergreift Lefteris das Wort. »Er meinte, es wäre schade, wenn ich mein Studium sausenlassen und in einem Kuhdorf versauern würde.« Er nickt und grinst, als wäre ihm etwas Witziges eingefallen. ›Warum sollte ich Journalist werden?‹, habe ich ihn gefragt. ›Damit du noch öfter im Fernsehen, im Radio und in den Zeitungen zu Wort kommst?‹ Nach Abschluss des Publizistikstudiums an der Panteion-Universität, so sagte er, hätte ich eine Stelle im Pressebüro eines Ministers oder in einer öffentlichen Behörde in der Tasche. Das ganze Gespräch fand hier draußen im Garten statt. Ich bin einfach ins Haus gegangen und hab ihm die Tür vor der Nase zugeschlagen. Seit damals haben wir kein Wort mehr miteinander gewechselt.«

»Werden Sie zum Begräbnis Ihres Vaters gehen?«, lautet Dermitsakis' spontane Zwischenfrage.

Auch Anna blickt ihren Sohn fragend an.

»Nein«, antwortet er wie aus der Pistole geschossen. »Das Leben meines Vaters hat sich im Kreise seiner Parteifreunde und Gewerkschaftsgenossen abgespielt. Also sollen sie ihm auch das letzte Geleit geben.«

Die Frage ist allerdings weniger, wer ihm das letzte Geleit gibt, als, wer ihn umgebracht hat. Bei allen drei Opfern ist nach ihrem Tod Schmutzwäsche aufgetaucht. Nur, dass die halbe Welt schon jahrelang von dieser Schmutzwäsche wusste und ich nicht beurteilen kann, wessen Nase es war, die den Gestank nicht mehr ertragen hat.

In Ermangelung einer Antwort nehme ich bei einer stereotypen Frage Zuflucht:

»Wissen Sie, ob Ihr Exmann Feinde hatte?«

Die Dermiri lacht auf.

»Da könnte ich Ihnen sofort drei ganz unterschiedliche Gruppen nennen. Die erste umfasst etwa hundert Personen, das sind seine Gegenspieler auf Partei- und Gewerkschaftsebene. Die zweite muss noch größer sein und besteht aus allen, die keine Stelle im öffentlichen Dienst bekommen haben, weil Dimos' Schützlinge vorrangig behandelt wurden. Sie waren wie die Heuschrecken, von Tag zu Tag wurden es mehr. Und die dritte Gruppe war die Generation, die nach dem Regierungswechsel ans Ruder kam.«

»Wie meinen Sie das?«, wundert sich Dermitsakis und kommt mir mit der Frage zuvor.

»Dazu muss ich etwas ausholen. Die Generation Polytechnikum hatte ein Jahrzehnt lang das Spiel in der Hand. Sie war es, die nach dem Ende der Junta in allen Bereichen die Macht übernahm, von der Politik bis zu den Gewerkschaften und von den Bauernverbänden bis zum Bildungssystem. Niemand durfte ihre Vorherrschaft in Zweifel ziehen. In den achtziger Jahren betrat dann eine neue Generation die politische Bühne, die der aufständischen Studentenjugend nacheiferte. Sie war ganz ihr Ebenbild. Sukzessive begann auch diese Gruppe, dieselben Privilegien einzufordern. Und das führte zu Konflikten und Hass. Wenn Sie unter all diesen Leuten die Feinde ausmachen möchten, die Dimos Böses gewollt haben könnten, brauchen Sie einen langen Atem, Herr Kommissar.«

Hier habe ich es mit einer intellektuellen Bäuerin zu tun,

sage ich mir. Sie mag ein schlichtes Schürzenkleid tragen, aber sie kann eindeutig noch anderes, als die Ernte planen und Bäume beschneiden. Es waren die bitteren Erfahrungen eines schwierigen Lebens, die sie gezwungen haben, zu ihren Wurzeln zurückzukehren.

»Wenn Sie mich nicht mehr brauchen, gehe ich wieder an die Arbeit«, meint Lefteris zu mir.

»Nur zu, das war's schon.«

»Sagt Ihnen der Name Jannis etwas?«, frage ich die Dermiri, als ihr Sohn gegangen ist.

Sie blickt mich überrascht an.

»Meinen Sie Jannis Chalatsis?«, fragt sie.

»Kennen Sie ihn?«

»Nur dem Namen nach. Sein Anruf kam, wie Dimos sich ausdrückte, wie ein Blitz aus heiterem Himmel und machte meinen Mann furchtbar nervös. Danach hängte sich Dimos gleich ans Telefon, um sich mit seinen Leuten zu beratschlagen.«

»War er mit Ihrem geschiedenen Mann befreundet?«

»Er muss ein alter Bekannter gewesen sein, den Dimos aus den Augen verloren hatte. Er forschte bei alten Freunden und Bekannten nach, um ihm auf die Spur zu kommen. Als ich meinen Mann fragte, warum ihn der Mann so aufgeschreckt hatte, erklärte er mir, es handele sich um einen Versager, der alle aus seiner Generation hasse, die es zu etwas gebracht hatten. ›Ein missgünstiger Versager ist immer gefährlich. Man weiß nie, wozu er fähig ist‹, sagte er zu mir. Dann bin ich mit Lefteris ausgezogen und weiß daher nicht, wie es weiterging. Es hatte auch keine Bedeutung mehr für mich.«

Die gute Nachricht ist: Jannis hat einen Nachnamen bekommen. Allerdings ist es manchmal trotzdem nicht leicht, die betreffende Person zu finden. Dennoch sind wir einen großen Schritt weiter.

»Vielen Dank, Frau Dermiri. Das wär's meinerseits.«

»Hoffentlich haben Sie den Mörder bald, Herr Kommissar. Nun ja, zum Glück spielt das keine Rolle mehr für mein Leben und das von meinem Lefteris.«

Die Wendung »mein Lefteris« bringt die Bäuerin wieder zum Vorschein.

Als wir das Haus der Dermiri verlassen, habe ich eine Eingebung, und mit einem Schlag ist mir klar, wer mir mehr über Jannis Chalatsis verraten kann.

33

Diesmal melde ich meinen Besuch nicht bei Herrn Safiris an, sondern gehe direkt in die Ankunftshalle, wo ich Kasantsis an seinem Stammplatz gegenüber von dem aufgepeppten Tante-Emma-Laden vorfinde. Er blättert gerade in einer alten Zeitschrift, die auf seinen Knien liegt. Als er mich erkennt, nickt er mir zur Begrüßung zu, und ich winke ihn zu mir heran.

»Herr Kasantsis, ich hätte da noch eine Frage. Sagt Ihnen der Name Jannis Chalatsis etwas?«

»Jannis? Selbstverständlich, den habe ich allerdings schon eine Weile nicht mehr gesehen. Seit ich obdachlos bin, habe ich kaum noch Kontakt zu meinen früheren Kreisen, sondern lauter neue Bekannte«, fügt er mit einem bitteren Lächeln hinzu.

»Wissen Sie, wo er wohnt?«

»In einem alten Einfamilienhaus in der Plapouta-Straße in Petroupoli, die Hausnummer weiß ich nicht.«

»Herr Kasantsis, ich muss Sie dringend ausführlicher befragen, aber das geht hier nicht. Ich möchte Sie bitten, in mein Büro aufs Präsidium mitzukommen. Keine Angst, das ist keine Festnahme. Ich möchte mich nur in aller Ruhe mit Ihnen unterhalten, und mein Büro ist am besten dafür geeignet.«

Noch zögert er, doch andererseits fürchtet er, dass ich

ihn sonst abführen lasse. Er möchte am Flughafen keinesfalls Aufsehen erregen.

»Ich gebe nur schnell Safiris Bescheid«, meint er dann.

Wir nehmen die Rolltreppe in die Abflughalle. Safiris steht auf und begrüßt mich per Handschlag. Kasantsis flüstert ihm etwas ins Ohr, worauf Safiris' Blick zu flackern beginnt, doch der andere beruhigt ihn mit den Worten:

»Es ist nichts Schlimmes. Reine Formsache.«

Im Streifenwagen sitzt Dermitsakis am Steuer, während ich mit Kasantsis im Fond Platz genommen habe.

»Ist etwas mit Jannis?«, fragt er während der Fahrt besorgt.

»Vorläufig liegt nichts gegen ihn vor. Es hat sich im Zuge der Ermittlungen nur herausgestellt, dass er zwei der drei Opfer kannte. Deshalb wollen wir ihn sprechen.«

»Das ist doch nichts Besonderes, mich kennt er ja auch. Wir waren alle im gleichen Alter und verkehrten, zumindest in der Juntazeit, in denselben Lokalen.«

Ich gehe auf seinen Einwand nicht ein, da ich die Befragung lieber anders aufziehe. Ich möchte erst mal ein Charakterbild von Chalatsis gewinnen, bevor ich ihm gegenübertrete.

Im Präsidium führen wir ihn direkt in mein Büro, wo wir ihm einen Kaffee spendieren. Als er ein paar Schlucke genommen hat, fange ich an.

»Herr Kasantsis, ich möchte, dass Sie mir alles sagen, was Sie über Jannis Chalatsis wissen. Dabei erwarte ich nicht, dass Sie ihn in irgendeiner Weise belasten, sondern ich will mir von Ihrem Freund nur ein umfassendes Bild machen.«

»Wie soll ich es am besten beschreiben, Herr Kommissar? Jannis ist ein Pechvogel, wie er im Buche steht – teils aus eigenem Verschulden, teils aufgrund der Umstände. Am Polytechnikum zählte er zu den Anführern des Widerstands. Er hatte ein seltenes Organisationstalent. Alle Fäden liefen bei ihm zusammen. Es gelang ihm zwar die Flucht, aber eine Weile später hat man ihn im Haus eines Freundes in Thiva gefasst. Offenbar hatte ihn jemand verpfiffen, aber wir haben nie erfahren, wer es war. Und er selbst hat nie darüber geredet. Bei der Militärpolizei wurde er brutal gefoltert. Nach dem Regierungswechsel hat er sich nicht nur völlig von der Generation Polytechnikum distanziert, wie ich es tat, sondern er ist noch einen Schritt weitergegangen. Ständig agitierte er gegen seine alten Kommilitonen, er warf ihnen vor, sie hätten die Stufen der Macht erklommen und äßen mit goldenen Löffeln – mit dem Ergebnis, dass er sich überall Feinde machte und nirgendwo Fuß fassen konnte. Obwohl er Diplomingenieur war, hat man ihn überall wieder entlassen. Er sollte zum Schweigen gebracht werden. Mit Müh und Not fand er eine Stelle in einer Firma, die in Libyen tätig war. Als er auf Montage war, ließ sich seine Frau mit einem seiner früheren Kommilitonen ein, der inzwischen ein großer Zampano war, und zog schon bald mit dem Sohn zu ihm. Um seine Frau umzustimmen, ließ der betrogene Ehemann in Libyen alles stehen und liegen, doch ohne Erfolg. Für sie war Jannis ein Schlappschwanz. Sie meinte, alle seine Freunde hätten es zu etwas gebracht. Auch er hätte seiner Familie mit all den Beziehungen, die er damals geknüpft hatte, ein bequemes Leben ermöglichen können. Aber aufgrund seiner Unfähigkeit und Sturheit könne er nirgends Fuß fassen. Sie jedenfalls habe nicht vor, ihr Leben und das ihres Sohnes seinetwegen kaputtzumachen. Die Scheidung war dann der Todesstoß. Danach ging es bergab mit ihm. Tja, das ist seine Geschichte.«

Das klingt wie das Paradebeispiel eines Mannes, der aus Verzweiflung seine Grenzen überschreitet und zum Mörder wird.

»Wissen Sie vielleicht, was aus seiner Frau geworden ist?«

Er lacht auf. »Sie wurde dafür, dass sie ihn verlassen hatte, reich belohnt. Man wollte ihm vor Augen führen, dass ihm alle Möglichkeiten offengestanden hätten, wenn er sich mit seinen früheren Weggenossen arrangiert hätte. Deshalb öffneten sich seiner Frau alle Türen. Zurzeit leitet sie eine Behörde oder etwas Ähnliches und hat überall ihre Finger im Spiel.«

Kasantsis scheint Chalatsis' Leben in all seinen Phasen verfolgt zu haben. Es steht zu befürchten, dass er ihn warnt, sobald er mein Büro verlässt, und Chalatsis untertaucht.

»Herr Kasantsis, ich möchte Sie bitten, noch ein paar Stunden bei uns zu bleiben«, sage ich zu ihm. »Das ist keine Festnahme, Sie sind unser Gast.«

»Was soll das heißen?«

»Ich will offen mit Ihnen reden. Jannis Chalatsis ist Ihr Freund. Sie kennen seine ganze Leidensgeschichte. Möglicherweise können Sie der Versuchung nicht widerstehen und sagen ihm, dass wir nach ihm suchen. Sie werden verstehen, dass wir so etwas verhindern wollen. Daher bleiben Sie besser bei uns, bis wir Chalatsis gefunden haben.«

»Also ist er tatverdächtig«, schlussfolgert er.

»Sagen wir es so: Von ihm erhoffen wir uns konkrete Beweismittel. Daher wollen wir verhindern, dass er sie verschwinden lässt. Darüber hinaus möchte ich Sie bitten, mir Ihr Handy zu geben. Wenn Sie gehen, bekommen Sie es wieder.«

»Was für ein Handy, Herr Kommissar? Sehe ich so aus, als hätte ich eins? Ich hab nur eine Telefonkarte für die Apparate am Flughafen. Sie können mich gern durchsuchen, wenn Sie wollen.«

»Nicht nötig, ich glaube Ihnen.«

Dermitsakis macht sich mit Kasantsis auf den Weg ins Assistentenbüro. »Bestellen Sie Herrn Kasantsis etwas zu essen«, sage ich. »Wenn wir ihn schon festhalten, ist eine warme Mahlzeit das mindeste, was wir ihm anbieten können.«

Diese Geste beruhigt ihn doppelt. Erstens, weil dadurch bekräftigt wird, dass er nicht als Häftling hier ist, und zweitens, weil er, vielleicht zum ersten Mal nach langer Zeit, ein anständiges Essen bekommt.

Sobald sie aus der Tür sind, rufe ich Stella an.

»Sagen Sie dem Herrn Kriminaldirektor, dass ich ihn sofort sprechen muss. Es ist sehr dringend.«

Dann informiere ich Gonatas.

»Kommen Sie sofort in Gikas' Büro. Es gibt Neuigkeiten.«

»Haben wir ihn?«, fragt er mich.

»Gut möglich, aber das wird sich zeigen.«

Als ich eintreffe, stehen Gikas und Gonatas vor Stellas Schreibtisch.

»Wenn Sie mir noch mal eine Hiobsbotschaft überbringen wollen, dann kehren Sie am besten gleich wieder in Ihre Büros zurück«, sagt Gikas zu uns beiden. Dabei macht er einen ziemlich überforderten Eindruck.

»Diesmal ist es etwas Erfreuliches«, beruhige ich ihn.

»Ja, dann dürfen Sie reinkommen.«

Ausführlich erläutere ich den beiden, wie wir auf Jannis Chalatsis gestoßen sind.

»Es war wie so oft. Ein Name ist gefallen, und plötzlich begannen die Fäden, sich zu entwirren.«

»Wie hoch ist Ihrer Meinung nach die Wahrscheinlichkeit, dass er der Täter ist?«, fragt mich Gikas.

»Sehr hoch. Alles deutet darauf hin, dass es Chalatsis sein muss.« Ich ergänze den Bericht mit den von Kasantsis beigesteuerten Details. »Ich brauche einen Durchsuchungsbeschluss mit sofortiger Wirkung. Inzwischen halte ich Kasantsis fest, damit er Chalatsis nicht warnen kann, aber ich kann ihn nicht tagelang hierbehalten. Sonst müsste ich ihn festnehmen, und das möchte ich vermeiden.«

Ich gebe Gikas Chalatsis' Personaldaten und Adresse. Der stürzt damit zum Telefon und lässt sich mit dem diensthabenden Staatsanwalt verbinden.

»Also waren es doch nicht die Rechtsextremen«, meint Gonatas zu mir.

»Nein.«

Mania hat auch diesmal ins Schwarze getroffen.

Gikas kommt mit einem Zahnpastalächeln auf uns zu.

»Ich habe die mündliche Zusage. Der Staatsanwalt hat mir versprochen, den Durchsuchungsbeschluss innerhalb der kommenden Stunde auszustellen. Viel Erfolg!«, ruft er hinter mir her, als ich sein Büro verlasse.

Diesen frommen Wunsch höre ich von ihm nur alle Schaltjahre. In seiner jetzigen Verzweiflung würde er sogar der Muttergottes eine Kerze stiften.

Ich bitte Papadakis, zwei Streifenwagen zu bestellen, den einen für uns und den zweiten mit kompletter Besatzung. Dermitsakis übernimmt die Benachrichtigung der Spurensicherung, und auch der Durchsuchungsbeschluss trifft nach einer knappen halben Stunde ein.

Selbst mit heulender Sirene ist die Fahrt nach Petroupoli alles andere als einfach zu bewältigen. Als wir endlich in der Gegend sind, fragen wir an einem Kiosk nach Chalatsis' Haus, worauf uns der Kioskbesitzer ein einstöckiges Gebäude gleich neben einer Schule zeigt. Die Außenwände sind schmutzig, der Putz bröckelt, und die Hälfte der Fensterläden ist kaputt.

Der Mann, der uns die Tür öffnet, muss im selben Alter wie die Opfer sein, doch er wirkt mindestens zehn Jahre älter. Er trägt einen fleckigen Pullover und eine fadenscheinige Hose. Sein schütteres Haar ist schneeweiß.

»Sind Sie Jannis Chalatsis?«, frage ich ihn.

»Ja, was wollen Sie von mir?«

»Herr Chalatsis, wir nehmen Sie zur Vernehmung mit aufs Präsidium. Doch davor müssen wir Ihr Haus durchsuchen. Dafür haben wir einen richterlichen Beschluss.«

Ich strecke ihm das Papier entgegen, dem er keinerlei Beachtung schenkt.

»Wenn Sie meinen Kram durchwühlen wollen, viel Vergnügen«, sagt er gelassen.

Der Raum, den wir alle zusammen betreten, ähnelt eher einer Abstellkammer als einer Wohnung. Überall stapeln sich Kartons und Bücher. Unter Mithilfe von Papadakis und Dermitsakis beginnen die Kriminaltechniker ihre Arbeit. In den Kartons befinden sich handschriftliche und maschinengeschriebene Aufzeichnungen sowie Computerausdrucke.

Chalatsis bleibt ruhig. Er hat im einzig vorhandenen und völlig durchgesessenen Fauteuil Platz genommen und scheint sogar Spaß an der Sache zu finden.

»Das ist ja eine richtige Razzia! Ihr seid ja Bullen wie im Bilderbuch!«, ruft er und bricht in Gelächter aus.

Ich übernehme die Durchsuchung seines Schreibtisches. Erstaunlicherweise sind die Schubladen alle leer. Offenbar war es bequemer für ihn, alles auf den Boden oder auf die Arbeitsplatte zu legen, die mit Papieren übersät ist. Ich schiebe alles am einen Ende zusammen, um es mit den übrigen Kartons ins Labor zu schicken. Übrig bleibt nur noch ein geschnitztes Kästchen, das vor Notizzetteln, Radiergummis und Heftklammern überquillt. Auf seinem Boden liegt ein Schlüsselbund.

»Was sind das für Schlüssel?«, frage ich Chalatsis.

Er zuckt mit den Schultern. »Keine Ahnung. Die liegen seit ewigen Zeiten dort. Kann sein, dass sie meinen Eltern gehört haben«, antwortet er. »Ich weiß nicht, in welches Türschloss sie passen. Meine habe ich in der Hosentasche.«

Er zieht einen weiteren Schüsselbund heraus, überreicht ihn mir, und ich stecke alles zusammen ein. Die restliche Durchsuchung, die eine knappe Stunde dauert, bleibt ergebnislos. Die 9-mm-Pistole, mit der die Morde begangen wurden, ist immer noch nicht aufgetaucht.

»Herr Chalatsis, wir fahren jetzt ins Präsidium zur Befragung«, wiederhole ich, da mir seine Miene sagt, dass er alles nur als Spiel betrachtet.

»Ich habe nicht mal vor der Militärpolizei gezittert. Und da soll ich mich vor euch Waschlappen fürchten? Auf geht's!«, sagt er und erhebt sich bereitwillig.

Wir besteigen zusammen den Streifenwagen und fahren los. Chalatsis sitzt neben mir auf dem Rücksitz. Ich rufe Koula an und gebe ihr durch, dass Kasantsis auf freien Fuß gesetzt werden kann. Das tue ich mit voller Absicht in Chalatsis' Gegenwart, um zu sehen, wie er auf die Erwähnung des Namens reagiert. Aber meine Worte zeigen keinerlei Wirkung. Er blickt weiter starr durch die Windschutzscheibe auf die Straße.

34

Ich halte es für ratsam, Chalatsis streng nach Vorschrift zu behandeln. Daher lasse ich ihn nicht in mein Büro, sondern in den Verhörraum bringen. Ich hoffe, dass ihn dieses offizielle Vorgehen verunsichert und er sich in Widersprüche verwickelt. Auch Koula folgt uns samt Laptop, um seine Aussage zu protokollieren.

Chalatsis beobachtet das alles interessiert und offenbar belustigt.

»Sind wir zwischendurch mal wieder in einer Demokratie?«, fragt er mich, während Koula ihren Computer anschließt.

»Das fällt Ihnen erst jetzt auf?«, lautet meine überraschte Gegenfrage.

»Das ganze Brimborium lässt darauf schließen«, fährt er fort. »Als man mich bei der Militärpolizei verhört hat, gab's weder Computer noch amtliche Protokolle. Da gab's nur Prügel und Folter, bis man alles ausgespuckt hat. Sobald man plauderte, hat sich niemand mehr um den korrekten Ablauf der Vernehmung geschert.«

»Sie waren also bei der Militärpolizei inhaftiert?«, frage ich einleitend.

»Ja«, erwidert er kurz angebunden. »Drei Monate war ich dort zu Gast.«

»Wie Demertsis«, bemerke ich beiläufig.

»Und viele andere auch«, ergänzt er ungerührt. »Nur, dass nicht alle gleich behandelt wurden.«

Mein Gefühl sagt mir, dass ich hier mit der zentralen Frage einsetzen muss.

»Warum haben Sie sie erpresst, Herr Chalatsis?«, frage ich ihn.

»Wen?«

»Demertsis und Lepeniotis, möglicherweise auch den Juraprofessor Theologis.«

»Haben die Ihnen das so gesagt? Dass ich sie erpresst habe?«

»Sie selbst haben mir gar nichts gesagt. Ich habe sie ja zum ersten Mal gesehen, als sie schon tot waren. Aber laut Demertsis' Witwe war ihr Mann nach jedem Ihrer Anrufe ganz verstört. Und Lepeniotis' Witwe hat mir das Gleiche erzählt.«

Das gefällt ihm, und er lacht zufrieden auf.

»Ganz verstört, ja? Ich konnte den Gesichtsausdruck zwar nicht sehen, mir die Reaktion aber ganz gut vorstellen.«

»Wie haben Sie sie erpresst?«

Schlagartig wird er aggressiv.

»Wieso sollte ich dir das sagen, Bulle? Egal, wie viel Scheiße meine Generation auch gebaut hat, Bullen waren wenigstens keine dabei.«

Chalatsis macht einen psychisch labilen Eindruck mit seinem argumentativen Zickzackkurs und den Stimmungsschwankungen.

»Vielleicht haben Sie recht, aber es gibt da einen Unterschied«, antworte ich freundlich.

»Unterschied? Da bin ich aber gespannt.«

»Wir, die Bullen, wie Sie uns nennen, sind berechenbar. Wir entsprechen genau dem Bild, das Sie von uns haben. Ihr hingegen seid mit großen Parolen dahergekommen und habt schließlich doch nur Scheiße gebaut.«

»Wie wahr!«, ruft er aus und wiederholt: »Wie wahr! So ist es und nicht anders, Bulle.«

»Was haben Ihnen die Mordopfer getan, dass Sie auf sie Jagd machten?«, frage ich. »Da muss doch etwas vorgefallen sein.«

»Die waren schuld daran, dass ich nie Fuß fassen konnte. Nirgendwo konnte ich eine feste Arbeit finden. Jeden neuen Arbeitgeber haben sie angerufen und ihm gedroht, dass er auf die schwarze Liste kommt, wenn sie mich nicht entlassen, was sie dann auch eingeschüchtert getan haben.«

»Warum hatte man Sie auf dem Kieker, Herr Chalatsis? Haben Sie den Mordopfern irgendetwas getan?«

»Ich habe ihnen die Wahrheit ins Gesicht gesagt, ohne Rücksicht auf Verluste.« Der Ausdruck gefällt ihm, und er wiederholt: »Ohne Rücksicht auf Verluste, Bulle. ›Ihr wolltet Kalif anstelle des Kalifen werden‹, habe ich gesagt, ›Ihr habt die Juntaanhänger und die Rechten fortgejagt und euch dann auf ihren Posten breitgemacht. Kalif anstelle des Kalifen!‹«

»Deshalb hat man Sie verfolgt?«

»Ja, das war der Grund. Dazu kam, dass ich meinen Mund nicht gehalten habe. Ich habe sie ununterbrochen bloßgestellt. Als meine Frau und mein Sohn weg waren und ich plötzlich ganz allein dastand, habe ich begriffen, dass es nichts bringt, bei jeder Gelegenheit bloß Vorwürfe zu äußern. Man muss Beweise liefern. Nach meinem Posten in Libyen war ich mir sicher, dass ich keine Stelle als Diplomingenieur mehr finden würde, und hab den Beruf gewechselt.«

»Was für eine Arbeit haben Sie dann gemacht?«, frage ich.

»Ich habe mich auf das Recherchieren von Fakten und Hintergründen spezialisiert.« Sein Gesichtsausdruck sagt aus, dass er sehr stolz auf sein Lebenswerk ist. »Ich habe mich mit Gelegenheitsjobs über Wasser gehalten und mich in der verbleibenden Zeit ganz auf die Nachforschungen konzentriert. Zwei der drei Kartons, die ihr aus meinem Haus mitgenommen habt, sind randvoll mit meinen Ergebnissen. Wenn Sie das alles durchforsten wollen, brauchen Sie Jahre«, meint er zu mir.

Noch einmal bricht sein seltsames Lachen aus ihm heraus. Es ist das zufriedene Glucksen eines Menschen, der sich für unantastbar hält und glaubt, das Schicksal der anderen in der Hand zu haben.

»Ich meldete mich immer dann telefonisch, wenn ich ihnen wieder etwas anhängen konnte. Eine Weile ließ ich nichts von mir hören, so dass sie schon glaubten, sie wären mich los. Doch als ich dann mit den Beweisen kam, kriegten sie Panik.«

»Was für Beweise hatten Sie gegen Demertsis?«, frage ich.

»Demertsis hat mich bei der Militärpolizei verpfiffen. Wir waren beide an derselben Fakultät, dann zusammen im Widerstand und bei der Besetzung des Polytechnikums. Er wusste alles über mich. Er hat mich verraten und verkauft. Kennen Sie Petrakos?«

»Ja, er ist der Finanzdirektor in Demertsis' Firma. Ich habe ihn zweimal getroffen.«

Chalatsis klopft sich begeistert auf die Schenkel.

»Petrakos als Finanzdirektor!«, ruft er aus. »Wo hat Petrakos denn Wirtschaft studiert? An der London School of Economics?« Genauso schlagartig wird seine Miene wieder ernst. »Vergiss es, Bulle. Er war Folterknecht. Bei ihm hat Demertsis meinen Namen und den vieler anderer ausgespuckt. Als die Junta fiel, hatte der eine den anderen in der Hand. Demertsis wusste, dass Petrakos Folterknecht war, und Petrakos wusste, dass Demertsis seine eigenen Leute angeschwärzt hatte. Das hat sie zusammengeschweißt. Petrakos hat Demertsis zum Widerstandskämpfer hochgejubelt, und Demertsis hat Petrakos den Rücken freigehalten. Und was Lepeniotis, den ach so großen Arbeiterführer betrifft, finden Sie in den Kartons all die Scheinfirmen, die er mit seinen Schützlingen gegründet hat, um Gelder aus den integrierten Mittelmeerprogrammen und dem gemeinschaftlichen Förderkonzept abzuzweigen. Lepeniotis war immer als Erster da. Alle anderen mussten, so wie heute die Obdachlosen, in den Müllcontainern nach den Resten wühlen.«

»Aber, Herr Chalatsis, warum haben Sie all diese Beweise nicht der Öffentlichkeit übergeben? Die Journalisten hätten Ihnen den roten Teppich ausgerollt.«

Empört schnellt er aus seinem Stuhl hoch.

»Was redest du da, Bulle?«, schreit er. »Ich ein Denunziant? Ich habe nie irgendjemanden angeschwärzt. Nicht einmal, als man mich drei Monate lang bei der Militärpolizei gefoltert hat. Und da soll ich es jetzt tun?«

Koula hat mit dem Protokoll innegehalten und blickt zwischen mir und Chalatsis perplex hin und her. Schließlich konzentriert sie ihre Aufmerksamkeit auf Chalatsis. Er scheint völlig in sich gefangen und neben der Spur.

»Ach, man kann mit Bullen einfach nicht reden. Hier verliere ich nur meine Zeit.«

Er steht auf, geht zur Tür und will den Raum verlassen.

»Leider können Sie nicht einfach gehen, Herr Chalatsis«, sage ich freundlich. »Im Zuge der Vernehmung halten wir Sie vorläufig fest, und ich entscheide, wann Sie gehen dürfen.«

Es dauert ein paar Sekunden, bis er wieder auf dem Boden der Tatsachen angekommen ist. Er dreht sich um und nimmt erneut Platz. Ich gebe ihm noch ein bisschen Zeit, damit er sich wieder fängt.

»Es wäre für alle Beteiligten besser gewesen, wenn Sie damit an die Öffentlichkeit gegangen wären«, sage ich zu ihm. »Aber Sie wollten kein Denunziant sein und haben sie deshalb umgebracht.«

»Ich sie umgebracht? Sind Sie noch bei Trost? Willst du mir drei Morde aufhalsen, Bulle?«

»Ich will Ihnen gar nichts aufhalsen. Sie haben, um bloß kein Denunziant zu sein, sich an ihnen gerächt und sie getötet.«

»Und wie, bitte schön, soll ich das getan haben? Sie haben mein Haus auf den Kopf gestellt. Haben Sie irgendwo die Tatwaffe gefunden?«

Das ist sein stärkstes Argument, denn in der Tat haben wir alles durchwühlt und nicht mal ein Taschenmesser gefunden.

Ich komme nicht dazu, ihm zu antworten, denn Papadakis taucht in der Tür auf.

»Kann ich Sie kurz sprechen, Herr Kommissar?«

»Was gibt's?«, lautet meine besorgte Frage, während ich die Tür schließe.

»In unserem Büro steht eine Dame, die sich als Chalatsis' Ehefrau ausgibt und ein Riesentheater macht.«

»Bleiben Sie bei Chalatsis. Ich frage mal nach, was sie will.«

Ich sehe mich einer großgewachsenen Frau um die fünfzig gegenüber, die Stiefel, Hosen, einen schicken Mantel und einen Kopfhörer im linken Ohr trägt. In der Rechten hat sie ihr Smartphone, während die Linke das Mikrophon zum Mund hinhält. Als sie mich sieht, meint sie: »Ich melde mich gleich wieder«, und legt auf.

»Sind Sie Kommissar Charitos?«, fragt sie mich.

»Ja.«

»Ich bin Lilian Rouvi, Jannis Chalatsis' Ehefrau.«

»Laut Aktenlage sind Sie von Herrn Chalatsis seit ewigen Zeiten geschieden«, entgegne ich ruhig.

»Das hat nichts zu sagen. Es liegt mir nach wie vor etwas an ihm, und ich werde nicht zulassen, dass man einem Unschuldigen, der in seinem Leben unendlich viel mitgemacht hat, gleich drei Morde anhängt, nur weil die Polizei unfähig ist und er schutzlos. Sie können sicher sein, dass ich meinen ganzen Einfluss geltend machen werde, um das zu verhindern.«

Dermitsakis starrt sie mit offenem Mund an. Die Rouvi wählt eine Nummer und beginnt, das Mikro wieder nah an den Lippen, ein neues Telefonat.

»Ich bin's noch mal. Ruf bitte den Generalsekretär an, und sag ihm, er soll mit Charitos' Vorgesetztem sprechen, wer auch immer das ist. Der soll ihn anweisen, Jannis sofort freizulassen.« Sie lauscht kurz, hat jedoch so ihre Einwände. »Nein, nicht den Minister. Der ist nur übergangsweise im Amt und hat null Ahnung. Der Generalsekretär hat hier das Sagen. Im Notfall sag Bescheid, dann rufe ich Vaios an, den Berater des letzten Ministerpräsidenten, damit er sich einschaltet. Jannis muss heute noch hier raus.«

Sie legt auf und blickt mich befriedigt an. »In spätestens einer Stunde ist er auf freiem Fuß«, meint sie.

»Und all das tun Sie für Ihren Exmann?«, frage ich sie fassungslos.

»Ja, damit hier kein Unschuldiger dran glauben muss. Jannis kann keiner Fliege etwas zuleide tun.«

»Zunächst einmal haben wir keinerlei Anschuldigungen gegen Jannis Chalatsis erhoben. Wir nehmen nur seine Aussage zu Protokoll. Doch Sie können sagen, was Sie wollen, für Ihren Exmann tun Sie das bestimmt nicht.«

»Für wen sonst?«, fragt sie von oben herab.

»Für Ihren Sohn, der denselben Namen wie sein Vater trägt. Sie haben Angst, dass er im Falle eines Prozesses gegen Chalatsis mit dem Stigma leben muss, der Sohn eines Mörders zu sein. Nur darum geht es Ihnen. Ihr Exmann kümmert Sie wenig.«

Ihre Antwort geht im Klingeln des Telefons unter.

»Es ist Dimitriou, Herr Kommissar«, meint Dermitsakis.

»Wir haben Chalatsis' Handy gecheckt, Herr Kommissar«, höre ich Dimitrious Stimme am anderen Ende. »Er hat sehr oft mit den drei Opfern telefoniert.«

»Ich weiß, das streitet er auch nicht ab.«

»Es gibt aber auch eine Reihe von Anrufen, die er von einer Festnetznummer aus erhalten hat.«

»Haben Sie die Nummer eruiert?«

»Jawohl.«

»Von einer Telefonzelle?«, frage ich Dimitriou, weil es das Nächstliegende ist.

»Nein, Herr Kommissar. Aus dem Korydallos-Gefängnis.«

Mit allem hätte ich gerechnet, nur nicht damit, dass es eine Verbindung zwischen Chalatsis und Kyriakos Demertsis gibt. Schon während ich diesen Gedanken formuliere, nimmt ein zweiter in meinem Kopf Gestalt an. Ich fasse mit der Hand in meine Sakkotasche, die Schlüssel aus dem Kästchen von Chalatsis' Schreibtisch sind immer noch dort.

»Lass Chalatsis abführen, und bestell einen Streifenwagen«, sage ich zu Dermitsakis.

»Dafür schulden Sie mir eine Erklärung«, ruft Lilian Rouvi.

»Der geschiedenen Ehefrau schulde ich nichts dergleichen«, sage ich zu ihr. »Nur seinem Sohn. Wenn er möchte, kann er herkommen, am besten mit Rechtsbeistand. Dann gebe ich ihm jede gewünschte Auskunft. Und noch etwas, damit Sie Bescheid wissen. Mein Vorgesetzter ist Kriminaldirektor Nikolaos Gikas. Sein Büro liegt in der fünften Etage. Dort können Sie Ihre Beschwerden vorbringen.«

Dann verlasse ich ohne ein weiteres Wort das Büro meiner Assistenten.

35

Die Polizei besorgt sich normalerweise keinen Durchsuchungsbeschluss, wenn sie die Wohnung eines Untersuchungshäftlings filzen will, der wegen Drogenhandels im Gefängnis sitzt. Doch da seine Verteidigerin zufällig meine Tochter ist, sichere ich mir – mit Gikas' Unterstützung – lieber den amtlichen Beschluss, damit mir mein Kind später nicht vorwerfen kann, ich sei nicht korrekt verfahren. Dieses Vorgehen nach Vorschrift kostet mich eine volle Stunde Zeit, was mich fast rasend macht.

Endlich sind wir unterwegs nach Koukaki, wo Kyriakos Demertsis' Wohnung liegt. Zu unserem Pech ist der Vassilissis-Sofias-Boulevard gesperrt.

»Was ist los, Kollege?«, fragt Papadakis den Verkehrspolizisten, der vor dem Streifenwagen steht.

»Auf dem Syntagma-Platz geht die Post ab«, antwortet er. »Die Ultrarechten verteilen Nahrungsmittel, und die außerparlamentarische Linke will die Wohltätigkeitsveranstaltung stören. Sie sind sich in die Haare geraten – es tobt eine richtige Schlacht.«

Papadakis schaltet die Sirene ein, biegt nach links und fährt auf dem Gehsteig weiter, den Transporter der Spurensicherung im Schlepptau.

Demertsis wohnt in einem vierstöckigen Wohnhaus in der Liakou-Straße. Die Eingangstür geht mit einem der

Schlüssel von Chalatsis' Schlüsselbund auf. Ein Seufzer der Erleichterung kommt mir über die Lippen, weil ich richtig geraten habe.

Demertsis' Apartment liegt in der zweiten Etage, und dort passt der zweite Schlüssel. Wir betreten das Wohn- und Arbeitszimmer einer Studentenbude: Hier steht eine Computeranlage inklusive Drucker, und eine Unmenge von Büchern ist auf zwei Regale und mehrere Stapel an der Wand entlang verteilt. Gegenüber vom Schreibtisch steht ein kleiner Fernseher, daneben ein dreisitziges Sofa.

»Das wird nicht lange dauern. Es sind ja nur zwei Zimmer«, meint Dimitriou.

Ich beschließe, mich wie bei Chalatsis dem Schreibtisch zu widmen. Doch hier scheine ich kein Glück zu haben. Auf der Arbeitsplatte liegt nichts Interessantes, und in den Schubladen stoße ich nur auf Druckerpapier, Tintenpatronen und CD-Hüllen mit Computerprogrammen.

»Herr Kommissar, kommen Sie kurz ins Schlafzimmer?«, höre ich Dimitrious Stimme sagen.

Er steht vor einer Reihe von herausgezogenen Schubladen. In der zweiten liegt, unter den Unterhosen versteckt, die Pistole mit dem angeschraubten Schalldämpfer.

»Volltreffer!«, ruft Dermitsakis triumphierend.

»Warte erst mal ab, ob das wirklich die Tatwaffe ist«, bremst ihn Papadakis.

»Mit Sicherheit ist sie das«, stelle ich klar. »Chalatsis hatte Demertsis' Schlüssel, und nach jedem Mord hat er die Pistole hier versteckt.«

»Das Kaliber scheint jedenfalls übereinzustimmen«, bemerkt Dimitriou.

»War auch Demertsis' Sohn eingeweiht?«, wundert sich Dermitsakis.

»Von Anfang an konnte ich nicht glauben, dass ein so kluger und gebildeter junger Mann wie Kyriakos Demertsis mit Drogen dealt. Noch dazu so ungeschickt, dass man ihn gleich beim ersten Versuch schnappt! Jetzt begreife ich seinen Plan: Er hat es absichtlich getan, um ins Gefängnis zu kommen und von dort aus die Fäden zu ziehen. Chalatsis war nur das ausführende Organ.«

»Werfen wir für alle Fälle noch einen Blick auf die Küche«, sagt Dimitriou.

Die Erkenntnis, dass Demertsis der Täter ist, liegt mir schwer auf der Seele, da er mir sympathisch ist und es mir nicht leichtfällt, ihn als Anstifter dreier Morde zu überführen. Und wie überrascht und betroffen Katerina erst sein wird. Dabei war gerade sie es, die sich von Beginn an nicht erklären konnte, warum ein Typ wie Demertsis mit Drogen dealen sollte.

Dimitrious Stimme reißt mich aus meinen düsteren Gedanken.

»Kommen Sie bitte in die Küche, Herr Kommissar?«

Dort erwartet uns eine weitere Überraschung. Zwischen den Gläsern liegen zwei Mobiltelefone, die den bei den Opfern gefundenen Prepaid-Handys zum Verwechseln ähnlich sehen.

»Die checken wir für alle Fälle durch«, sagt Dimitriou.

»Machen Sie ruhig, aber wahrscheinlich ist darauf nichts zu finden. Offenbar waren sie als Reserve gedacht, falls eins kaputtgehen sollte.«

Ich rufe Dermitsakis herüber. Er soll im Korydallos-

Gefängnis anrufen und sagen, dass Kyriakos Demertsis noch einmal vernommen werden muss, und zwar sofort. Die Wohnung hier überlassen wir den Kriminaltechnikern.

Während der ganzen Fahrt stelle ich alle möglichen Überlegungen an. Die Umsetzung des Mordkomplotts können Kyriakos Demertsis und Jannis Chalatsis nicht allein geleistet haben. Es kann kein Zufall sein, dass die Kinder der drei Opfer ein so perfektes Alibi haben. Demertsis junior saß im Gefängnis, Loukia Theologi befand sich in Spanien, und Lepeniotis' Sohn Lefteris war bei seiner Mutter in Nea Lampsakos. Das muss abgesprochen gewesen sein.

Als der Gefängnisdirektor sieht, dass wir zu dritt anmarschiert kommen, blickt er mich alarmiert an.

»Was ist los?«, fragt er mich.

»Ich fürchte, Sie werden als Einziger von der ganzen Sache profitieren, Herr Direktor. Alle anderen stehen auf der Verliererseite.«

»Wieso?«, wundert er sich.

»Weil Demertsis vermutlich noch eine ganze Weile bei Ihnen die jungen Häftlinge betreuen wird.«

Er lässt sich seine Überraschung nicht anmerken und geht hinaus, um Demertsis holen zu lassen. Meine Assistenten schicke ich vor die Tür, da ich allein mit Kyriakos sprechen will.

Zwei Minuten später tritt er wie immer mit einem Lächeln auf den Lippen herein.

»Guten Tag, Herr Kommissar. Was gibt's Neues?«

»Wieso Neues?«, frage ich und hoffe inständig, dass sich Chalatsis' Verhaftung nicht schon bis ins Korydallos-Gefängnis herumgesprochen hat.

»Sie kommen doch immer mit irgendwelchen Neuigkeiten«, erwidert er, und ich atme auf.

Er nimmt mir gegenüber auf dem anderen Stuhl vor dem Schreibtisch des Direktors Platz. Ich ziehe den Durchsuchungsbeschluss aus der Tasche und lege ihn vor ihm hin.

»Was ist das?«, fragt er neugierig.

»Ein amtlicher Beschluss zur Durchsuchung Ihrer Wohnung, die heute stattgefunden hat.«

Erst wirft er noch einen Blick auf das Papier, dann schaut er mich an. Er sagt kein Wort.

»Wir haben die Tatwaffe gefunden«, fahre ich fort. »Die beiden Handys sind dasselbe Fabrikat wie diejenigen, die Sie benutzt haben, um bei den Opfern die Polytechnikum-Parole zu hinterlassen. Ich nehme an, sie dienten als Reserve.«

Immer noch blickt er mich stumm an.

»Ihre Anrufe bei Chalatsis aus dem Gefängnis haben Sie überführt. Als ich sah, dass er von hier aus angerufen wurde, wusste ich sofort, mit wem er sich abgesprochen hat.«

»Ich bin das Risiko bewusst eingegangen«, entgegnet er nachdenklich. »Jannis hat viel mitgemacht, und das hat ihn aus dem seelischen Gleichgewicht gebracht. Man muss ihm Halt geben, und er braucht ständig Zuspruch.«

»Wie haben Sie Jannis Chalatsis kennengelernt?«

»Er hat den Kontakt zu mir gesucht. Ich weiß nicht, wie er meine Telefonnummer herausgefunden hat, aber eines Tages meldete er sich bei mir und stellte sich als alter Weggefährte meines Vaters vor. ›Ich rufe nicht als sein Freund an, sondern als sein Feind‹, hat er mir erklärt. Das hat meine Neugier geweckt. Jannis wollte sich über mich an meinem

Vater rächen. Er erzählte, dass mein Vater ihn denunziert hatte und sein Heldentum im Widerstand gegen die Junta nichts als Schall und Rauch war. Was er nicht wusste, war, dass ich keinerlei Liebe, Respekt oder Wertschätzung für meinen Vater empfand, ihn im Gegenteil für skrupellos und hinterhältig hielt. Schon seit einiger Zeit war ich wie besessen von der Idee, seine Generation für ihre Übeltaten zur Verantwortung zu ziehen. Nur sie hat Gewinne eingestrichen, alle anderen mussten zahlen. Die Bekanntschaft mit Jannis hat den Stein ins Rollen gebracht, denn er hatte denselben Gedanken wie ich. Damit hat alles begonnen.«

»Ich konnte von Anfang an nicht glauben, dass Sie ein Drogendealer sein sollten«, sage ich. »Sie sind in den Knast gegangen, weil Sie von hier aus unbehelligt alles dirigieren konnten. Keiner würde einen Untersuchungshäftling verdächtigen. Doch die Anrufe haben Sie verraten.«

Er lächelt mir gelassen zu. »Sie wissen ohnehin alles, Herr Kommissar. Sie haben auch die Waffe gefunden. Was gibt es da noch zu sagen?«

»Sie irren sich, da gibt es noch eine Menge zu sagen. Ich möchte wissen, wer außer Ihnen und Chalatsis sonst noch an dem Plan beteiligt war.«

»Niemand«, erwidert er prompt. »Jannis und ich haben alles allein durchgezogen.«

»Das ist Quatsch, Kyriakos. Dieses Verbrechen kann nicht nur von zwei Personen geplant und ausgeführt worden sein, wobei die eine davon auch noch in Untersuchungshaft saß. Da waren noch andere im Spiel.«

»Sie täuschen sich. Wir waren nur zu zweit.«

»Es kann doch kein Zufall sein, dass die Kinder aller drei

Opfer nicht in Athen waren, als die Morde passierten«, erläutere ich ihm. »Sie saßen im Gefängnis, Loukia hielt sich in Spanien auf, und Lefteris, Lepeniotis' Sohn, war in einem Dorf bei Chalkida.«

»In dem Punkt haben Sie recht. Wir haben dafür gesorgt, dass keiner vor Ort war. Wir hatten uns alle drei von unseren Vätern losgesagt, und ich wollte nicht, dass irgendein Verdacht auf Loukia oder Lefteris fällt.«

»Warum haben Sie das alles getan?«, frage ich.

»Ich war mir sicher, dass sich irgendwann ohnehin jemand an ihnen gerächt hätte – so dreckig, wie es unserem Land jetzt geht. Am ehesten die Ultrarechten. Und dann wären die Mitglieder der Generation Polytechnikum noch einmal zu Helden geworden. Aber sie haben uns schon genug Großtaten verkauft und zu barer Münze gemacht. Sie sollten nicht auch noch aus ihrem Tod Gewinn ziehen.«

Jedes Mal, wenn ich mit Kyriakos Demertsis spreche, imponieren mir seine klugen Argumentationen. Es ärgert mich, dass einer wie er hinter Gefängnismauern versauern soll. Ist sein Vater an allem schuld? Oder sind es die Umstände? Liegt es daran, dass derzeit alter Hass und alte Leidenschaften wieder aufbrechen? Schwer zu sagen ...

»Etwas ist mir jedoch noch nicht klar«, sage ich.

»Und was?«

»Der Mörder muss einen Helfer gehabt haben. Der eine hat den Mord begangen, der andere hat auf dem Prepaid-Handy angerufen, während wir den Toten durchsuchten.«

»Nein, das war auch Jannis.«

»Ausgeschlossen! Jannis konnte nach dem Mord unmöglich mit der Pistole in der Tasche am Tatort bleiben, um über das Kartenhandy die Polytechnikum-Parole abzurufen. Jannis hat zwar das Handy nach dem Mord beim Opfer hinterlassen. Doch den Anruf hat jemand anders getätigt, der sich in der Nähe versteckt hielt.«

»Nein, das war auch Jannis«, beharrt er.

»Sie tun so, als hätten Sie mir jetzt alles erzählt, aber das ist nicht die ganze Wahrheit.«

»Ich habe Ihnen alles gesagt, Herr Kommissar.«

»Nein, Kyriakos. Die Taten sind von ihnen allen gemeinsam entworfen worden. Zum einen wollten Sie sich von den Sünden Ihrer Eltern reinwaschen. Deshalb haben Sie mit Nachhilfestunden und Obdachlosenunterstützung denen geholfen, die Sie für die Opfer Ihrer Väter hielten. Zum anderen wollten Sie Ihre Eltern für die Übeltaten bestrafen, die sie Ihrer Meinung nach begangen haben. Es war ein kollektiver Tatplan.«

Er hört mir ungerührt zu.

»Das ist Ihre Theorie«, sagt er. »Doch Sie können sie nicht beweisen. Sie existiert nur in Ihrer Phantasie.«

Ich frage mich, ob ich nicht alle laufenlassen soll. Wäre es nicht besser, wenn diese jungen Leute, die in schweren Zeiten anderen helfen, auf freiem Fuß blieben? Was haben wir davon, wenn wir sie alle ins Gefängnis sperren? Dann bleiben all ihre Schützlinge ohne Beistand zurück. Schweren Herzens raffe ich mich auf, den Polizisten in mir wieder auf den Plan zu rufen.

»Ihnen ist aber schon bewusst, dass alles an Ihnen hängenbleiben wird?«, sage ich. »Jannis ist psychisch krank, wie Sie wissen.«

Ich mache einen kleinen Exkurs und erzähle ihm von

meiner Begegnung mit Chalatsis' Exfrau. Als ich geendet habe, muss er lachen.

»Klearchos?«, meint er. »Jannis trauert immer noch seinem verlorenen Sohn hinterher, während der im Parlament große Reden schwingt. Klearchos soll frischen Wind in die Politik bringen. So hat es seine Mutter beschlossen.«

»Lilian Rouvi wird Jannis für geistesgestört erklären und ihn in eine Anstalt einweisen lassen. Dafür braucht sie nur einen renommierten Psychiater. Denn ein Verrückter bringt im Gegensatz zu einem Mörder seinen Sohn nicht in Misskredit.«

»Das war einer der Gründe, warum ich mit Jannis zusammenarbeiten wollte«, antwortet Kyriakos, besonnen wie immer. »Es ist nur eine Frage der Zeit, dass er endgültig den Verstand verliert und verwirrt durch die Straßen läuft. In einer Anstalt, wo er gut betreut wird, ist er besser aufgehoben. Soll doch die Rouvi einmal in ihrem Leben etwas Gutes tun.«

»Und Sie wollen alles auf sich nehmen?«

»Ich sitze doch schon im Gefängnis. Für mich ändert sich nicht viel. Und Ihre Tochter wird meine Verteidigung übernehmen. Sie ist die Einzige, der ich vertraue.«

Eigentlich müsste ich jetzt stolz sein, aber ich fühle mich bloß niedergeschlagen. Ich frage mich, woher ich die Motivation nehmen soll, ein Ermittlungsverfahren gegen ihn einzuleiten.

»Warum, Kyriakos?«, frage ich, da mir sonst nichts einfällt. »Warum wollen Sie für alles allein bezahlen?«

»Was wäre so schrecklich daran, Herr Kommissar? Anderen ist es noch viel schlimmer ergangen.«

Ich verabschiede mich von ihm. Als er wieder abgeführt wird, frage ich mich, ob ich ihn so bald wiedersehen werde. Denn ich spiele mit dem Gedanken, Papadakis oder Dermitsakis die offizielle Vernehmung zu übertragen.

Dann nehme ich einen neuen Anlauf, den Polizisten in mir wachzurufen. Ich ersuche Dimitriou telefonisch, die Tatwaffe und die beiden Mobilfunkgeräte aufs Präsidium mitzubringen.

Als Chalatsis den Verhörraum betritt, liegen der Schlüsselbund, die Pistole und die beiden Handys auf dem Tisch. Verdutzt starrt er auf die Gegenstände. Dann nimmt er auf dem Stuhl gegenüber Platz.

»Die Schlüssel, die Sie in dem Kästchen auf Ihrem Schreibtisch aufbewahrt haben, gehören zu Kyriakos Demertsis' Wohnung«, sage ich. »Die Pistole haben wir in Kyriakos' Wäscheschrank gefunden und die beiden Handys im Küchenschrank.«

»Ja, ich habe sie umgebracht«, das Geständnis kommt ihm schleppend, aber deutlich über die Lippen. »Alle drei. Aber schon bevor ich sie tötete, war mein Leben vorbei. Jetzt sind wir alle miteinander tot.«

»Ich weiß, dass Sie es waren. Selbst wenn Sie es nicht zugegeben hätten, wären Sie anhand der Beweismittel leicht überführt worden. Die Frage ist nur, wer Ihnen dabei geholfen hat.«

»Kyriakos«, entgegnet er, ohne zu zögern. »Wir haben alles zu zweit geplant.«

»Kommen Sie, Herr Chalatsis. Sie haben sie umgebracht, das ist klar. Aber wer hat auf dem Prepaid-Handy angerufen, während wir den Toten untersuchten? Das waren nicht Sie, sondern jemand anders. Wer war noch daran beteiligt?«

Sein Wahn lässt ihn wieder in die Höhe schnellen.

»Traust du mir so was Einfaches nicht zu, Bulle?«, schreit er. »In meinem Leben sind mir schon alle möglichen Coups gelungen. Und du meinst, ich kriege so eine simple Sache nicht hin?«

»Schön, dann erklären Sie mir, wie Sie vorgegangen sind.«

»Ich habe fast alle aus nächster Nähe erschossen«, sagt er und lacht auf, als erinnere er sich an etwas Komisches. »Wissen Sie, als ich zu Demertsis sagte, ich hätte Beweise in der Hand, die sein Heldenmärchen entzaubern würden, und ich müsse ihn an den olympischen Sportanlagen in Paleo Faliro treffen, kam er gleich panisch angerannt.«

»Und was passierte dann?«

»Als er tot zusammengebrochen ist, habe ich ihm das Handy in die Tasche gesteckt.«

»In welche?«

»In die Sakkotasche.«

»Ja gut, und dann?«

»Habe ich mich versteckt und gewartet, bis die Bullen kamen.«

»Mit der Mordwaffe in der Jackentasche?«

»Ja.«

»Jetzt reden Sie Unsinn. Denn ich glaube nicht, dass Sie so dumm sind, der Polizei mit der Tatwaffe aufzulauern. Wenn etwas schiefgelaufen wäre und wir Sie festgenommen hätten, hätten Sie die beiden anderen Morde nicht ausführen können. Und das wollten Sie auf keinen Fall riskieren.«

»Ich bin eben schlauer als ihr!«, ruft er. »Und schlauer als die Militärpolizei! Das könnt ihr einfach nicht ertragen, und deshalb quält ihr mich die ganze Zeit. Immer schon habt ihr mich gefoltert, aber es hat euch nichts gebracht.«

»Und der andere Anruf?«

»Welcher andere Anruf?«

»In der Notrufzentrale, der uns den Toten gemeldet hat. Wer war das?«

»Ich!«, erwidert er prompt. »Aus einer Telefonzelle. Danach bin ich in den Bus gestiegen und nach Hause gefahren. Jawohl, mit dem Bus!«

Er bricht in ein zufriedenes Gelächter aus. Das weckt in mir die Befürchtung, dass er völlig durchdreht, wenn ich ihn weiter unter Druck setze.

»Lassen wir's gut sein, Herr Chalatsis«, sage ich daher. »Darüber unterhalten wir uns ein andermal.«

Er ist fest entschlossen, sich bis zum Schluss an das Schweigegelübde zu halten, das er Kyriakos gegeben hat. Ich könnte es mit einer weiteren Befragung versuchen, doch ich fürchte, den Namen seines Komplizen werde ich ihm nicht entlocken können. Letztlich hat das auch keine Bedeutung mehr. Offiziell sind die drei Morde aufgeklärt.

36

Auf gar keinen Fall!«, ruft Katerina. »Ich werde Kyriakos' Verteidigung auf gar keinen Fall übernehmen. Was er braucht, ist ein Strafrechtler mit langjähriger Erfahrung.«

Wir, die vierköpfige Familie plus Sissis, sitzen alle am Tisch und essen die gefüllten Tomaten, die Adriani zubereitet hat.

Jannis Chalatsis und Kyriakos werden morgen dem Ermittlungsrichter vorgeführt. Die Fälle sind offiziell abgeschlossen. Niemandem habe ich von meinem Verdacht erzählt, dass Kyriakos Demertsis' Freunde die Morde alle gemeinsam geplant und ausgeführt haben könnten – weder Gikas noch Gonatas, nicht einmal meine Familie und Sissis wissen davon.

Gikas rieb sich die Hände, als er erfuhr, dass der Fall abgehakt werden konnte. Das Geständnis der beiden Beschuldigten reichte aus, um die Presseerklärung zu formulieren, und von überflüssigen Einzelheiten wollte er gar nichts wissen. Der Einzige, der noch Zweifel hegte, war Gonatas.

»Glauben Sie, dass Chalatsis und Demertsis diese Taten wirklich allein zu verantworten haben?«, fragte er mich, als ich meinen Bericht bei Gikas beendet hatte und wir vor seinem Büro standen. »Gab es keine weiteren Komplizen? Das will mir nicht in den Kopf.«

»Selbst wenn, können wir es nicht beweisen, solange Chalatsis und Demertsis alles auf ihre Kappe nehmen«, entgegnete ich. »Da die Kinder der Opfer weit weg vom Tatort waren, sind sie aus dem Schneider. Wie soll man rausfinden, wer sonst noch eingeweiht war, wenn die beiden Beschuldigten den Mund nicht aufmachen?«

Das hatte ihn überzeugt, und er hakte nicht weiter nach.

Adriani, Fanis und Sissis essen schweigend weiter. Katerina und ich haben die Gabeln sinken lassen und blicken uns an.

»Warum findest du, dass Demertsis einen renommierten Strafverteidiger braucht? Du befasst dich doch auch mit Strafrecht, wenn du Drogenabhängige vertrittst«, halte ich ihr entgegen.

»Ja, aber das sind keine Mordfälle, Papa. Strafrecht ist nicht gleich Strafrecht. Hier haben wir es mit drei Kapitalverbrechen zu tun, und da fehlt mir einfach die Erfahrung.«

»Aber Schatz, das ist doch eine Chance für dich. Warum willst du sie ausschlagen?«

»Mama, du siehst überall Chancen für deine Tochter. Wenn ich hier versage, ist meine Reputation unwiderruflich im Eimer. Es soll nicht irgendwann heißen, Demertsis hätte für die Unerfahrenheit seiner Verteidigerin büßen müssen.«

»Ich glaube an dich. Du schaffst das«, beharrt Adriani mit dem Stolz der Mutter, in deren Augen ihr Kind alles erreichen kann.

»Die Frage ist, ob die Richter und die Geschworenen das auch so sehen.«

Auch ich wünschte mir, sie möge Kyriakos' Verteidigung

übernehmen. Nicht so sehr wegen der beruflichen Chance, die sich ihr damit bietet, denn bestimmt wird sie noch viele ähnliche Gelegenheiten bekommen. Sondern vielmehr, weil Kyriakos' Fall ihr schon vertraut ist und Katerina wahrscheinlich die einzige Strafverteidigerin ist, die seine Motive nachvollziehen kann. Aber das behalte ich erst mal für mich.

»Und was wird mit Chalatsis?«, fragt mich Fanis.

»Das liegt doch auf der Hand«, antworte ich. »Sein Sohn wird ihm einen Staranwalt besorgen, und ein Starpsychiater wird ihn als geistesgestört einstufen und in eine Anstalt einweisen.«

»Begreifst du, was das heißt?«, wendet sich Katerina an Fanis. »Alles bleibt an Kyriakos hängen, und die Gefahr ist groß, dass er mit mir als Verteidigerin die Höchststrafe bekommt. Kommt nicht in Frage!«

Sissis hört auf zu kauen und blickt sie an.

»Als Anwältin weißt du, dass er keine Chance hat, glimpflich davonzukommen. Wenn man den eigentlichen Täter regulär verurteilen würde, könnte Kyriakos vielleicht mit einer milderen Strafe rechnen. Wenn der Mörder aber für verrückt erklärt wird, dann werden sich unter dem Druck der Öffentlichkeit alle auf Kyriakos stürzen.«

»Du hast recht, Onkel Lambros. Genau so wird es sein«, stimmt Katerina zu.

»Und gerade weil es genau so sein wird, braucht er keinen Anwalt mit Starallüren, sondern einen Anwalt, der sich in ihn hineindenkt und hinter ihm steht, weil er an ihn glaubt«, fährt Sissis fort. »Am Strafmaß ist ohnehin nicht zu rütteln. Aber der Beistand eines Anwalts endet nicht im

Gerichtssaal. Den wird er auch später noch brauchen. Ein renommierter Strafrechtsexperte wird Kyriakos' Fall ad acta legen, sobald der Prozess vorbei ist. Doch du wirst auch dann noch an seiner Seite sein. Und das ist wichtig für ihn. Das sage ich dir aus eigener Erfahrung. Weißt du, wie viele Verfahren ich hinter mir habe? Bei jedem Prozess wusste ich schon im Voraus, wie die Strafe ausfallen würde, und ich lag immer richtig. Deshalb wollte ich einen Anwalt haben, der versteht, warum ich das alles getan habe und wie gerechtfertigt mein Motiv war. Genau das braucht jetzt auch Kyriakos. Das ist der Grund, warum du den Fall übernehmen solltest.«

Jetzt geht mir auf, was mich von Lambros Sissis unterscheidet. Es ist weder die Politik noch die Ideologie. Sicher, wir hatten beide, an ganz unterschiedlichen Ecken, unser Rendezvous mit der Geschichte, doch die Geschichte ging über uns und über das Land hinweg, was uns einander näherbrachte. Der Unterschied zwischen uns ist ein ganz anderer, nämlich der, dass Sissis all die Gedanken, die ich nicht über die Lippen bringe, treffend formulieren kann.

»Ich befürchte, dass ich nicht gut genug für ihn bin, Onkel Lambros. Und ich will nicht, dass es ihm meinetwegen noch schlechter geht. Kyriakos ist im Grunde ein beeindruckender Mensch und hat es nicht verdient zu leiden.«

»Das klingt, als seiest du in Kyriakos Demertsis verliebt«, sagt Fanis, ohne mit der Wimper zu zucken.

Adriani und ich blicken ihn perplex an, doch er isst weiter seine gefüllten Tomaten.

»Bist du eifersüchtig?«, fragt Katerina. »Das ist doch schon seit Jahren nicht mehr vorgekommen.«

»Ich bin ganz der Meinung von Onkel Lambros, nur gehe ich noch einen Schritt weiter und sage: Je engagierter du bist, desto besser für Kyriakos.«

»Dann übernehme ich seine Verteidigung einzig und allein, weil ich es toll finde, wenn du eifersüchtig bist.«

»Tu das, ich werde dich schon nicht verlieren, mit meinem unwiderstehlichen Charme«, erwidert Fanis.

Und alles löst sich in Heiterkeit auf.

Petros Markaris im Diogenes Verlag

Hellas Channel

Ein Fall für Kostas Charitos

Roman. Aus dem Neugriechischen von Michaela Prinzinger

Er liebt es, Souflaki aus der Tüte zu essen, dabei im Wörterbuch zu blättern und sich die neuesten Amerikanismen einzuverleiben. Seine Arbeit bei der Athener Polizei dagegen ist kein Honigschlecken. Besonders schlecht ist Kostas Charitos auf die Journalisten zu sprechen, und ausgerechnet auf sie muss er sich einlassen, denn Janna Karajorgi, eine Reporterin für *Hellas Channel*, wurde ermordet. Wer hatte Angst vor ihren Enthüllungen? Um diesen Mord ranken sich die wildesten Spekulationen, die Kostas Charitos' Ermittlungen nicht eben einfach machen. Aber es gelingt ihm, er selbst zu bleiben – ein hitziger, unbestechlicher Einzelgänger, ein Nostalgiker im modernen Athen.

»Eine Entdeckung! Mit Kommissar Charitos ist eine Figur ins literarische Leben getreten, der man ein langes Wirken wünschen möchte.«
Hans W. Korfmann / Frankfurter Rundschau

Nachtfalter

Ein Fall für Kostas Charitos

Roman. Deutsch von Michaela Prinzinger

Kommissar Charitos ist krank. Eigentlich sollte er sich ausruhen und von seiner Frau verwöhnen lassen. Doch so etwas tut ein wahrer Bulle nicht. Eher steckt er bei Hitze und Smog im Stau, stopft sich mit Tabletten voll und jagt im Schritttempo eine Gruppe von Verbrechern, die die halbe Halbwelt Athens in ihrer Gewalt hat.

Charitos nimmt den Leser mit durch die Nachtlokale, die Bauruinen und die Müllberge von Athen. Keine Akropolis, keine weißen Rosen weit und breit.

»Mit Witz, Charme und Ironie erzählt Markaris eine reizvolle, geschickt verwobene Kriminalgeschichte mit überaus lebensnahen Figuren.«
Christina Zink/Frankfurter Allgemeine Zeitung

Live!

Ein Fall für Kostas Charitos

Roman. Deutsch von Michaela Prinzinger

Ein in ganz Griechenland bekannter Bauunternehmer, dessen Geschäfte olympiabedingt florieren, zückt mitten in einem Interview eine Pistole und erschießt sich vor laufender Kamera. Natürlich ruft ein solch spektakulärer Abgang Kostas Charitos auf den Plan. Seine Ermittlungen führen ihn zu den Baustellen des Olympischen Dorfs, zu den modernen Firmen hinter Fassaden aus Glas und Stahl, zu den Reihenhäuschen der Vororte, wo die Bewohner noch richtigen griechischen Kaffee kochen und Bougainvillea im Vorgärtchen blüht. Mit der ihm eigenen Bedächtigkeit irrt Kostas Charitos durch das Labyrinth des modernen Athen, unter der prallen Sonne – und dem Schatten der Vergangenheit.

»*Live!* ist ein Krimi, ein Geschichtsbuch, ein Migrantenroman, die Geschichte einer Ehe und ein Reiseführer durch Athen.« *Avantario Vito/ Financial Times Deutschland, Hamburg*

Balkan Blues

Geschichten. Deutsch von
Michaela Prinzinger

›Go to Hellas!‹ – neun Geschichten über Athen. Die Fußballeuropameisterschaft ist gewonnen, die Olympiade steht an. Mit neuerwachtem Patriotismus feiern die Griechen ihre Feste, derweil die Einwanderer aus Albanien, Bulgarien und Russland sich durchs Leben schlagen, so gut es eben geht. Auch im Einsatz: Kommissar Charitos.

»*Balkan Blues* erzählt keine traurigen Geschichten, sondern mit feinem Witz und hohem Tempo von der anhaltenden Trauer einer Stadt.«
Neue Zürcher Zeitung

»Petros Markaris erweist sich als kluger und scharfsichtiger Beobachter der modernen griechischen Gesellschaft und ihrer zahlreichen östlichen Einwanderer. Er folgt ihren Geschichten voller Empathie, aber doch ganz ohne falsches Mitleid.«
Brigitte, Hamburg

Der Großaktionär

Ein Fall für Kostas Charitos

Roman. Deutsch von Michaela Prinzinger

Der Traum von einer gerechteren Welt – in seinem Namen wird Gutes getan, aber auch getötet und Gewalt ausgeübt. Dies bekommt Katerina zu spüren, als sie in die Hände von Terroristen fällt. Ihr Vater Kostas Charitos dreht fast durch. Er, der Kommissar, muss jetzt stillhalten, Geduld haben, Nerven beweisen. Ein Roman über Terror und Gewalt. Und über eine Familie, die damit umgehen muss.

»Mit Witz und Biss erzählt Markaris von einem modernen Griechenland, in dem die Vergangenheit unter der Junta leider noch immer lebendig ist.«
Buchkultur, Wien

»Markaris gelingt etwas Erstaunliches: Speziell griechische Chancen, Wunden und Sünden vereint er mit internationalem Wiedererkennungseffekt.«
Frankfurter Allgemeine Zeitung

Die Kinderfrau

Ein Fall für Kostas Charitos

Roman. Deutsch von Michaela Prinzinger

Was in Istanbul geschah, ist nun viele Jahrzehnte her. Und doch findet die neunzigjährige Kinderfrau keine Ruhe – sie hat noch alte Rechnungen zu begleichen. Kommissar Charitos folgt ihren Spuren: Sie führen nach ›Konstantinopel‹, in eine Vergangenheit mit zwei Gesichtern – einem schönen und einem hässlichen.

»In seinem Kriminalroman *Die Kinderfrau* wendet sich Petros Markaris der heiklen griechisch-türkischen Vergangenheit zu. Als Istanbuler Grieche armenischer Abstammung beschreibt der Kosmopolit dabei ein Stück seiner eigenen Geschichte.«
Geneviève Lüscher / NZZ am Sonntag, Zürich

Auch als Diogenes Hörbuch erschienen, gelesen von Tommi Piper

Faule Kredite

Ein Fall für Kostas Charitos

Roman. Deutsch von Michaela Prinzinger

Die Krise legt Griechenland lahm. Doch in der Finanzwelt herrscht höchste Alarmstufe. Mehrere Banker wurden innerhalb weniger Tage brutal ermordet. Und ganz Athen ist seit neustem mit Plakaten tapeziert, auf welchen die Bürger zur Verweigerung der Rückzahlung von Krediten aufgefordert werden.
Die Krise mit ihren Auswüchsen beschert Kostas Charitos und der Athener Polizei mehr Hektik denn je zuvor. Und auch privat wird es nicht einfacher: Gerade haben Kostas und Adriani noch die Hochzeit ihrer einzigen Tochter Katerina ausgerichtet und sich zum ersten Mal seit dreißig Jahren ein neues Auto geleistet – und nun wissen sie nicht mehr, wie sie die Raten abzahlen sollen.

»Selten war ein Krimi so brennend aktuell. Interessanter noch als die solide Krimihandlung sind die Skizzen eines Landes, dessen Volksseele kocht.«
Britta Heidemann /
Westdeutsche Allgemeine Zeitung, Essen

Zahltag

Ein Fall für Kostas Charitos

Roman. Deutsch von Michaela Prinzinger

Reiche Griechen zahlen keine Steuern. Arme Griechen empören sich darüber, oder sie verzweifeln ob ihrer aussichtslosen Lage. Im zweiten Band der Krisentrilogie tut ein selbsternannter »nationaler Steuereintreiber« weder das eine noch das andere: er handelt. Mit Drohbriefen, Schierlingsgift und Pfeilbogen – im Namen des Staates.

»Petros Markaris hat einen weiteren Krimi zur Griechenland-Krise verfasst, böse, ironisch und mit viel Einblick in den griechischen Nationalcharakter und die Schwächen des politischen Systems.«
Der Spiegel, Hamburg

»Böse, komisch, traurig: Pflichtlektüre in finsteren Zeiten.« *Tobias Gohlis / Die Zeit, Hamburg*

Abrechnung

Ein Fall für Kostas Charitos

Roman. Deutsch von Michaela Prinzinger

Wir schreiben das Jahr 2014. Griechenland ist zur Drachme zurückgekehrt. Es geht ums schiere Überleben: Stellen werden gestrichen, Löhne nicht ausbezahlt – und ein Serienmörder hat es auf einige prominente Linke abgesehen, die nach dem Aufstand gegen die Militärjunta eine steile Karriere hinlegten. Wer steckt dahinter? Ein Rechtsextremer? Oder jemand, der sich für längst vergangene Verfehlungen rächt? Kommissar

Charitos verfolgt mit der ihm eigenen Beharrlichkeit die eloquenten Spuren des Täters – und das, obwohl er drei Monate lang ohne Gehalt auskommen muss.

»Der knorrig-charismatische Kostas Charitos ist einer der originellsten Kommissare der heutigen Kriminalliteratur.«
Achim Engelberg / Die Tageszeitung, Berlin

Zurück auf Start

Ein Fall für Kostas Charitos

Roman. Deutsch von Michaela Prinzinger

Der Deutschgrieche Andreas Makridis wird erhängt in seiner Athener Wohnung aufgefunden. Kurz darauf behauptet ein Schreiben, es handle sich um Mord. Unterzeichnet: »Die Griechen der fünfziger Jahre«. Was wie ein schlechter Scherz aussieht, ist blutiger Ernst: Weitere Tote folgen. Wer verbirgt sich hinter dieser ominösen Gruppierung? Verrückte alte Leute, die eine Rückbesinnung auf die Werte von damals fordern?
Der neue Fall führt Kostas Charitos kreuz und quer durch eine Stadt, die von Tag zu Tag gefährlicher wird. Das muss der Kommissar auch privat erfahren: Seine Tochter Katerina wird von einem Neonazi der »Goldenen Morgenröte« zusammengeschlagen – mitten im Zentrum, am helllichten Tag.

»Der Krimi als Gesellschaftsroman – in und für Griechenland hat ihn Markaris erfunden.«
Christine Müller-Lobeck / Tageszeitung, Berlin

Wiederholungstäter

Ein Leben zwischen Istanbul, Wien und Athen

Deutsch von Michaela Prinzinger

Petros Markaris über seine Liebe zu Istanbul, seine Hassliebe zu Athen und seine besondere Beziehung zur deutschen Kultur. Der Autor erzählt von seiner Kindheit, seinem Alltag heute, von der Zusammenarbeit mit Theo Angelopoulos und seiner Tätigkeit als Brecht- und Goethe-Übersetzer. Dabei beschränkt er sich nicht aufs Autobiographische: Wenn er von der griechischen Gemeinschaft in Istanbul schreibt, so ist ihm das einen Exkurs zum Thema »Minderheiten« wert. Spricht er von seinen armenischen Wurzeln, geht es bald um »Heimat«. Schildert er die Entstehung seiner Figuren Kostas und Adriani, so greift er die Themen »Gleichberechtigung« und »politische Korrektheit« auf. Autobiographisches, Historisches und Politisches vermischen sich dabei auf brillante und liebenswürdige Weise.

Finstere Zeiten

Zur Krise in Griechenland

Die moderne griechische Tragödie spielt sich in den Läden und Büros, Straßen und Wohnblocks ab. Petros Markaris beobachtet und kommentiert die einzelnen Akte in zwölf Artikeln, die er für deutschsprachige Medien wie *Die Zeit, Die Wochenzeitung, Die Tageszeitung* und die *Süddeutsche Zeitung* seit 2009 geschrieben hat.

»Der weltbekannte Krimi- und Drehbuchautor Petros Markaris ist einer der profiliertesten Kommentatoren der Griechenlandkrise.«
Sebastian Ramspeck / SonntagsZeitung, Zürich

Quer durch Athen

Eine Reise von Piräus nach Kifissia

Mit 24 Kartenausschnitten. Deutsch von Michaela Prinzinger

Nimmt man die alte Stadtbahn, von Einheimischen liebevoll »die Elektrische« genannt, kann man Athen in einer Stunde durchqueren. Es ist eine Reise durch alle gesellschaftlichen Schichten: von der verrufenen Hafenstadt Piräus durch die früheren Arbeiterviertel bis ins Zentrum und von dort durch die ärmeren Vororte bis ins noble Kifissia, wo einst das Königshaus seine Sommerresidenz hatte. Wie in einer Zeitmaschine findet sich der Passagier mal in die Antike, mal in die Zeit der Bayernherrschaft und dann wieder in die Gegenwart versetzt. Und will er dem Rummel entfliehen, so findet er unter Petros Markaris' kundiger Führung auch verborgene Winkel, wo die Zeit stillsteht und noch einfache Garküchen oder Kafenions zu finden sind.

»Athen ist ein Moloch mit schönen Ecken. Petros Markaris erzählt, wie man sie findet.«
Stefan Berkholz / Der Tagesspiegel, Berlin